KB273909

그는 일어날까?

그는 일어날까?

정수남 소설집

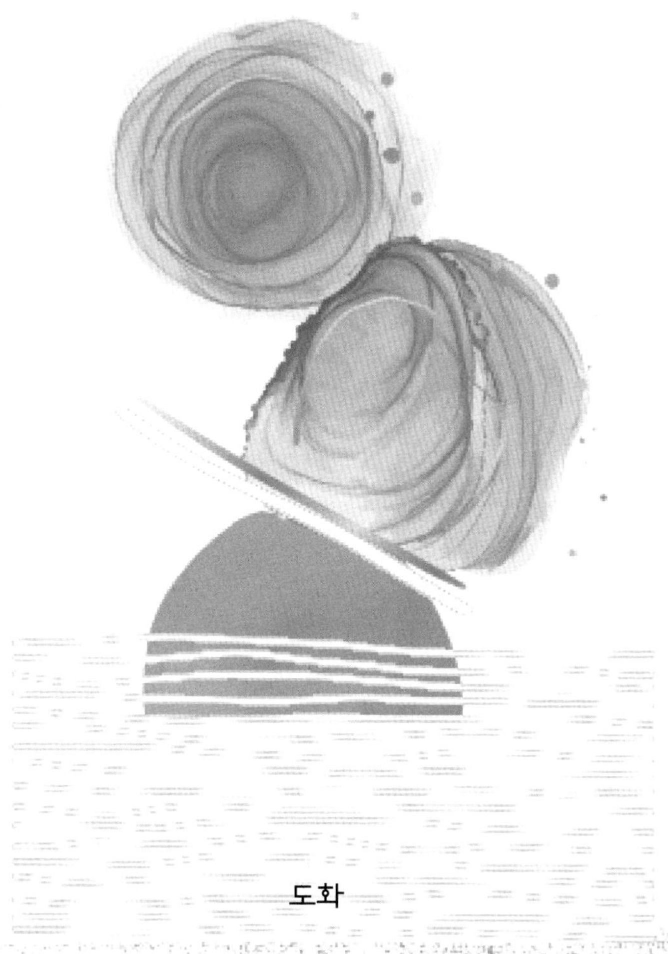

도화

차례

그는 일어날까?

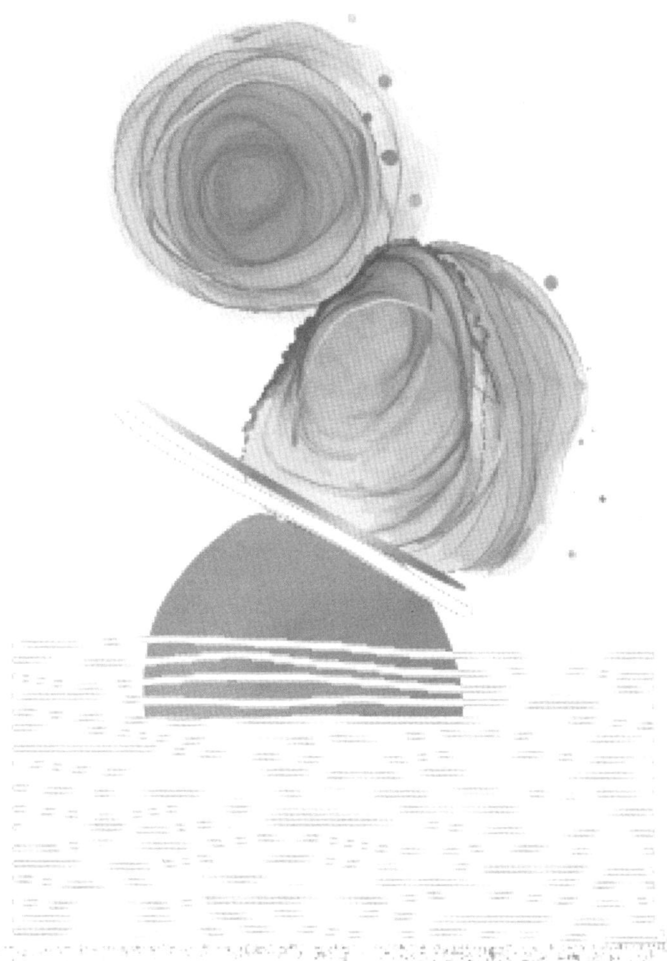

1

내가 처음 그 제안을 받은 것은 철쭉이 한창 흐드러지게 피어나던 5월 무렵이었다. 오랜만에 커피 한잔하자는, 선배의 연락을 받고 가벼운 마음으로 나간 자리였는데, 선배의 말을 들으면서 뭐 이런 황당한 일이 다 있을까, 싶었다. 생각 같아서는 바로 일어나고 싶었으나 울상을 짓고 있는 선배를 보자 그럴 수 없어 앉아 있었다. 선배는 그게 자신만이 아니라 늙은 어머니를 살리는 길이기도 하다는 것을 전제로 어렵게 말문을 열었다. 미안하다, 미안해. 아무리 궁리해봐도 이 일을 해결해줄 사람은 너밖에 없었어. 물론 나는 완강히 거절했다. 아무리 대학교 2년 선배로 종종 만나 커피를 나누는 사이라고는 해도 그런 부탁을 쉽게 할 수 있다는 것은 나를 우습게 여기는 것 같기도 했고, 또 그때가 중학교 중간고사를 치를 때여서 바쁘기도 한 탓이었다. 하지만 한 번 말문을 연 선배는 내 손을 잡고 놓아주지 않았다. 내 마음이 약하다는 것을 벌써 감지하고 있는 듯한 얼굴빛이었다. 부탁이야. 나도 이런 말 너에게 꺼내는 게 싫어. 그렇지만 어쩌겠어. 엄마는 하루하루 늙어가는데…… 벌써 일흔다섯이야. 일흔다섯이면 적은 나이는 아니잖아? 그런데도 하나 있는 아들이 결혼은커녕 세월아 네월아 하면서 아직도 그 품에서 떠날 줄 모르고 있으니, 큰일이잖아. 그러니 너에게 부탁할 수밖에…… 선배는 나의 적극적인 성격과 대학 시절 동아리에서 분쟁이나 다툼이 생길 적마다 앞장서서 해결하던 솜씨를 높이 샀다고 추켜세웠으나 나는 그때까지도 뭔가 잘못 걸려들었다는, 무거운 마음을 감출 수가 없었다.

꼭 좀 해결해줘. 부탁이야. 은혜는 평생 잊지 않을게.

늙은 어머니에게 남은 시간 자유를 주고 싶다는 선배는 간절한 눈빛으로 나를 바라보았다. 나는 숨이 막혔다. 그런데 무엇 때문일까. 마음 밑바닥에서 그 무거움을 뚫고 호기심이 서서히 솟구치는 것만큼은 나도 주체할 수가 없었다. 어떻게 생겨 먹은 사람이길래 그 나이가 되도록 주변머리 없이 아직도 엄마 치마꼬리를 붙들고 산단 말인가. 나는 문득 다 큰 새끼를 배 주머니에 넣고 초원을 뛰어다니며 힘겨워하는 늙은 캥거루가 떠올랐다. 더구나 시 나부랭이를 쓰고 있다는 게 내 호기심을 더욱 부채질한 것도 사실이었다.

그러다가 혹시 또 아냐, 두 사람이 서로 눈이라도 맞을지? 인연이란 따로 있는 게 아니거든.

내가 한참 동안 대꾸하지 못하고 미적거리자 선배는 벌써 내가 부탁을 수락했다고 단정한 듯 코를 찡긋하며 눈웃음을 흘렸다. 하긴, 나이 사십이 넘도록 아직 짝을 찾지 못한 처지이고 보면 그와 같은 농담을 건넨다고 해서 고깝게 여길 입장도 아니긴 했다.

따지고 보면 우리 오빠 그래도 괜찮은 남자야. 약골인데다 아직 철이 들지 않았다는 것만 빼면.

그때까지도 나는 결정을 내리지 못하고 있었다. 솔직히 말하면 호기심은 일었으나 자신이 서지 않았다. 일 미터 오십육 센티밖에 되지 않는 키에 육십 킬로를 웃도는 체중이고 보면, 그도 쉽사리 접근하려고 들지 않을 게 뻔했다. 더구나 넙데데한 얼굴에 벌렁 까진 입술은 누가 봐도 변두리 성형외과에서 보톡스 맞다가 잘못된 것처럼 보이질 않는가. 그래서 2년 전 '에이스 입시전문 종합학원' 문을 두드렸을 때도 내 모습을 본 원장이 처음엔 머리를 설레설레 흔들었던 것 아니겠는가. 물론, 지금이야 오히려 다른 학원에 갈까 봐 전전긍긍하고 있는 처지이긴 하지만…….

생긴 것도 괜찮지만 말투는 또 얼마나 싹싹하고 부드러운데. 네가 몰라서 그렇지, 나하고는 전혀 달라. 그래서 그 전엔 여자들도 꽤 많이 따라다녔어. 물론 지금은 다 떨어져 나갔지만…….

선배는 그 사람의 성격이 여자 같아서 잘 토라지고, 삐진다는 것까지 덧붙였다. 그러나 피는 속이지 못한다고, 선배는 그 사람이 요즘 남자 같지 않게 솔직하고 순수하다는 것을 은근슬쩍 자랑했다. 한참을 망설이던 나는 결국 도전해보기로 마음을 굳혔다. 부딪쳐 보지도 않고 물러선다는 건 패배를 의미하는 것이고, 그런 패배란 지금까지 내 사전에 존재하지 않았다. 또 혹시 아는가. 정말 선배의 말처럼 꿩도 먹고 알도 먹게 될지……. 머리를 끄덕거린 나는 한 가지 단서를 달았다. 실패하지 않으려면 적어도 일 년 정도의 시간이 필요하다는 것과 선배의 전폭적인 지원이 필요하다는 것. 그러자 선배는 내 말이 채 끝나기도 전에 고맙다면서 손을 내밀었다.

역시, 계산 하나는 빠르네!

그러니까 나는 정말 우연히, 어찌 보면 황당하기 짝이 없는, 그와 같은 일을 그때부터 맡게 된 셈이었다.

2

선배의 말은 하나도 틀린 데가 없었다. 선배가 오빠라고 소개한 그는 말 그대로 병약해 보이기는 했으나 생김새도 멀쩡했고, 키도 컸으며, 말씨도 선배와 달리 부드러웠다. 선배와 닮은 데라고는 시도 때도 없이 흘리는 눈웃음이었다. 흠이라면 피부가 여자처럼 유난히 희다는 것과 말소리가 작아 귀를 쫑긋 세우지 않으면 알아듣기가 어렵다는 점, 그리고 이따금 밭은기침을 뱉는다는 것이었다.

건강하시네요.

그는 김도안이라는, 자신의 이름 석 자를 알린 뒤 투명플라스틱 컵을 왼손에 들고 아이스 아메리카노를 아주 천천히 빨았다. 나는 대꾸하지 않았다. 그 말의 속뜻이 내 겉모양을 보고 하는 것 같아 불쾌했지만 내색하지는 않았다. 그냥, 처음부터 뭔가 꼬인다는 느낌이었다. 그러나 내가 누구인가. 애당초 그런 걸 기대하고 나온 게 아니지 않은가. 그따위 소리에 기죽을 위인이었다면 이런 일에 끼어들지도 않았을 것이다. 나는 스스로 내가 왜 이 귀한 시간에 이곳에서 그를 만나야 하는지, 그 목적을 상기하며 다시 한번 입술을 깨물었다.

대화는 길게 이어지지 않았다. 선배가 설레발을 치며 주도했으나 그녀도 원래 말수가 많은 편은 아니어서 입을 다물면 대화는 금방 토막이 났고, 분위기는 곧 어색한 국면으로 바뀌었다. 그렇다고 내가 가장 궁금하게 여기는 것, 즉 왜 그 나이가 되도록 결혼하지 않고 엄마가 해주는 밥을 아직 먹고 사느냐고 단도직입적으로 따질 수도 없는 노릇 아닌가. 머릿속으로는 어려운 인수분해 문제를 풀 듯 이미 계산이 끝난 상태였으나 이럴 땐 침묵하는 것이 상책이었다. 소개팅 때처럼 조용히, 내숭을 떨며 앉아 있으면 본전은 건지게 되어 있었다. 그렇게 보자면 이미 두 번의 실패를 맛본 나도 이런 일에는 산전수전 다 겪은, 선수급쯤은 되는 셈이었다.

이번에도 입을 먼저 연 사람은 선배였다.

얘 취미는 책 읽는 거야, 그 점은 오빠랑 통할걸.

말은 그에게 던졌으나 선배의 시선은 나를 향해 있었다. 그래도 내가 잠자코 있자 그가 느리게 입을 열었다.

어떤 종류의 책을 좋아하세요?

예에, 저는…….

나는 당혹스러웠다. 내가 어떤 책을 좋아했지? 아니, 책을 좋아하긴 했나? 나는 자신도 모르게 얼굴이 달아올랐다. 그렇다고 수학책 운운하는 건 상대가 기다리던 대답이 아닐 게 분명했다. 내가 주춤거리자 낌새를 느낀 선배가 서둘러 가로막고 나섰다.

얘가 좋아하는 거? 오빠랑 같아. 시집 같은 거니까.

그가 나를 뚫어지게 쳐다보자 나는 얼김에 머리를 끄덕거렸다. 순간, 근래에 읽은 시집이 무엇이냐고 묻는다면 어떤 책을 댈까, 머릿속이 갑자기 바빠졌다. 하지만 다행스럽게도 그는 더 묻지 않았다.

그와의 첫 만남은 그것이 전부였다. 한 시간쯤 지났을 때 나는 계산했던 대로 중학생 중간고사 기간이라는 것을 핑계 삼아 먼저 자리에서 일어났다. 이럴 때는 뒷날을 위해 조금 미련을 남겨두는 것도 상대방의 관심을 끌 수 있는 한 가지 방법이라는 것 역시 두 번의 경험을 통해 터득한 것이었다.

아니나 다를까. 내 계산대로 사흘이 지나자 그로부터 처음 만났던 '톰 앤 톰즈' 카페에서 다시 만나자는 연락이 왔다. 시큰둥하게 대꾸한 나는 약속 시간보다 조금 늦게 나갔다. 그러나 화장만큼은 꼼꼼하게 찍고 발랐다. 그는 내가 묻지 않았는데도 선배가 시켜서 전화했다고 변명처럼 아주 조그맣게 먼저 운을 뗐다. 나도 그러냐고, 건성으로 대꾸했다. 구석진 자리에 앉은 그는 처음과 같이 아이스 아메리카노를 들고 있었고, 그것을 본 나도 그와 똑같은 것을 주문했다. 잠시 뒤 빨대를 빠는 그를 건너다보던 나는 궁금한 것을 에둘러 묻기 시작했다.
요즘 관심을 가지고 계시는 게 뭐예요?
없어요.
정치나 사회 문제 같은 것엔 관심 없으세요?
없어요.
경제 문제 같은 것은요? 일테면 부동산이라든가, 주식이라든가…….
홍미 없어요.
그는 그런 걸 왜 나에게 묻나, 하는 얼굴로 여전히 손에서 빨대를 놓지 않고 있었다. 나는 한숨을 길게 내쉬었다. 요즘 세상에 뭐 이런 사람이 다 있나, 싶었다. 마주 앉아 아이스 아메리카노를 마시고는 있지만 마치 먼 행성에서 떨어진 사람과 마주 앉아 있는 것 같았다. 왜 여자들이 제 발로 왔다가 제 발로 물러갔는지 알 것 같았다. 그렇다고 그 이유를 재우쳐 묻지는 않았다. 질문은 거기까지였다. 어쨌든 사명을 가지고 나왔으니까. 나는 치솟아 오르는 노여움을 가까스로 억누르면서 이번엔 나도 그와 똑같이 빨대를 힘껏 빨았다.

선배의 말대로 그가 관심을 보이는 것은 문학, 그것도 나로서는 풀기 어려운 운문 쪽이었다. 어쩌다 그쪽 이야기가 내 입에서 나오자 그는 마치 기다렸다는 듯 침까지 튕겨가며 열을 올렸다. 그럴 때 그의 목소리는 처음과 다르게 빠르고 힘이 있었다. 그러나 그의 입에서 나온 시문학이나 외국 시인들의 이름은 내가 여태까지 들어본 적도 없는, 생소한 것들뿐이었다. 샤를 피에르 보들레르나 루카치를 내가 어떻게 알아? 하지만 나는 신바람을 내며 떠들어대는 그의 말을 참을성 있게 잠자코 들어주었다. 그것은 내가 이차방정식이나, 미분 적분을 아무리 설명해도 그가 이해하지 못하는 것과 같다고 생각했다. 내가 잠자코 있자 그의 목소리가 조금 더 커졌고 빨라졌다. 상징주의가 어떻고, '악의 꽃'이 어떻고, 그의 입은 쉴 사이 없이 누구누구의 시라는 것까지 친절하게 설명해주면서 줄줄이 읊어댔다. 나는 혼자 신바람 내는 그의 얼굴을 찬찬히 뜯어보면서 그가 남의 사정 따윈 전혀 배려할 줄 모르는 위인이라는 것을 다시 한번 절감했다. 거기다가 어쩌다 말을 끊고 참견하려 들면 선배가 일러준 대로 금방 삐진다는 것도 알게 되었다. 그것이 그날 내가 그에게 얻은 소득이라면 소득인 셈이었다.

한동안 줄줄이 뱉어내는 시편과 이론들을 귀가 아프도록 듣던 나는 결국 참지 못하고 그의 말을 끊었다.

그런 게 돈이 돼요?

돈은…….

그가 대꾸하지 못한 채 어물거리자 내친걸음이라고 생각한 나는 조금 더 앞으로 나갔다.

그렇게 아는 게 많은데, 왜 지금까지 손을 놓고 계셨어요? 배우고 익힌 지식은 그냥 썩힐 게 아니라 다른 사람들에게 나누어 줘야 하는 게 의무 아닐까요?

어떻게요?

방법은 찾으면 얼마든지 있지 않겠어요? 일테면, 서점을 운영한다든가, 강단에 선다든가……. 아님, 출판사를 직접 경영하면서 그런 양서를 출간한다든가…….

말을 던지고 나서 나는 그의 눈치를 살폈다. 그는 입을 다문 채 나를 물끄러미 쳐다보고 있었지만 삐진 것 같지는 않았다. 뭔가 골똘히 생각하는 것 같았다. 순간, 소년 같은 그의 선량한 눈망울이 내 마음을 찔렀다. 뭐야, 이건? 나는 얼른 얼굴을 돌렸다. 그와 눈을 마주치는 게 왠지 힘들었다.

그 뒤로 여섯 번을 만났으나 우리의 만남은 늘 진도를 나가지 못하는 학생처럼 제자리걸음이었다. 테이블을 사이에 두고 앉아 투명플라스틱 컵에 담긴 아이스 아메리카노에 빨대를 꽂고 빠는 동안 영양가 없는 이야기나 나누면서 상대를 가름해 보다가 안녕, 하는 게 전부였다. 기분이 조금 좋으면 눈웃음을, 조금 나쁘면 찌푸리는 그의 표정도 변하지 않았다. 그래도 이상한 것은 늘 그가 먼저 나를 '톰 앤 톰즈'로 불러낸다는 점이었다. 그리고는 또 똑같이, 듣건 말건 문학 나부랭이들을 혼자 떠들다가 두어 시간이 넘으면 일방적으로 일어선다는 것이었다. 삼복더위가 기승을 부리니까 산이나 바다에 나가 보자고 은근슬쩍 수작 한마디쯤 던질 만도 한데 그런 것은 일언반구도 없었고, 저녁밥을 먹자는 그 흔한 제스처도 보인 적이 없었다. 아예 모르는지, 아니면 모르는 척하는 건지, 여섯 번 모두 빨대를 꽂은 아이스 아메리카노 한 잔씩 나누고 헤어지는 게 전부였다. 어쩜 사람이 그렇게 막혔을까. 그런데 더 이상한 것은 만나 봤자 그럴 줄 번연히 알면서도 그가 부르면 거절하지 않고 쪼르르, 달려오는 나 자신이었다. 더구나 바쁘게 돌아가는 삶의 일상에서 보자면 생산성이라고는 전혀 없는 그 시 나부랭이가 차츰차츰 내 귀에 들어오기 시작했다는 점이다.

그래서 면허증도 따지 않았단 말이에요?

예에.

아이스 아메리카노가 절반쯤 비워갈 무렵, 그의 깜짝 발언에 나는 하마터면 컵을 떨어트릴 뻔했다. 아니, 무슨 사람이 미성년 딱지만 떼도 소지하려고 기를 쓰고 덤벼드는 면허증은 물론이고, 헌 승용차조차 소유하지 못했단 말인가. 그런데 그보다 더 큰 문제는 그걸 그가 부끄럽게 여기지 않고 오히려 자랑스럽게 여기고 있다는 사실이었다.

자가용이요? 그거 꼭 굴릴 필요 있어요? 아, 요즘 대중교통이 얼마나 좋아졌는데요. 골목마다 마을버스가 돌아다니고, 또 전철은요? 사방팔방 뚫려있는 게 전철이잖아요. 더구나 저처럼 집에서 책이나 읽다가 가끔 외출하는 사람에겐 더 필요가 없지요. 낭비에요, 그건. 그게 있으면 또 얼마나 골치 아픈데요. 생각해보세요, 꼬박꼬박 자동차세 내야 하고, 또 어쩌다가 속도라도 위반해보세요. 사진 찍힌 과태료 고지서가 날아오잖아요? 어디 그것뿐인가요? 널뛰는 휘발유 가격에 신경 써야지요? 또 수리비도 만만치 않다고 하더라고요. 그러다가 잘못해서 사고라도 한번 나보세요. 내가 잘했다, 네가 잘했다, 보험 담당자들을 불러놓고 몇 대 몇을 따지면서 시시비비 가리느라 골치가 얼마나 아프겠어요? 거기다가 정말 악질이라도 한번 만나 보세요? 재판까지 가겠다고 우기지 않겠어요? 그런데 왜 그걸 타고 다녀요?

그는 확신에 찬 어조였다.

나는 할 말을 잃은 채 머리를 흔들었다. 기가 찰 노릇이었다. 이걸 어디에서부터 뜯어고쳐야 하나……. 내가 보기에 그는 부분 수정이 아니라, 기초부터 다시 설계해야 하는, 일테면 전면 수리가 요구되는 사람이었다.

하지만 그는 내 마음을 아는지 모르는지 한술 더 떴다. 이번엔 내가 타고 다니는 경차도 팔아버리라고 권했다.

건강하신데 왜 타고 다니세요? 피곤하지 않으세요?

나는 대꾸를 미룬 채 잠자코 빨대를 빨았다. 목구멍 가득 올라온 미지근한 블랙커피가 그날따라 몹시 썼다. 모든 생물에는 우주가 하나씩 들어있다고 하지만, 아무리 따져도 그의 우주는 이해가 되지 않았다. 문제가 잘못된 시험지 같았다.

일곱 번째 만난 날, 나는 그의 입을 통해 본심을 직접 확인할 수 있었다. 기회는 정말 우연히 찾아왔다. 우리 테이블 옆에 젊은 여자 둘이 네댓 살 되어 보이는 어린아이를 데리고 들어와 앉았는데, 아이들이 유독 그를 향해 방글거린 게 시작이었다. 아이들은 자기 엄마가 한사코 말리는데도 말을 듣지 않았다. 계속해서 그를 향해 방글거렸다. 그도 그것이 싫지는 않은 듯 아이들이 웃을 때마다 따라 웃어주곤 했다. 그 모양을 한참 동안 살피던 나는 마침내 기회가 왔다고 생각했다.

아이들을 좋아하시나 봐요?

그러자 아이들과 눈을 맞추던 그가 그것도 질문이냐는 듯 대꾸했다.

그럼, 아이 싫어하는 사람도 있어요?

나는 이때다, 싶었다. 그의 말이 떨어지자마자 곧바로 치고 들어갔다.

그럼 아이를 낳지, 그러셨어요?

그는 내 질문의 본말을 금방 이해하지 못하는 듯했다. 눈을 동그랗게 뜨고 한참 동안 나를 건너다보았다. 나는 그의 눈길을 피하지 않았다.

진작 결혼하셨다면 저 애들보다 더 큰 애들을 벌써 슬하에 여럿 두었을 거 아니에요? 선배를 보세요, 벌써 아들만 둘이잖아요.

나는 거기에 그치지 않았다. 내친걸음이었다. 떨떠름한 얼굴로 말없이 빨대를 빨고 있는 그를 향해 빠르게 물었다.

그런데, 왜 아직 결혼하지 않으셨어요?

말을 뱉어내고 나는 그를 똑바로 응시했다. 그래도 그는 그 말이 지닌 뜻을 잘 모르는 듯했다. 한참이 지난 뒤에야 비로소 깨달은 듯 들고 있던 플라스틱 컵을 가만히 테이블 위에 내려놓았다.

그럼 주희 씨는 왜 아직 결혼하지 않으셨어요?

그야, 결혼할 상대를 아직 만나지 못했기 때문이겠죠.

저도 그래요.

그럼 결혼할 마음이 있긴 있는 거네요?

그야 상대만 나타난다면…….

어떤 상대를 원하시는데요?

나는 그의 입에서 무슨 말이 나올지 조마조마하고, 두렵고, 한 편으로는 기대가 되었다. 그러나 그의 대답은 정말 뜻밖이었다.

먼저 엄마의 맘에 들어야 해요. 어차피 함께 살아야 하니까요.

나는 눈을 감았다. 이럴 때는 차라리 마주 보지 않고 눈을 감는 게 솟구쳐 오르는 화를 억누르는 방법이라고 생각했다. 엄마가 뭔가, 그 나이에. 나는 선배가 정말 풀기 어려운 숙제를 던져줬다 고 원망했다.

얼마나 지났을까. 내가 가까스로 화를 가라앉히고 있을 때였 다. 이번엔 그가 물었다.

그럼, 주희 씨가 원하는 상대는 어떤 사람이에요?

나야…….

나는 금방 대꾸하지 못했다. 그래, 나는 왜 아직 결혼을 못 했 지? 분명 기회는 두 번 있었다. 처음엔 내가 철이 없어 천방지축 나대다가 놓쳤고, 두 번째는 2년 가까이 만나 낚시도 다니고 여행 도 다녔으나 성격이 맞지 않는다는 핑계로 사내가 나를 찼다. 그 뒤로는 학원에서 학원으로 문제집을 들고 정신없이 뛰어다니는 사이 사십이 넘었고, 그런 기회란 다시 오지 않았다.

결혼할 마음이 있긴 있는 거예요?

내가 쉽게 대답하지 못하자 내가 물었던 것과 똑같은 질문을
던지며 그가 눈웃음을 흘렸다. 나는 웃음이 나오지 않았다. 얼음
이 다 녹아 맹탕이 된 아이스 아메리카노를 힘껏 빨면서 나는 지
금까지 세웠던 작전 계획을 대폭 수정할 필요가 있다고 다짐했
다.

3

내 말을 듣고 크게 웃던 선배는 그만 커피를 옷에 흘리고 말았
다. 괜찮다고 하지만 나는 얼른 물티슈를 가져와 선배의 옷을 닦
아주었다. 커피 얼룩은 특히 밝은색 계통의 옷에는 치명적이어서
조금 지나면 잘 지워지지 않았다.

그랬더니 오빠가 뭐래?

뭐라고 하긴요. 뻔하잖아요. 싫다고 할 건.

그래서 가만히 있었어?

선배는 내가 그렇게 쉽게 물러설 사람이 아니란 걸 이미 알고
있다는 말투였다. 그러나 나는 잠시 망설였다. 아무리 친숙한 사
이라고는 하지만 두 사람이 나눈 그 뒷이야기까지 속속들이 까발
린다는 게 왠지 부끄럽고 계면쩍었다. 내가 금방 대답하지 못하
자, 애 봐, 얼굴까지 빨개졌네, 하며 선배가 다시 까르르 웃었다.

이야기는 특별한 게 아니었다. 어찌 보면 아무것도 아닌 이야

기였다. 일곱 번째 만난 날, 내가 이제부터는 카페에서 만날 게 아니라 전시회나 영화를 보러 가는 게 어떻겠느냐고, 제안한 것에 대한 그의 대답이 전부였다. 사실 그 말을 꺼낸 저의는 갤러리나 극장에서 나오면 둘이 어느 한적한 식당에 자리를 잡고 앉아 식사하면서 술이라도 한잔 곁들일 수 있지 않을까, 하는 기대 때문이었다. 또 혹시 아는가. 요즘은 육십 넘은 늙은이들도 세 번 만나면 키스 정도는 한다는데, 손이라도 잡게 될지……. 그러나 아니었다. 내 기대는 그의 한 마디에 속절없이 무너져버리고 말았다. 그는 내가 슬쩍 던진 한마디에 얼굴빛이 달라졌다.

거긴 왜요?

그는 아주 강하게 머리를 흔들었다. 그런데 이상스러운 것은 뜬금없다는 눈빛으로 나를 건너다보며 도리질하는 그의 얼굴에서 나는 나도 모르게 이번만큼은 양보할 수 없다는 울뚝밸이 가슴 밑바닥에서 솟구쳐 올랐다.

왜, 싫다고 하시는데요? 오빠 이 카페가 지겹지도 않으세요?

마른침을 한 차례 삼킨 나는 문득 내가 혹시 타임을 잘못 잡은 것은 아닐까, 생각했다. 왜냐하면 그때 그는 한창 루카치의 소설 이론에 나오는 서문을 읽으며 열을 올리고 있었기 때문이다. '별이 빛나는 창공을 보고 갈 수 있고, 또 가야만 하는 길의 지도를 읽을 수 있던 시대는 얼마나 행복했던가? 그리고 별빛이 그 길을 환히 밝혀주던 시대는 또 얼마나 행복했던가…….' 그는 이 시대를 일컬어 지극히 메마른 시대라고 지칭하면서 날마다 다람쥐 쳇바퀴 돌리듯 똑같은 일상을 되풀이하면서도 만성이 되어 그 슬픔을 슬픔으로 여기지 못하고 사는 현대인들을 가리켜 모두 시지프스라고 불렀다.

정말 싫으세요?

족대기 듯 재우쳐 묻는 내 목소리는 나도 모르게 조금 격앙되어 있었다.

싫어요.

그래도 그는 고집스럽게 도리질을 멈추지 않았다.

정말이요?

싫어요. 거긴 왜 가요, 이 삼복더위에.

테이블을 가운데 놓고 그와 나 사이에는 일촉즉발의 긴장이 감돌았다. 나는 자칫하면 만난 뒤 처음으로 그와 싸움을 한판 할 수도 있겠다는 불길한 예감이 뇌리를 때렸다. 그렇다면 산통이 깨지는 일인데? 나는 잠시 주춤거릴 수밖에 없었다.

그러니까 선배가 커피까지 쏟으며 크게 웃은 이유는 그가 어린아이 투정 부리듯 싫다는 소리를 반복했다는 그 말 때문이었다. 선배는 그럴 줄 알았다고 했다. 도리질은 하지 않데? 선배는 그것도 이미 꿰뚫고 있었다. 그건 그가 어렸을 적부터 늘 하던 버릇이라고 했다. 그러면 어머니는 꼼짝 못 하고 그의 말을 들어주곤 했다는 것이다. 그러나 선배의 경우는 아니었다고 했다. 어쩌다가 오빠처럼 투정 한번 부릴라치면 버는 것은 등짝에 떨어지는 손찌검밖에 없었다고 했다.

오빠의 별명이 뭔 줄 알아? 아낙군수야. 사람들이 그렇게 불러.

그러니까 어머님이 어렸을 때부터 버릇을 아주 고약하게 들여놓은 셈이네요?

그런 셈이지. 내가 말했잖아, 어렸을 때부터 병치레가 심했다고.

그래도 때 묻지 않은 사람처럼 순수하긴 해요. 그 긴 목으로 도리질할 때는.

선배는 머리를 끄덕거렸다. 그러나 그 얼굴에서 서운해하는 기색은 찾아볼 수 없었다. 두 아이의 엄마가 된 선배의 얼굴에는 그보다 그가 가엽다는, 연민의 그림자가 서러 있었다. 나는 인과응보란 말을 떠올렸다. 그렇다면 지금 어머니는 그 결과를 스스로 받는 셈이었다. 그러나 나는 그 뒤에 몇 번 더 끈질기게 붙들고 늘어져 가까스로 얻어낸 결과만큼은 발설하지 않았다. 물론 처음 제안한 것과는 전혀 다른 결과물이기는 하지만……

나는 선배에게 꽉, 막힌 그를 개조시킨다는 게 얼마나 힘든지 아느냐고, 엄살을 떨었다. 선배도 그 말엔 이의를 달지 않았다. 미안하다, 미안해. 선배는 그래서 나를 선택한 것 아니겠느냐면서 앞으로 만날 때 커피값은 신경 쓰지 말라고 선심을 썼다.

그렇게 쉽게 바뀔 거라면 너한테 맡겼겠니? 내가 하고 말지.

얼마나 지났을까. 내가 학원 시간을 재며 손목시계를 보자 선배가 깜빡 잊을 뻔했다는 듯 눈을 크게 뜨고 말했다.

참, 엄마가 너 한번 만났으면 하더라.

그래요?

나는 잘되었다 싶었다. 그건 나도 은근히 바라던 바였다. 따지고 보면 어머니는 이번 일의 또 다른 장애물이었다. 그런 만큼 성공 여부는 어머니의 마음을 돌릴 수 있느냐에 따라 달라질 수 있다고 봐도 과언이 아니었다. 그러나 나는 내색하지 않고 데면데면하게 대꾸했다.

그러시라고 하세요.

오빠한테 얘기 듣고 많이 궁금했나 봐.

오빠한테요?

그래. 잘 됐지, 뭐. 안 그래?

글쎄요.

나는 갑자기 머리가 혼란스러웠다. 그가 뭐라고 얘기했을까? 만나면 뭐라고 하지? 옷은 어떤 걸 입고 갈까? 늘 똑같은 아이스 아메리카노였으나 그날따라 내 입에는 유독 달착지근하게 느껴졌다. 내숭을 떨었으나 역시 선배의 눈은 속일 수 없는 모양이었다. 눈웃음을 흘리던 선배가 바로 나를 찔렀다.

좋지?

좋기는요, 뭐.

엄마를 만나면 오히려 일이 쉽게 풀릴 수도 있지 않겠어?

그럴 수도 있지만…….

순간, 내 머릿속으로는 풀기 어려운 수십 개의 숫자가 한꺼번에 나열되기 시작했다. 어디서부터 이 문제를 풀어야 할까. 잘하면 해피엔딩으로 빨리 끝날 수도 있지만 실패할 경우는 지금까지 왔던 길을 버리고 출발점으로 되돌아가 다시 시작해야 할 각오도 필요했다. 내 모습을 살피던 선배가 다시 까르르, 큰 소리로 웃었다.

좋으면 좋다고 해.

수업 중인 나를 선배가 문자로 호출한 것은 며칠 후였다. 강의가 끝나는 대로 가겠다고 답신을 날렸으나 막무가내였다. 도대체 무슨 일인데 호들갑일까. 결국 나는 어쩔 수 없이 원장에게 남은 시간을 맡기고 카페로 달려갔다.

카페 문을 밀고 들어선 순간, 나는 선배가 왜 그렇게 호들갑을 떨었는지 금방 알 수 있었다. 이유는 선배 옆에 앉아 있는 노인네였는데, 나는 그 노인네가 다름 아닌 그의 어머니라는 것을 한눈에 직감할 수 있었다. 아, 이게 뭐야. 나는 난감했다. 이건 내가 그동안 머릿속으로 그렸던 그림이 아니었다. 미리 귀띔이라도 해주었으면 미용실에도 다녀오고, 옷도 신경 써서 뚱뚱한 몸을 가릴 수 있는 것으로 갈아입고 나올 수 있었는데……. 나는 선배가 야속했다.

내가 주춤거리며 다가가자 선배가 나를 소개했다. 나는 다소 곳하게 머리를 숙이면서 곁눈질로 어머니를 한차례 살펴보았다. 화장이 짙고, 머리를 갈색으로 염색했으나 나이를 속일 수는 없는 듯 목 아래로는 잔주름이 짜글짜글했다. 그래도 품새만큼은 넉넉한 편으로 구태여 따지자면 나와 비슷한 체형이었다. 어머니의 생각도 나와 다르지 않은 듯, 나를 향해 미소를 짓고 있었다.

우리 아들 때문에 고생이 많지?

고생은요, 뭘.

아니야. 그 애한테 이야기 다 들었어.

나는 긴장한 채 귀를 쫑긋 세웠다.

어머니는 역시 아들 편이었다. 입이 열리자 선배가 한사코 말리는데도 그에 대한 자랑을 길게 늘어놓았다. 남에게 뒤지지 않을 만큼 생겼다는 것은 이미 아는 사실인데도 그것부터 시작해서 머리가 좋아서 어릴 적부터 한 번 들으면 잊어버리는 법이 없었다는 것과 타고난 성품이 본디 착하고 유순해서 지금까지 누구랑 싸워본 적이 없다는 것. 또 하나는 세월을 잘못 만나 지금은 노상 집에서 빈둥거리는 백수 신세지만 때가 되면 하늘을 날아다닐 운세를 타고난 위인이라는 것까지, 어머니는 잠시도 쉬지 않았다.

용띠야, 내 아들이.

어머니는 그가 용띠, 용 날에 태어났다는 것까지 들어가면서 자랑했다. 선배가 잠자는 용도 용이냐면서 여의주를 잃어버린 모양이라고 비아냥거려도 눈길 한번 돌리지 않았다. 내가 건강하고 씩씩해 보인다고 칭찬하던 어머니는 이번엔 방향을 바꿔 내 신상 쪽으로 질문을 이어갔다. 학원에서는 무엇을 가르치고, 수입은 얼마쯤 되는가? 순간, 나는 당혹스러웠다. 나도 모르게 얼굴이 달아올랐다. 그런데 그건 왜 갑자기 묻지? 내가 얼른 대답을 못 하자 선배가 나서서 설레발을 치며 어머니의 입을 막았다.

그런 건 알아서 뭐 해요? 호구 조사 나왔어요?

그러나 어머니는 개의치 않는다는 듯 대거리조차 하지 않은 채 나를 찬찬히 뜯어보며 작은 소리로 속삭이듯 말했다.

솔직히 말해서 나는 그 아이와 헤어지는 게 싫어. 지금까지 잘 살아왔는데, 꼭 독립시켜야 해? 결혼해서 그냥 같이 살면 안 돼?

그러자 선배가 다시 눈을 사납게 치뜨고 쏴붙였다.

지금까지 입이 아프도록 설명했는데, 엄만 또 딴소리야? 얼마나 더 설명해야 알아듣겠어요? 그게 엄마와 오빠, 둘 다를 위하는 길이라고 그렇게 떠들었는데 아직도 몰라?

선배는 정말 안타깝다는 얼굴이었다. 선배의 목소리가 너무 컸던 탓일까. 옆 테이블에 앉아서 과일주스를 빨며 조잘거리던 젊은 여자들의 눈이 동그래졌다. 그러나 어머니의 표정엔 변함이 없었다. 선배는 쳐다보지도 않은 채 다시 말을 이었다.

건강해 보여서 좋구먼.

순간, 나는 그를 처음 만났을 때 그가 하던 말이 기억났다. 어쩌면, 그런 것까지도 같을 수가 있을까. 그렇다면 어머니 역시 내 생긴 겉모양을 보고 하는 소리가 아니겠는가. 나는 나도 모르게 한숨을 뱉어냈다. 다시 선배가 원망스러웠다.

그 아이는 내가 끓여준 된장찌개만 먹어. 다른 사람이 끓여준 된장찌개는 맛이 없다고 입에도 대지 않아. 그런데 그걸 어떻게 고치냐고?

어머니는 잠시도 쉬지 않았다. 계속 말을 쏟아냈다.

나는 입을 다물었다. 산 넘어 산이라고, 버거운 상대를 하나 더 만난 느낌이었다. 그러니까 어머니는 선배의 말은 무시한 채 나를 만나기 위해 무작정 나온 게 틀림없었다. 그래도 나는 그것에 대한 불평을 늘어놓을 수가 없었다. 얼음이 녹아 밍밍해진 아이스 아메리카노를 빨면서 여전히 입을 굳게 닫고 있었다. 공연히 끼어들어 감 놔라 배 놔라 하다가는 자칫 일을 그르칠 수도 있겠다는 계산이 섰던 까닭이다. 그렇다고 그냥 주저앉아 있을 수도 없는 노릇이었다. 가끔 추임새를 넣듯 단답형으로 예와 아니요, 대답하던 나는 잠시 뒤 선배가 응원을 청하듯 건너다보며 눈짓을 보내자 이윽고 어머니의 말을 끊었다.

결혼도 좋고, 함께 사는 것도 좋지만 먼저 오빠를 개조시키는 게 급선무 아닐까요? 사람은 사회적 동물이라고 하잖아요? 그런데 그렇게 집안에 오래 있다 보면 타성에 젖게 되거든요. 혹시 폐인이 되지 않을까, 염려스럽지는 않으셨어요? 그래서 드리는 말씀인데, 저도 선배의 말에 전적으로 동감합니다. 하루라도 빨리 그 집에서 나오게 하여 활동하게 하는 게 오빠를 위한 길일 것 같아요.

나는 평소보다 조금 크게, 또박또박 끊어내듯 말했다. 기왕 내친걸음이라면 내 태도를 분명히 밝힐 필요가 있다고 생각한 탓이었다. 그러나 한 가지, 나는 지금까지 내가 알고 있는 그의 아집과 의타심과 소심증, 그로 인해 형성된 소극적 성격 등에 대해서는 입도 뻥긋하지 않았다. 그것까지 털어놓으면 자칫 어머니에게 큰 상처를 안겨줄 수 있는 것은 물론이고, 나에 대한 인상까지 좋지 않게 각인될 수 있다고 판단했기 때문이다.

선배는 내가 거들고 나서자 천군만마를 얻은 듯 찌푸렸던 얼굴을 활짝 폈다. 하지만 어머니의 딴청은 변함이 없었다. 어머니의 관심은 그보다 나에 대한 궁금증인 듯 동문서답으로 일관했다. 일테면 이런 것들이었다. 고향이 어디냐, 부모님은 모두 계시냐, 형제자매는 몇 명이나 되느냐, 지금은 어디에서 살고 있느냐는 등, 이 일과는 전혀 관계가 없는 질문들이었다. 나는 경찰서에서 조사관에게 취조당하는 기분이었으나 싫은 내색도 하지 못한 채 그때마다 꼬박꼬박 대답했다. 내가 대꾸해주자 어머니의 질문 농도는 더욱 짙어졌다. 선배가 손을 가로저으며 막아 보았으나 소용이 없었다. 어머니는 마치 그것을 알기 위해 작심하고 나왔다는 듯 미주알고주알 캐물었다.

그럼 부모님이 고향에 땅마지기께나 가지고 계시겠네? 몇 평이나 돼?

나에 대한 심문이 끝나자 이번엔 고향에서 농사짓는 부모에 대하여 질문을 던지기 시작했다. 나는 시시콜콜 캐묻는 어머니에게 어떻게 답변해야 할지 몰라 우물거렸다. 고향인 아산에서 부모가 농사를 짓는 것은 사실이지만 소유하고 있는 전답은 그렇게 많은 편이 아니었다. 더구나 농사가 주업이 아니라 엄격히 구분하자면 축산, 즉 소를 기르는 게 주업인 셈이었다. 그런데 그걸 어떻게 설명해야 할까. 어머니가 소를 알까. 목장을 알까. 사료는 어떻게 배합하며 하루에 몇 번 줘야 하고, 송아지는 어떻게 받는지, 설명하면 알까. 또 설혹 그것을 안다고 해도 대답으로 끝나는 게 아니라 그와 관계된 질문이 연이어 쏟아질 게 나는 두려웠다. 더욱 두려운 것은 본래 말재주도 없는데 그 질문에 일일이 대꾸한답시고 입을 잘못 놀렸다가 공연히 밉상이라는 소리를 듣지 않을까, 하는 점이었다.

심문 아닌 심문은 한 시간이 넘도록 이어졌다. 학원 시간을 핑계로 내가 그만 일어서야겠다고 양해를 구해도 어머니는 미련이 남는다는 눈빛으로 나를 한참 동안 붙잡았다. 만약 선배가 나서주지 않았다면 쉽게 자리를 벗어나지 못했을 게 틀림없었다. 그러나 돌아서는 나를 향해 던진 어머니의 한마디는 카페를 벗어나 학원에 이르기까지 내 뒤를 계속 끈질기게 따라왔다.

애 아빠가 젊은 날 먼저 저세상으로 가버린 후 나는 오직 그 아이 하나 붙들고 살아왔어. 그런데 얘가 자꾸 졸라대서, 그게 그 아이한테 좋다고 해서, 나오긴 했지만 나는 솔직히 아직 뭐가 뭔지 잘 모르겠어. 몸뚱이는 갈수록 늙어가는데 그 아이라도 곁에 없어 봐? 얼마나 허전하겠어? 그렇다고 미용실에 나가 앉아 있을 수도 없잖아, 이젠 그것도 힘에 부쳐서 처분하려고 내놨거든……. 내 말 알아듣겠어?

4

내비게이션은 정확했다. 약속 시간에 맞춰 그의 아파트 지상 주차장에 나를 정확히 데려다주었다. 차에서 내린 나는 단지를 한번 천천히 휘둘러보았다. 처음 와보는 아파트 단지였으나 왜 그런지 낯설게 느껴지지 않았다. 성곽 같은 20층의 시멘트 구조물들이 길게 늘어선 단지 앞 주차장은 출근을 준비하는 사람들로 부산스러웠다. 수도권이라고는 하지만, 요즘 추세로 보면 결코 시세가 만만치 않을 터이었다. 더구나 48평형이라면 현재 내가 사는 원룸 서너 개 정도는 너끈히 사고도 남을 게 틀림없었다.

일기예보는 비가 내릴 것이라고 했다. 그러나 하늘은 구름이 조금 깔려있을 뿐 다행히 비를 뿌릴 기미는 보이지 않았다. 나는 그가 내려오기를 기다리면서 숨을 몇 차례 깊이 들이마셨다. 긴장하지 말아야 한다고 마음을 다졌으나 목과 어깨, 다리가 나도 모르게 굳어 있었다. 뭐야, 이게. 나는 실소를 터트렸다. 아직 더위가 가시지 않은 팔월의 끝자락이었으나 아침 공기는 선선한 기운이 감돌았다.

약속 시간이 되자 파란 등산복 차림의 그가 201동 3, 4라인 중앙현관 입구에 모습을 드러냈다. 내가 손을 흔들자 그가 눈부터 웃으며 빠른 걸음으로 다가왔다.

엄마가 어디 가느냐고 묻길래 주희 씨랑 낚시 다녀올 거라고 했어요.

조수석에 오르면서 그는 자랑하듯 어머니 얘기부터 꺼냈다. 나는 대꾸를 미룬 채 얼굴을 찡그렸다. 이젠 너무 많이 들어 익숙해질 때도 되었으나 그날따라 '엄마'라는 호칭이 또 맘에 걸렸다. 오십 가까운 남자가 어린아이처럼 아직 '엄마'라고 부르는 게 말이 되는가. 하지만 그게 본말이 아니므로 나는 거기에 구태여 토를 달지는 않았다.

주희 씨랑 간다니까 엄마가 너무 좋아하시던데요?

그래요?

왜 그런지 주희 씨가 남 같지 않데요, 엄마가.

나는 대꾸하지 않은 채 핸들을 고속도로 쪽으로 꺾었다. 머릿속은 여전히 풀리지 않는 문제지를 받아든 학생 같은 기분이었다. 출제 의도는 분명히 파악했는데 공식과 풀이, 정답을 찾지 못한 입시생처럼 머리가 무거웠다. 그러나 분명한 것은 오늘만큼은 그냥 넘어갈 수 없다는 것이었다. 지금까지 지지부진했던 것을 털어버리기 위해서라도 이번 기회를 놓쳐서는 아니 된다는 초조와 불안이 온몸을 억눌렀다.

그러나 다행스럽게도 그는 내 속셈을 눈치채지 못한 듯했다. 뭐가 즐거운지 차가 출발한 뒤에도 계속 눈웃음을 흘리고 있었다. 떨떠름한 얼굴로 마지못해 약속하던 그날과는 전혀 다른 얼굴이었다.

내가 선배에게 비밀에 부쳤던 것은 바로 이것이었다. 그날 갤러리도 극장도 싫다면서 도리질하던 그를 끈질기게 밀어붙여 얻어낸 성과가 바로 진천, 초평 저수지에 같이 간다는 약속이었다. 그러니까 그날 이후 일주일 동안 나는 그를 어머니에게서 어떻게 떨어뜨릴 수 있을까, 머리를 싸매고 고심하면서 불면의 밤을 보냈다. 선배와 약속한 기한이 벌써 석 달이 넘어가고 있다는 게 나를 더욱 초조하게 만들었다. 결국 내가 찾아낸 방법이란 앞으로는 에둘러 가지 않겠다는 것이었다. 좀 더 적극적인 방법을 직접 구사하여 생산적이고 진취적인 관계로 격상시켜야겠다고 생각했다.

엄마가 그러시는데, 주희 씨가 죽은 이모를 많이 닮았데요.

그래요? 오빠도 그 이모란 분, 본 적 있어요?

아주 어렸을 때 몇 번 본 것 같기는 한데, 잘 기억나지는 않아요.

나는 머리를 끄덕거렸다. 어떻게 생겼을까, 그 이모라는 분……. 그러나 어쨌든 기분은 나쁘지 않았다. 어머니가 나를 그렇게 보고 있다면 그 완강한 마음을 돌릴 수 있는 실마리를 찾을 수도 있지 않을까, 하는 생각이 들었다.

내가 그날 그에게 초평 저수지를 강력히 추천한 이유는 간단했다. 물론 즉흥적이기는 하였으나 그곳이야말로 그와 같은 방법을 사용하기에 안성맞춤이었기 때문이다.

우선 소문난 곳이 아닌 탓에 그곳은 사람의 발길이 늘 뜸했다. 찾는 사람들이라고 해봤자 대부분이 낚시꾼인 까닭에 수상 좌대에 대를 펴놓은 그들은 종일 있어도 없는 듯 정물처럼 앉아 있을 따름이었다. 내가 그곳을 알게 된 이유는 붕어낚시에 미쳤던 두 번째 사내 때문이었다. 다 지난 일이지만 그때 나는 그의 손을 잡고 돌로 만든 농다리와 물가를 끼고 길게 이어진 산책길을 걸으며 미래를 설계했고, 또 물 위에 떠 있는 장난감같이 생긴 수상 좌대에 앉아 작은 붕어를 낚으며 깔깔거리기도 했다. 또 바람에 물결이 일렁거릴 때는 수상 좌대가 풍선을 탄 것 같이 흔들려 은근슬쩍 그에게 몸을 기울이기도 하였다.

수상 좌대는 대부분 사방이 노출되어 있지만, 방은 아니었다. 비록 면적은 작지만 있어야 할 것은 모두 비치되어있는 공간이었다. 출입문과 창문, 햇빛을 막아주는 지붕과 화장실, 특히 비닐장판이 깔린 바닥과 얇은 이불은 물론, 에어컨과 티브이, 간이식탁까지 있어 그 안에 들어가 출입문을 닫으면 둘만의 비밀스러운 공간이 되었다. 내가 두 번째 사내와 처음 입을 맞춘 것도 그곳이었다. 그는 내가 방어할 겨를도 주지 않고 기습했다. 비린내가 풍겼으나 나는 저항하지 않았다. 서로 좋아하는 사이라면 그쯤은 당연히 거쳐야 할 절차라고 여겼다. 그게 뭐 잘못인가, 아름답지 않은가. 생각이 거기에 미치자 그 뒤부터는 기회가 주어질 적마다 내가 먼저 그를 안았다.

두어 시간 넘게 고속도로를 달리고, 거기서 다시 일반국도로 접어들어 한참을 더 달린 후에야 목적지에 도착한 우리는 자동차에서 벗어날 수 있었다. 자동차를 주차장에 정차시킨 나는 곧이어 트렁크를 열고 낚시가방과 어젯밤 준비한 음식을 꺼냈다. 그는 내가 그것을 꺼내 건네자 놀랐다는 듯 눈을 동그랗게 떴다.

이걸 다 준비한 거예요?

그럼요. 준비는 철저히 해야지요.

그에게 낚시가방을 건넨 나는 '태공낚시' 간판을 찾아 앞서 내려갔다. 그곳은 수상 좌대 설치를 한수원으로부터 허가받고 낚시꾼들을 상대로 영업하는 곳 가운데 하나였다. 주인은 늙수그레한

중늙은이였다. 어디로 모실까요, 그는 우리를 반갑게 맞았다. 나는 붕어 잘 나오는 곳으로요, 하고는 나도 모르게 혼자 웃고 말았다. 초짜 티를 낸 셈이었다. 그런 대답이 세상에 어디 있담, 두 번째 사내 같으면 어디가 잘 나오는데요? 하고 먼저 요즘 조황부터 물었을 게 분명했다.

우리는 그를 따라 배가 매어져 있는 물가로 내려섰다. 바람이 불자 물비린내가 확, 코를 찔렀다. 그는 우리가 배에 오르자 푸릇푸릇한 수초가 물 위로 듬성듬성 솟아있는 저수지 상류 쪽 수상좌대를 향해 배를 몰았다. 요즘은 낮낚시가 잘 안 돼요. 더구나 농사철이라 저수지 물을 빼는 통에 붕어들이 불안한 상태거든요. 그는 섬 쪽을 향해 짧은 대를 중심으로 수초 사이사이를 공략해야 그나마 손맛을 볼 수 있을 거라고 일러주고는 느릿느릿 돌아갔다.

좌대에 올라 주위를 한 차례 휘둘러본 나는 혼자 속으로 쿡, 하고 웃었다. 낚시꾼들이 점처럼 작게 보이는 그곳은 내가 계획한 방법을 실천하기에 딱 안성맞춤이었다. 음식 보따리를 방으로 옮긴 나는 서둘러 낚싯대를 펴고 수심부터 맞췄다. 그래도 그에게 앞세운 게 낚시였으므로 그것을 소홀히 할 수는 없는 일이었다. 흰 플라스틱 의자에 앉은 그는 내가 하는 양을 신기한 듯 물끄러미 내려다보고 있었다. 떡밥을 개고, 또 그것을 바늘에 뭉쳐 대를 던질 적에도 그는 여전히 구경꾼처럼 앉아 있었다. 그는 미끼를 끼우고, 대를 휘두르고, 다시 거두어들이는 내 솜씨가 놀랍다는 눈빛이었다.

제 말이 맞지요?

뭐라고 하셨는데요?

카페에서 제가 그랬잖아요. 시인은 자주 이런 데를 찾아 자연과 어울려야 한다고요. 그래야 좋은 시를 쓸 수 있다고요.

아, 그 얘기…….

시는 머리로 쓰는 게 아니라 가슴으로 써야 한다면서요?

그렇지요.

그럼 가만히 앉아 있지 말고 시상을 떠올리세요.

나는 그를 돌아보며 눈을 흘겼다. 그 이야기는 그날 내가 그를 설득하기 위해 꺼낸 카드였다. 어떻게 시인이라는 사람이 방구석 아니면 카페밖에 모르느냐, 그런 곳에서 진정한 작품이 나오겠느냐고 다그치자, 고개를 외로 꼬고 앉아 완강히 버티던 그가 그런 걸 어떻게 알았느냐고, 반문하면서 결국은 머리를 끄덕거린 것이었다.

근데 낚시는 언제부터 배웠어요?

아, 이거요? 어릴 적부터요. 우리 동네엔 지금도 방죽이 여기저기 널려 있어요.

찌를 주시하던 나는 슬쩍 그의 얼굴을 살폈다. 물론 그 말은 사실이었다. 그러나 어릴 적에 낚시를 배웠다는 것은 거짓말이었다. 내가 본격적으로 낚시하기 시작한 것은 두 번째 사내를 만난 뒤부터였으니까. 그때 비로소 붕어 낚는 재미에 빠졌고, 그러다가 낚싯대를 장만했고, 채비 매는 법을 배웠고, 그와 헤어진 뒤에도 가끔은 혼자 훌쩍 낚시가방을 차에 싣고 다녔으니까…….

잠시 뒤 나는 그의 몫으로 낚싯대 한 대를 펼쳐주고 곁에 앉혔다. 그는 싫다고 하지 않았다. 미끼는 내가 대신 떡밥을 크게 달아 던져주었다.

저기를 잘 보세요. 저게 올라오거나 쏙 들어갈 때 채면 돼요. 아셨죠?

나는 손가락으로 찌를 가리켰다. 그러자 색동옷처럼 알록달록한 찌를 뚫어지게 바라보는 그의 눈빛이 반짝거렸다. 나는 말 잘 듣는 착한 학생 같은 그를 훔쳐보다가 나도 모르게 피식 웃고 말았다.

'태공낚시' 주인의 말은 틀리지 않았다. 입질은 오지 않았다. 가끔 건드리는 놈들이 있긴 했으나 그건 금년에 알에서 깨어난 치어가 분명했다. 낮낚시보다 밤낚시가 잘 된다고 했지만 이렇듯 잡히지 않는 것을 보면 아무래도 아직 더위가 채 가시지 않은 것도 원인 가운데 하나인 듯했다.

한동안 시키는 대로 꼼짝하지 않고 찌를 주시하던 그도 찌가 말뚝처럼 까딱하지 않자 지루한 모양이었다. 머리를 뒤로 젖히더니 곧이어 하품을 터트리기 시작했다. 하지만 나는 지루하지 않았다. 따지고 보면 낚시는 핑계일 뿐, 목적이 아니잖은가.

점심 무렵을 디데이로 잡은 나는 해가 중천에 오르자 덥다는 것을 핑계로 그를 방으로 끌어들였다. 그리고는 에어컨을 틀고 출입문을 닫았다. 얼마 지나지 않아 시원해진 방 안은 딴 세상처럼 변해버렸다. 나는 간이식탁에 휴대용 버너와 준비한 음식을 펼쳐놓고 와인 잔과 함께 그날의 전술 무기인 프랑스산 무똥 까데 레드 와인을 꺼냈다. 드디어 작전 개시. 이제는 앞뒤를 잴 필요가 없었다.

방에 들어온 그는 멋쩍은 듯 주춤거렸다.

뭘 꾸물거리세요? 이런 데 나오면 좀 일탈도 하고 그러세요.

나는 그를 억지로 내 옆에 주저앉혔다.

주희 씨는 주량이 얼마나 돼요?

저요? 저는 빨간 거로 반병이면 죽어요.

소주 반병? 나는 속으로 웃었다. 그것 역시 거짓말이었다. 물론 그날 컨디션에 따라 다를 수는 있지만 대략 두 병을 마셔도 까딱없었다. 하지만 그는 그 말만 듣고도 놀랍다는 듯 입을 크게 벌렸다. 육수가 끓어오르자 채소를 넣었다. 채소가 우러나자 한번 휘젓고는 이번엔 새우, 삿갓조개, 홍합, 오징어, 낙지, 전복 등, 준비해온 해물을 넣었다. 더울 때 달콤한 술과 뜨거운 안주란 사람을 혼미하게 만드는 충분 요소였다.

나는 그가 술은 입에도 대지 못한다는 것을 벌써 알고 있었다.

선배는 그 말을 하면서, 숙맥이라고 웃었다. 그러나 분위기 탓일까, 아니면 붉은색에 미혹 당한 것일까. 그는 내가 조심스럽게 와인 잔을 건네주자 마다하지 않고 받았다.

향이 어때요?

나는 잔을 두어 차례 돌리면서 그를 쳐다보았다. 내가 하는 양을 모범 학생처럼 자세히 살펴보던 그는 곧 나를 따라 했다. 나는 되었다 싶었다. 그렇다면 다음 순서는 건배였다. 나는 그의 잔에 내 잔을 부딪치면서 그게 성공을 알리는 신호탄이라도 된다는 양 큰 소리로 외쳤다. 김도안 오빠를 위하여, 주희를 위하여, 초평 저수지 붕어들을 위하여……. 분위기 탓이었을까. 그는 단숨에 잔을 비웠다. 나는 그가 마시는 것을 눈여겨보다가 물었다.

와인 맛이 어때요?

내가 묻자 그는 얼굴을 찡그리며, 떫다고 대답했다. 나는 얼른 샐러드를 종이 접시에 담아 밀어주고는 다시 와인을 그의 잔에 삼분지 일 가량 따랐다. 맛을 음미하면서 천천히 드세요. 와인도 급히 마시면 취해요. 그리고 취하면 오래가요. 하지만 그는 내 말을 듣지 않았다. 목이 마른 듯 또 금방 잔을 비웠다. 나는 이번엔 해물을 떠서 그의 앞에 놓아주며 눈치를 살폈다. 아니나 다를까. 잠시 뒤 얼굴이 붉어진 그의 말꼬리가 조금씩 흐려지기 시작했다.

내가 궁리한 방법은 다른 게 아니었다. 어찌 보면 지극히 평범

한 것일 수도 있었다. 일테면 미인계라고 할 수 있는 것인데, 아직 여자와 잠자리는커녕 키스도 해 본 적 없을 것 같은 그에게 그것이 무엇인지 이참에 과감히 보여주자는 것이었다. 죽기 아니면, 살기. 그렇게 하면 아무리 숙맥이라도 제가 별 수 있겠어? 나는 꿩과 알을 한꺼번에 생각하며 속으로 쿡쿡, 웃었다.

기회는 생각보다 빨리 온 셈이었다. 나는 한차례 숨을 깊이 들이마셨다. 그리고는 슬그머니 그의 손을 잡았다. 그가 뿌리치면 장난이라고 변명하고 웃어줄 참이었다. 그러나 그는 뿌리치지 않았다. 잡힌 채 가만히 있었다. 그의 손은 보기보다 더 부드럽고 뜨거웠다.

나는 술이 때로 사람을 용감하게 만든다는 것을 익히 알고 있었다.

붉어진 그의 얼굴이 더 달아오르자 이윽고 나는 숨을 깊이 들이마셨다. 그렇다면 이번엔 좀 더 적극적인 방법을 구사할 차례였다. 나는 두 번째 사내가 나에게 했던 것처럼 가쁜 숨을 내쉬는 그의 어깨를 기습적으로 와락, 끌어당겼다. 그리고는 크고 벌렁까진 내 입술로 그의 입술을 덮었다. 순간, 숨이 막힌다는 듯 잠깐 몸을 비틀었으나 그도 그것을 순순히 받아들였다. 그래, 이거야. 나는 오히려 진작 실행하지 못한 것을 후회하며 한동안 입술을 붙인 채 움직이지 않았다. 높아진 그의 숨소리가 내 귀를 때렸다.

그랬다. 그런 일은 언제나 첫걸음이 힘들었다. 그러나 한번 시작하면 그 뒤부터는 식은 죽 먹기보다 쉬운 게 또 그런 일이었다. 그것을 가르쳐준 사람은 두 번째 사내였다. 그러나 그도 두 번째 사내와 다르지 않았다. 그렇게 입술을 붙이고 얼마쯤 지나자 이번엔 그가 먼저 조금씩 움직이기 시작했다. 이런 걸 본능이라고 하는 걸까. 내 입술 사이로 불쑥 비집고 들어 온 게 그의 혀라는 것을 깨달은 순간, 나는 깜짝 놀랐다. 이런 것도 할 줄 알아? 그러나 나는 그게 싫지만은 않았다. 아니, 어쩌면 그가 그렇게 해주기를 은연중 기다렸는지도 모를 일이었다. 이번엔 내가 그에게 입술을 맡긴 채 얌전한 학생처럼 가만히 있었다. 부드럽고 물컹한 혀에서는 떫으면서도 달착지근한 와인 향이 묻어났다.

잠시 뒤 그가 내 귀에 대고 속삭이듯 말했다.

주희 씨랑 같이 살자고 하래요, 엄마가.

오빠도 같이 살고 싶으세요?

그럼요.

나는 그를 더욱 힘주어 끌어안았다. 그건 내가 가장 듣고 싶어 하던 말이었다. 그러나 확인이 필요했으므로 이번엔 내가 다시 물었다.

우리 둘이서만요?

아니요, 엄마랑 같이…….

나는 맥이 풀렸다. 그를 안았던 팔을 풀었다. 아직도 엄마라니, 나도 모르게 한숨이 길게 터져 나왔다. 그러자 그가 나를 다그쳤다.

같이 살면 안 돼요?

우리 둘만 산다면…….

나는 냉정하게 잘라 말했다.

같이 살아요, 우리. 엄마도 그걸 원하시는데.

그는 사랑한다는 말을 뚝, 잘랐다. 곧바로 본론을 꺼내놓았다. 물론 취중 발언이기는 하였으나 나도 그 말이 반가웠다. 만약 그 말을 그가 꺼내지 않았다면 내가 먼저 꺼냈을지도 몰랐다. 그러나 말끝마다 가시처럼 끼어드는 엄마라는 낱말이 아직 우리 사이를 가로막고 있는 것 또한 사실이었다. 나는 혼자 와인을 가득 부어 단숨에 마셨다. 와인은 떫고, 들큼했다.

주희 씨도 저를 싫어하지는 않잖아요.

나는 입을 닫았다. 내가 입을 다물자 떼쓰는 아이처럼 그가 다시 졸랐다.

그러니까 같이 살아요, 우리.

나는 그를 찬찬히 뜯어보았다. 그걸 어떻게 알았지? 언제부터 내 마음을 꿰뚫고 있었지? 나는 깜짝 놀랐다. 숙맥 중의 숙맥인 줄 알았는데, 숙맥이 아니었다. 그러나 이어진 그의 뒷말은 다시 나를 깊은 수렁으로 몰아넣었다.

주희 씨는 우리 엄마를 싫어하세요?

이쯤 되면 며칠 동안 세웠던 그 방법 역시 수포가 되었다고 할 수밖에 없었다. 하지만 나는 실패했다고는 생각하지 않았다. 시일이 촉박한 건 사실이지만, 설득할 시간은 아직 남아있으니까…….

10월로 접어들면서 바뀐 것 가운데 첫째는 우리가 드디어 카페를 벗어났다는 점이었다. 물론 그가 '톰 앤 톰즈'에 앉아 부르면 쪼르르, 달려가 아이스 아메리카노를 마시기는 했으나 전처럼 거기서 시 나부랭이 같은, 따분한 대화나 나누다가 일어서지는 않았다. 일테면 거기는 출발선일 뿐이었다. 우리는 거기서 만나 야외로, 다시 전시장으로, 또 극장으로, 팔짱을 끼고 활보했다. 그것, 즉 밖으로 그를 끄집어냈다는 것 하나만으로도 나는 큰 성공이라고 자부했다. 그러나 그보다 더 큰 변화는 얌전한 고양이가 부뚜막에 먼저 올라간다고, 그가 이젠 터놓고 틈만 나면 자기 입술을 디밀거나 내 몸을 더듬으려 한다는 점이었다.

그날도 그랬다. 그날은 공휴일로 우리가 다시 초평 저수지를 찾기로 약속한 날이었다. 조수석에 오른 그는 앉자마자 내 입술부터 찾았다. 누가 보면 어떡해요, 했으나 그는 막무가내였다. 보면 어때요, 하고는 내 어깨를 껴안았다. 그뿐만이 아니었다. 무릎 사이에 손을 찔러 넣기도 하였고, 가슴을 만지려고 덤비기도 하였다. 나는 그것에 대해서는 비교적 관대한 편이었다. 사랑한다면 서로 몸을 탐하는 건 당연한 일이고, 또 그것이야말로 사랑을 발전시킬 수 있는 효소가 아니겠는가. 그러나 나는 아직 목적을 이룬 게 아닌 까닭에 적정선을 넘을라치면 가차 없이 제지했다. 그러면 그는 삐진 듯 입을 앞으로 쭉, 내밀었다. 하지만 그것은 잠시였다. 어린아이가 어머니 품을 찾듯 다시 손을 뻗었다. 주희 씨 몸에서는 칡꽃 냄새가 나요. 그럴 때마다 나는 벌써 절반이 지난 선배와의 약속을 떠올리며 머리를 흔들었다.

정말 저하고 같이 살고 싶으세요?

그럼요.

그럼 어머니 품에서 나오세요.

그에게는 그 말이 독약이었다. 내 입에서 그 말이 떨어지면 조금 전까지 개구쟁이 같이 해갈하며 보채던 그의 손이 갑자기 착한 아이처럼 얌전해지곤 했다.

5

12월이 되면 학원은 학기말 시험으로 늘 어수선하고 바빠지기 마련이었다. 해마다 겪는 일이지만 그때가 되면 끼니를 챙겨 먹을 시간조차 없을 정도였다. 그런데 그해는 다른 이유로 더 바쁘고 어수선했다. 도대체 왜 연락조차 없는 거야. 독감이 뭐 그렇게 대단하다고……. 나는 하루에도 수십 번 핸드폰을 열어보면서 속을 끓이고 있었다. 길어도 사흘이 넘지 않던 사람이 연락을 끊은

지 벌써 열흘째였다. 내가 몇 차례 문자를 보냈으나 답신조차 없었다. 중3 학생들에게 무리수와 실수, 제곱근의 곱셈과 나눗셈, 이차방정식의 공식과 활용 등, 예상 문제를 풀어주고, 공식을 암기시키고, 열심히 설명하다가도 문득문득 그의 모습이 떠오르면 궁금하고 걱정이 되어 정신이 자글거렸다. 생각 같아서는 수업이고 뭐고 다 때려치우고 당장 달려가 확인하고 싶었다.

하지만 선배는 대수롭지 않게 말했다.

뭐, 대단한 건 아니야. 유행성 독감, 인플루엔자 알지? 그거야. 그래도 다행이지 뭐니. 코로나는 음성으로 나왔다니까.

근데 왜 답신도 안 보낸 데요?

원래 오빠가 좀 유난하잖니. 아마 오빠는 독감이 핸드폰으로도 전염이 된다고 생각하고 있을지도 몰라. 웃기지? 그런 사람이라니까. 아니면 연락하는 순간 보고 싶은 마음을 주체할 수 없을까 봐 그런지도 모르고⋯⋯. 그런데 그걸 누가 말릴 수 있느냐고!

선배는 아무 일도 아니라는 듯 손사래까지 치면서 까르르거렸다. 그러나 나는 웃을 수가 없었다. 인플루엔자는 나도 몇 년 전 앓아봐서 그 고통을 잘 알고 있었다. 급성 호흡기 질환, 거기엔 특별한 약이 없었다. 의사도 감기약 같은 걸 처방해 주고는 무조건 푹, 쉬라고만 권했다. 며칠 쉬면 나을 거라고 했다. 그러나 모래가 낀 듯 목이 따끔거리고, 시도 때도 없이 기침과 가래가 터져 나오고, 콧물이 계속 흘러내리고, 이불을 다 꺼내 덮어도 춥고,

머리가 깨질 듯 아픈데 어떻게 편안히 쉴 수 있단 말인가. 이러다가 죽는 것은 아닐까, 하는 절박한 심정으로 며칠 동안 꼼짝하지 못한 채 누워서 끙끙 앓았던 끔찍한 기억이 새삼스레 떠올랐다. 그런데 그런 고통을 당하고 있는 오빠를 이야기하면서 깔깔거리다니, 나는 선배가 과연 그와 피를 나눈 혈육이 맞을까, 싶어 그날 밤 내내 그녀를 원망하며 잠을 이루지 못했다.

결국 열흘 만에 내가 내린 결론은 하나였다. 그냥 멀리서 그가 자리를 털고 일어나기만을 기다릴 수는 없었다. 그것은 나답지 않을 뿐만 아니라 또 그에 대한 도리가 아니었다. 까짓 전염이 되면 어때, 사랑한다면 그것보다 더 큰 죽음까지도 같이 가야 하는 것 아니겠어? 나는 그냥 보고만 있을 수 없었다. 빨리 달려가 그의 목구멍 깊숙이 박혀 있는 가시 같은 가래와 바이러스를 모두 손톱으로 박박 파내 주고 싶었다. 생각이 거기에 미치자 지금까지 보이지 않던 길이 보였다. 길이 거기 있었다. 왜, 왜, 왜 진작 그걸 생각하지 못했을까. 나는 내 머리를 주먹으로 연신 때리며 밤새 미친 사람처럼 혼자 깔깔거렸다. 그리고는 곧 그것을 행동으로 옮기기로 결심했다. 아침 일찍 자리를 털고 일어나 세면을 마친 나는 오랫동안 민트색 가글액으로 입안을 헹구고, 아이라인을 고치고, 립스틱도 진홍빛으로 골라 발랐다. 그래도 무언가 부족한 것 같아 이번엔 순금으로 된 방울 모양의 조그만 귀걸이까지 매달았다. 내가 귀걸이를 한 게 몇 년 만인가. 그러자 비로소 볼 안쪽이 조금 화사해 보이는 것 같았다. 나는 곧이어 운동화 끈을 바짝 조였다. 시간이 없었다. 출입문을 나선 나는 서둘렀다. 첫추위라고 호들갑 떠는 라디오 소리를 한쪽 귀로 흘리며 그가 누워 있는 아파트로 차를 몰았다.

선배의 부탁은 어려운 수학 문제가 틀림없었다. 내 실력으로는 도저히 풀 수 없는 난제였다. 하지만 호랑이를 잡으려면 호랑이 굴로 들어가라는 말처럼, 같이 살면서 슬슬 풀어가면 풀지 못할 문제도 아니었다. 얼마나 외로웠으면 어머니가 그를 기둥처럼 붙들고 살았겠어? 정말 나, 바보 아니야? 나는 비로소 내가 바보천치라는 걸 절감했다. 후회막급이었다.

액셀러레이터를 밟으면서 나는 선배에게 절반의 성공이라고, 문자를 보냈다. 답신은 기다리지 않았다. 이건 누가 봐도 실패한 게 아니니까.

이윽고 아파트 앞에 도착한 나는 힘껏 초인종을 눌렀다. 이 집이 이제부터 내가 살 집이라는 생각이 들자 색이 바랜 현관조차 낯설게 느껴지지 않았다. 인기척이 없자 나는 다시 초인종을 힘차게 눌렀다. 몇 번이나 눌렀을까. 마침내 안에서 인기척이 조그맣게 들렸다. 누구, 누구세요? 나는 맥이 풀린 듯한 그의 목소리가 들리자 나도 모르게 크게 외쳤다. 누군 누구예요, 송주희지요. 이제부터 오빠하고 평생을 같이 살 여자. 나는 그 말을 뱉고 혼자 그만 쿡, 웃고 말았다. 웃지 말아야 하는데도 웃음이 자꾸 터져 나왔다. 그런데 이상한 것은 그 소리가 마치 오래전에 예정되었던 일처럼 조금도 쑥스럽지 않았다.

길과 길

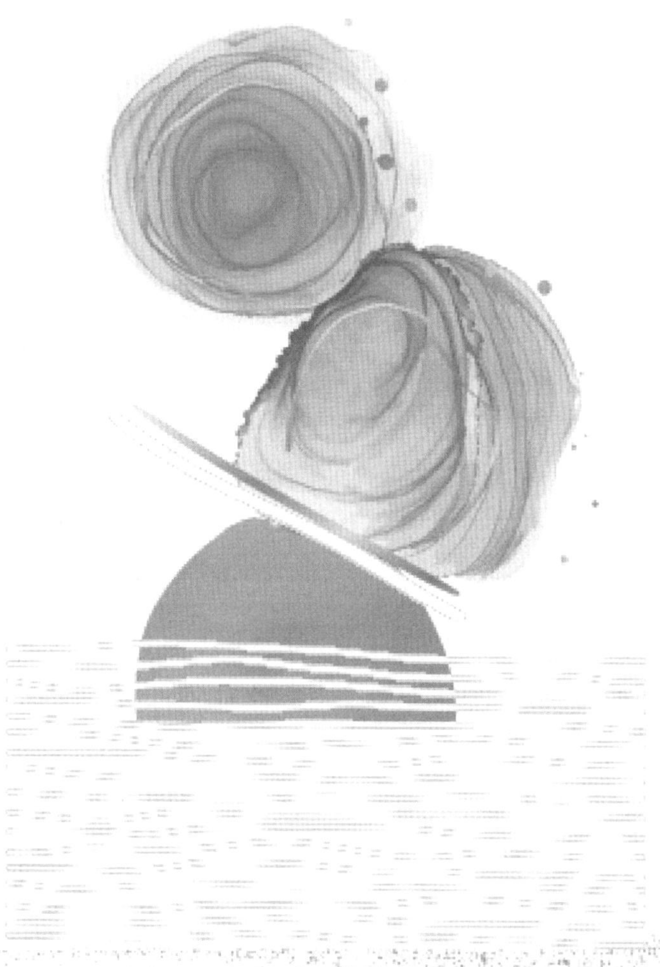

주영이가 올까.

집을 나서면서부터 시작된 우리의 입씨름은 중부고속도로를
벗어나기 전까지 계속되었다. 남편은 오지 않을 수도 있다고 했
으나 나는 작년에도 왔고, 재작년에도 왔으니까 올해에도 틀림없
이 올 거라고 우겼다. 물론 주영이가 혼자 올 수는 없었다. 늘 누
군가 데려다주고 돌아갔다. 그런 까닭에 주영이가 오고 싶다고
해도 데려다주는 사람에게 사정이 생기면 못 올 수도 있다는 것
은 나도 알고 있었다. 남편이 주장하는 근거도 그것이었다. 반드
시, 틀림없이, 라는 생각은 하지 말라는 게 그거였다. 너무 기대
하지 않는 게 좋아. 남편은 기대했다가 내가 실망하지 않을까 걱
정하는 말투였다. 그러나 나는 그렇게 생각하지 않았다. 다른 날

이라면 몰라도 오늘만큼은 반드시, 어떤 일이 있어도 꼭 와야 하며, 또 올 것이라고 믿었다. 누구 핏줄인데……. 그래서 남편의 핀잔을 들으면서도 어젯밤 음식 또한 그만큼 정성을 다해 준비한 것 아니겠는가.

시대가 그런 걸 어떡하나.

남편은 일죽으로 빠지는 IC가 2킬로미터 남았다는 이정표가 나타나자 자동차를 2차선으로 붙이며 속도를 줄였다. 뒤에서 줄곧 우리 차를 따라오던 흰색 그랜저가 금방 멀어져갔다. 지금이 어떤 때인데……. 집을 나설 때부터 떫은 감을 씹은 듯 인상을 쓰던 남편이 나를 힐끗 돌아보며 혀끝을 찼다. 왜 그럴까? 무슨 꿍꿍이속이 있나? 그러나 말은 그렇게 해도 남편 역시 그 아이가 오기를 은근히 바라고 있다는 것을 나는 그의 얼굴에서 읽을 수 있었다.

날씨는 맑았으나 아침 기온은 차가웠다. 환기를 시키기 위해 잠시 차창을 내렸던 나는 찬바람이 얼굴을 때리자 얼른 도로 올리고 말았다.

작년에 만났던 주영이는 중학생답게 제법 의젓한 데가 있었다. 아무 데서나 천방지축 까불어대던 철없는 아이가 아니었다. 몰라볼 만큼 키도 많이 자랐고 변성기를 지난 목소리도 제법 어른스러웠다. 가장 놀라웠던 것은 자신이 왜 거기에 와야 하는지를 알고 있다는 점이었다. 그런 것을 보면 지금은 비록 남남이 되고 말았으나 며느리가 고맙기도 했다.

그래도 나는 올 거라고 믿어.

그럼 오죽이나 좋아.

됐네, 그럼.

핸들을 장호원 방향으로 꺾으면서 남편은 피곤한 듯 눈을 두어 번 슴벅거렸다. 하긴 칠십 넘은 나이에 세 시간 가깝게 운전하고 왔다는 건 무리일 수도 있었다. 더구나 어젯밤 눈을 제대로 붙이지 못한 것은 그도 마찬가지 아니겠는가.

실망이 클까 봐서 그러는 거지.

장호원 시내를 벗어나 제천 방향으로 좌회전하면서 남편이 혼잣말처럼 중얼거렸다. 5월 중턱에 들어선 산자락은 어느새 연초록 천지였다.

나는 그사이에 혹시라도 연락이 오지 않았을까, 하는 마음에 손에 들고 있던 핸드폰을 열었다. 그게 소용없다는 건 이미 알고 있었다. 그러나 버릇이 되어 나도 모르게 손이 가는 건 어쩔 수 없었다. 핸드폰에는 중앙방역대책본부에서 전송한 안전 안내 문자와 자치단체에서 보낸 확진 발생 문자가 두어 개 들어와 있을 뿐이었다. '소망요양병원 방문자는 증상과 관계없이 가까운 보건소나 임시 검사소에 가서서 반드시 검사받기 바랍니다……'

아침부터 딸은 마치 어린아이에게 하듯 나를 야단쳤다. 언제까지 그 망령 붙들고 살 거냐며, 이제는 그만 머릿속에서 지워버리라고 했다. 나는 대꾸하지 못한 채 듣고만 있었다. 딸의 말은 하나도 그른 데가 없었다. 나도 할 수만 있다면 그렇게 하고 싶었다. 그러나 그걸 어떻게 가위로 싹둑, 잘라내듯 잊어버릴 수 있단 말인가. 나는 머리를 설레설레 흔들었다. 자식 먼저 보낸 어미 마음을 네가 아느냐고 대거리를 하려다가 다리 힘살이 풀려 그만 식탁 의자에 주저앉고 말았다. 마스크 꼭 챙겨 가지고 가. 휴게실 들어갈 땐 꼭 쓰고. 다행히 출근 시간에 쫓긴 듯 딸은 더 이상 긴 사설을 늘어놓지 않았다. 저녁에 잠시 들르라는 말에 짜증 섞인 목소리로 '몰라, 몰라' 하고는 먼저 끊었다. 나는 공연히 전화를 걸었다고 후회했다.

뭐래?

안방에 있던 남편이 나오면서 물었지만 나는 대꾸하지 않았다.

하지만 남편은 벌써 대화의 내용을 짐작하고 있는 눈빛이었다. 그거 보란 듯, 입을 비죽 내밀고는 빈정거리는 투로 한 마디 던졌다.

그러니까 내가 뭐라고 그랬어. 우리끼리 그냥 조용히 다녀오자고 하지 않았어.

언제 챙긴 것일까, 남편의 손에는 어느새 하얀 마스크가 쥐어져 있었다.

딸의 신경이 날카로워진 것은 비단 어제오늘 일이 아니었다. 종배와 두 살 터울인 딸은 같이 자랄 때도 늘 그랬다. 하지만 수연이가 학교 가지 않고 집에서 공부하기 시작한 요즘 들어와서 그 증세가 더 심해진 것은 분명했다. 더구나 회사 일로 늘 외국 출장이 잦은 수연이 아빠가 잠시 영국을 다녀온 뒤 두 주일 동안 감옥살이하듯 집에서 꼼짝하지 못하고 자가 격리를 하게 되자 신경은 더 날카로워졌다. 누구를 탓해, 세상이 온통 그런 걸……. 위로 삼아 내가 말을 건네도 딸은 누그러들 줄 몰랐다.

신경이 날카로워진 것은 비단 딸만이 아니었다. 단지 안의 301호 할머니, 202호 할머니도 마찬가지였다. 몇 달 전까지도 눈만 뜨면 허물없이 드나들던 사이였는데 요즘은 도통 내왕이 없었다. 사흘 전에는 열무김치 통을 들고 301호 문을 두드렸으나 얼굴도 보지 못한 채 돌아섰다. 고맙다고는 하면서도 문은 열어주지 않았다. 나는 어쩔 수 없이 문 앞에 그냥 플라스틱 통을 내려놓고 돌아설 수밖에 없었다. 202호는 그래도 301호보다는 좀 나은 편이었다. 마스크를 썼느냐고 물은 뒤 문은 열어주었다. 틀니까지 보이면서 활짝 웃는 모습에 서운한 마음이 조금은 가셨지만 그래도 집안으로 들어서는 나에게 손 소독부터 하라는 강다짐은 낯설기 짝이 없었다. 이게 뭐 하는 짓이냐고, 투덜거리는 나에게 202호 할머니는 오히려 종주먹을 들이대며 요즘 돌아가는 세상도 모르냐고, 지청구를 던졌다.

새잎이 돋기 시작한 게 엊그제 같은데 어느새 공원묘지 주변은 벌써 여름이 온 것 같았다. 때늦은 바람이 가끔 옷깃을 파고들었지만 그래도 오는 계절은 막지 못하는 모양이었다. 산소로 올라가면서 나는 가쁜 숨을 몰아쉬었다. 올 때마다 느끼는 것이지만 왜, 하필이면 이렇듯 높은 곳에 자리를 잡았는지 남편이 원망스러웠다. 이러다가 더 늙으면 혼자 걸어서 찾아올 수도 없을 것 같아 걱정스러웠다. 그것을 아는지 모르는지 양손에 삽과 음식 꾸러미를 든 남편은 앞장서서 올라가고 있었다. 구부정한 허리를 흔들거리며 걷는 남편의 모습이 마치 잘 마른 삭정이 같았다.

산소는 변한 게 없었다. 작년 가을에 왔을 때 양쪽 화병에 꽂아두었던 흰 국화가 마르고 시든 채 머리를 숙이고 있다는 것뿐, 봉분도 비석도 상석도 모두 물로 씻은 듯 깨끗했다. 한숨을 길게 토해낸 나는 멀리 내려다보이는 주차장을 살펴보았다. 주차장에는 검은색 승용차와 흰색 승용차가 한 대, 그리고 빈 트럭이 한 대 누워있을 뿐 조용했다. 주영이의 모습은 보이지 않았다. 나는 남편의 얼굴을 살폈다. 산소 주변을 한 바퀴 돌면서 잡초를 뽑고 있는 남편의 얼굴에서는 그러나 초조한 빛 따위는 엿볼 수가 없었다.

주영이가 올까?

글쎄 기대하지 말라니까.

그래도 오늘은 꼭 와야지요. 다른 날은 몰라도.

나는 문득 주영이가 명절 때 오지 않은 게 언제부터였는지 손가락으로 꼽아보았다. 작년 설에는 왔으나 추석에는 오지 않은 것 같았다. 산소 주변을 한 바퀴 돌던 남편이 지나가는 말투로 한마디 던졌다.

주영이는 주영이대로, 며느리는 또 며느리대로 사는 길이 각각 따로 있는 거야. 그러니까 너무 끼어들어 강요하려고 하지 말아.

남편의 손에는 어느새 잡초가 한 움큼 들려있었다. 내가 쳐다보자 남편은 그것을 내 앞으로 내밀며 혀를 찼다. 작년에 뿌리까지 샅샅이 뽑았는데도 또 이렇게 자랐어. 이놈들 생명력 하나는 정말 끈질기지 않아?

나는 대꾸를 미룬 채 들고 온 철쭉 묘목을 남편에게 건네주었다. 남편은 그것을 묘역의 경계라고 할 수 있는 석축 끝으로 가지고 갔다. 여기가 좋겠지? 삽을 든 남편이 나에게 물었다. 나는 머리를 끄덕거렸다. 그것은 어제 내가 묘목가게에 가서 일부러 사 온 것이었다. 철이 철인지라 가격이 생각보다는 조금 비싼 듯했으나 나는 군말 없이 두 그루를 샀다. 철쭉이 산소 앞에서 해마다 피어나면 종배가 그래도 덜 외로울 것 같았다. 그렇지 않아도 산소 주변에 꽃이 넘쳐나는데 뭘 또 사 왔냐고 남편이 못마땅한 듯 한마디 했지만 나는 변명하지 않았다. 아들이 외로울 시간을 생각해봤냐고 대거리를 할까, 하다가 참았다.

됐어?

남편이 철쭉 묘목을 다 심고는 땅을 다지듯 운동화로 꾹꾹 밟으며 물었다.

그래요.

이번에도 나는 힘없이 머리로 대답했다. 왜 아직 오지 않는 것일까. 그러나 알아보고 싶어도 이제는 알 길이 없었다. 4년 전에 핸드폰 번호를 바꾼 며느리가 소식을 끊은 것은 그렇다 치고, 작년엔 주영이의 핸드폰 번호도 바뀌었다. 내가 그것을 알게 된 것은 작년 추석 무렵이었다. 추석에 올 거냐고, 묻기 위해 버튼을 눌렀으나 매번 그런 번호가 없다는 안내음만 들려왔다. 왜 그런지 모르겠다고, 묻는 나에게 딸은 콧방귀를 뀌며 서슴없이 쏘아붙였다. 엄마는 언제까지 그렇게 미련을 떨 거야? 그것도 눈치채지 못했어? 이젠 아주 남남이 되겠다는 뜻이잖아. 죽은 사람은 죽었으니까 이젠 잊어버리고, 산 사람은 자기들의 삶을 살겠다는데 왜 자꾸 치근덕거려, 볼썽사납게. 나는 아무 대꾸도 하지 못했다. 그렇구나. 그게 그 뜻이었구나. 곁에서 듣고 있던 남편까지 그걸 몰랐느냐며 눈을 흘겼다.

공원묘지 관리사무소가 잘 관리하고 있구먼. 우리가 나설 게 별로 없을 정도야. 봐, 잡초 몇 개가 고작이잖아? 이젠 자주 올 필요도 없겠어.

남편이 손을 툭툭, 털며 상석 앞으로 걸어왔다. 나는 또 가슴이 철렁했다. 남편은 여기 올 때마다 빠트리지 않고 늘 한마디씩 군말을 덧붙였다. 오늘 아침에는 부모가 아들 산소 벌초하러 다니는 집은 세상천지에 우리밖에 없을 거라는 말로 내 신경을 건드렸다. 그렇다면 앞으로는 여기도 자주 오지 말자는 얘기 아닌가. 면장갑을 벗는 남편의 등 뒤 숲속에서 이름 모를 산새가 요란하게 울어댔다. 저것들도 짝을 찾는 모양이구나. 하긴, 그럴 때가 되었지. 나는 남편을 외면한 채 하늘을 올려다보았다. 잉크를 뿌려놓은 것 같은 파란 하늘엔 이따금 솜털 같은 하얀 구름이 동쪽으로 흘러가고 있었다.

종배가 간 그날 오후도 점심 식사를 마친 나는 다른 때와 다름없이 아파트 단지 앞 할머니들이 잘 모이는 느티나무 아래 평상에 나가 앉아 수다를 떨고 있었다. 할머니들이 모이면 대개 살아가는 소소한 이야기들을 나누곤 하였는데 그날은 자식 자랑이 화두였다. 세 명의 아들을 둔 202호 할머니가 둘째 아들 자랑을 또 꺼내놓은 게 시작이었다. 뭘 자셨느냐, 어디 아픈 데는 없느냐, 전화하고는 어찌나 시시콜콜 물어대는지, 내가 아주 귀찮아 죽겠다니까. 202호 할머니는 그러나 싫지 않은 듯 말끝마다 입을 크게 벌리고 히죽히죽 웃었다. 결론은 뻔했다. 돈이 전부가 아니라는 것이었다. 육군 장교 계급장을 단 그를 나도 몇 번 본 적이 있는데, 그는 누구에게나 거수경례하는, 유난히 인사성이 밝은 젊은이었다. 나는 그녀가 소위 일류라고 지칭하던 여고 시절 이야기를 되풀이하지 않는 것만도 다행으로 여겼다. 그러다가 또 지난번처럼 사돈 이야기로 발전하면 어쩌나 싶었다. 301호 할머니도 예외는 아니었다. 몇 번씩 들어 이미 다 알고 있는 이야기를 늘어놓았다. 혼자 사는 자신을 안쓰럽게 여기는 아들 부부가 올 때마다 같이 살자고 하는 바람에 그걸 거절하느라 진이 다 빠진다는 거였다. 같이 살지 뭘 그래. 202호 할머니가 지나가는 말투로 거들자 그녀는 머리를 세게 흔들었다. 모르면 가만히 있어. 혼자 사는 것처럼 속 편한 게 어디 있다구. 나도 종배 이야기를 꺼냈다. 그러나 그날 나는 하나밖에 없는 아들, 종배의 자랑을 다 끝맺지 못했다. 허겁지겁 달려온 남편이 빨리 병원으로 가자고 팔을 잡아끈 탓이었다.

교통사고, 고속도로, 화물차가 덮쳤대. 나의 팔을 끌며 한발 앞선 남편이 다급하게 말했다. 그러나 나는 남편의 말이 무엇을 의미하는지 금방 이해가 되지 않았다. 무슨 말이야, 아침에도 통화했는데? 나는 한동안 남편을 뚫어져라 쳐다보았다. 머리가 어지러웠다. 그날 내가 기억하는 것은 단지 여기저기에 심어놓은 철쭉이 흐드러지게 피어 있다는 것뿐이었다.

그게 벌써 6년이 지나가고 있었다. 그러나 그날 이후에도 나는 종배를 잊은 적이 하루도 없었다. 부모가 죽으면 땅에 묻고, 자식이 죽으면 가슴에 묻는다는 말은 하나도 틀린 데가 없었다. 34살,

종배는 그날 이후 더 이상 나이가 들지 않은 채 내 가슴 속에 들어와 숨을 쉬고 있었다. 그의 방에 들어서면 책상 위에 세워놓은 사진 속의 그는 여전히 나를 향해 환하게 웃고 있었고, 그가 덮었던 이부자리에서는 아직도 그의 체취가 풍겼다.

왜, 아직 오지 않지?

얼마나 기다렸을까. 주차장 부근을 한동안 눈여겨보았으나 주영이의 모습은 끝내 보이지 않았다. 글쎄, 더 기다려봐야 헛일이야. 마음 접어. 남편의 채근을 견디지 못한 나는 상석 위에 가져온 음식을 진설해놓고는 봉분으로 시선을 돌렸다. 가까이 다가온 남편이 기도하자고 했으나 나는 눈을 감을 수가 없었다. 남편이 기도하는 중에도 신경이 자꾸만 주차장 쪽으로 갔다. 우리의 생사화복을 주관하시는 하나님 아버지……. 그러나 내 귀에는 그 말이 하나도 들어오지 않았다.

지금도 그때 안치실에서 마지막 본 종배의 얼굴을 생각하면 몸서리가 쳐졌다. 안된다는 것을 억지 부려가며 가까스로 들어가 확인한 종배는, 종배가 아니었다. 흰 붕대로 칭칭 감은 머리 아래로 피범벅이 된 얼굴은 퉁퉁 붓고 푸르딩딩하게 변해 있었다. 마치 다른 나라 사람 같았다. 평소대로 웃는 얼굴을 상상했던 나는 나도 모르게 진저리를 쳤다. 아니, 얘가 주영이 아빠 맞아요? 나는 남편에게 몇 번 되물었다. 남편도 충격을 받은 듯했다. 머리는 주억거리고 있었으나 넋을 잃은 얼굴이었다.

기도는 결국 남편 혼자 하고, 혼자 끝낸 셈이 되고 말았다. 십여 분 동안 혼자 중얼중얼 읊조리던 남편은 '아멘', 하고 눈을 떴다. 나는 그 소리를 듣고 속으로 '아멘'했다. 그러나 주차장을 향한 시선은 거두지 않았다. 남편은 내 시선이 주차장에 고정된 것을 목격하면서도 으레 그러려니 여기는 듯 나무라지 않았다.

기도를 마치고 주변을 한차례 살핀 남편이 허탈한 듯 손을 툭툭, 털며 나를 돌아보았다.

이젠 그만 내려가야지?

남편은 오래 머무르는 것조차 맘에 차지 않는 듯했다.

벌써?

나는 음식을 내려다보았다. 이걸 다 어쩌나. 이젠 중학생이 되었으니까 예전처럼 깨작거리지 않을 거라 짐작하고 많이 준비했는데……. 이럴 줄 알았으면 만들지나 말 걸……. 나는 나도 모르게 또 한숨이 터져 나왔다.

남편도 아까운 모양이었다. 한참 내려다보던 남편이 손을 뻗어 대구전을 집어 입으로 가져가면서 말했다.

그럼, 우리끼리 먹으면 되지.

나는 눈을 크게 떴다. 그건 주영이가 제일 좋아하는 음식이었다. 그러나 주영이가 없는 판국에 아니 된다고 손사래 칠 수도 없었다. 전을 입에 넣고 우적우적 씹던 남편이 이번엔 그것을 집어 나에게도 권했다.

싫어.

싫긴, 먹어둬. 또 한참 올라가야 해.

나는 눈을 흘겼다. 도대체 저 사람이 눈치는 있는 걸까. 내 마음을 알고 있을 텐데도 모르는 척 대구전을 목구멍으로 넘기는 남편이 밉살스러웠다. 43년을 함께 산 사람이라고는 도무지 상상되지 않았다.

한번 손을 대기 시작한 남편은 입맛까지 다시면서 이번엔 김밥으로 손을 가져갔다. 그뿐만이 아니었다. 생수병을 왼손에 들고는 나무젓가락을 찢어 겉절이도 잡채도 가오리무침도 헤집어 놓았다.

끌탕 하지 말고 먹어. 배곯으면 자기만 손해야.

겉절이를 씹으며 남편이 나를 돌아보았다.

그러나 나는 손을 댈 수가 없었다. 이따금 주차장에 새 차가 들어와 정차할 때마다 긴장하곤 하였으나 주영이가 내리는 모습은 여전히 찾아볼 수가 없었다. 장의 버스가 한 대 미끄러져 들어왔다. 그 뒤를 이어 승용차들이 몇 대 줄을 이어 들어와 멈췄다. 두건을 쓰고, 까만 상복을 입은 남자들이 아주 조그맣게 보였다. 흰 마스크를 쓰고 오르내리는 사람들이 모두 가면을 쓴 것 같았다. 이런 애가 아닌데……. 나는 가슴이 바짝바짝 탔다. 이런 생각은 부정 탄다고 꺼린다지만, 정말 코로나에 걸린 게 아닐까, 하는 불길한 생각까지 들었다. 경험해본 적이 없어 잘은 모르지만 걸렸던 사람들의 얘기를 종합하면 고생이 이만저만 아니라고 하던데……. 그것 때문에 죽은 사람이 허다하다고, 날마다 언론매체가 떠들고 있지 않은가. 정말 그렇다면 키만 컸지 아직 다 자라지도 않은 아이인데 얼마나 고생할까. 가슴이 무너졌다. 재혼한 며느리의 상대가 어떤 인품을 지닌 남자인지는 모르지만, 혹시라도 전염시킬까 봐 격리하고, 죄인처럼 괄시하는 것은 아닐까, 걱정스러웠다.

혹시 코로나에 걸린 건 아닐까?

글쎄. 그럴지도 모르겠군.

그러나 남편은 걱정하는 눈빛이 아니었다. 데면데면한 얼굴이었다. 그는 그것보다는 왔던 길을 다시 되짚어 올라갈 게 걱정된다는 듯 손목시계를 자주 들여다보았다. 휘 휘, 삐삐, 삐 삐이 삐……. 숲속 어디선가 다시 새소리가 들려왔다.

서둘러. 퇴근 시간과 맞물리면 고생해.

나는 더 이상 버틸 수가 없었다. 남편의 빗발치는 채근 때문만은 아니었다. 오지 않는 주영이를 더 이상 기다린다는 게 문득 무모하다는 생각이 들었던 탓이었다. 한숨을 길게 뱉어낸 나는 결국 일어나 풀어놓았던 음식을 주섬주섬 챙기기 시작했다. 입을 대지 않은 것은 집으로 가져갈 요량이었고, 남편이 먹다가 남긴 것은 늘 해왔던 대로 내려가다가 묘지관리사무소 앞 음식물 쓰레기통에 버릴 셈이었다.

앞서 걷는 남편 뒤를 따라 돌계단을 내려서자 산자락을 타고 내려온 바람이 내 등을 슬그머니 떠밀었다.

주영이는 끝내 볼 수가 없었다.

빨리 타지 않고 뭘 해.

주차장에 도착하자마자 짐을 재게 트렁크에 실은 남편이 잠시 머뭇거리는 나를 향해 탑승을 재촉했다. 그러나 나는 남편처럼 쉽게 자리를 뜰 수 없었다. 이제 가면 한동안은 찾지 못할 터인데……. 나는 공원묘지 C-8 구역 꼭대기에 누워있는 종배 산소 쪽을 한 번 더 올려다보았다. 그 구역으로 올라가는 길에는 승용차들이 버스 뒤로 길게 줄지어 엎드려있었다.

결국 내가 남편의 재촉을 견디지 못하고 차에 오른 것은 다시 장의 버스 한 대가 주차장에 들어온 뒤였다. 장의차 문이 열리자 상복을 입은 사람들이 마스크를 쓴 채 우르르 쏟아져나왔다. 화장실로 달려가는 사람, 관리사무소로 들어가는 사람, 피곤한 듯 서서 스트레칭을 하는 사람, 담뱃불을 붙여 무는 사람들로 잠시 주차장이 장터같이 부산스러워졌을 때 우리는 그들을 차창 밖으로 흘리면서 공원묘지 출입구를 빠져나왔다.

일죽 I-C를 벗어나기 직전 남편은 커피나 한 잔씩 하자면서 도로변에 걸린 간판이 유난히 큰 휴게소로 핸들을 돌렸다. 그렇지 않아도 따뜻한 아메리카노 생각이 간절했던 나는 토를 달지 않았다. 휴게소는 한산했다. 가끔 마스크로 얼굴을 가린 사람들이 경계하듯 지나갈 뿐 휴게실 주차장도 텅 비어 있었다. 나는 휴게실 계단 위에 있는 야외테이블에 앉았다. 커피는 남편이 주문했다. 잠시 뒤 검은색 머그잔을 양손에 들고 다가온 남편이 앉으면서 작정한 듯 무겁게 입을 열었다.

이젠 보내주자구.

뭘? 벌써 보내줬잖아?

나는 뜬금없이 그게 무슨 말인가, 되물었다.

아니, 우리 맘에서도, 아주…….

남편은 나와 눈을 마주치지 않으려는 듯 길 건너편으로 시선을 돌렸다. 나는 나를 외면하고 있는 남편의 옆얼굴을 건너다보면서 머그잔을 입으로 가져갔다. 조금 전까지 맑았던 하늘엔 어느새 짙은 구름이 잔뜩 몰려와 있었다.

생각해 보니까, 딸아이 말이 하나도 그른 데가 없어. 그게 우리가 살아갈 길이라는……. 하긴, 우리도 이제 얼마 남지 않았지만…….

남편은 혼잣말처럼 아주 낮은 소리로 중얼거렸다.

나는 잠자코 있었다. 아메리카노 맛이 왠지 씁쓸했다. 이 집 맛이 그런가. 아님, 내 입맛이 변했나, 나는 얼굴을 찡그렸다. 바람이 주차장 주변의 나뭇가지를 이따금 흔들고 지나갔다.

남편이 다시 말을 이었다.

당신은 어때?

나는 대꾸를 미룬 채 남편을 쏘아보며 눈살을 찌푸렸다. 주차장 바깥 도로 위로 짐을 가득 길은 트럭이 매연가스를 내뿜으며 힘겹게 가고, 그 뒤를 승용차들이 길게 늘어서서 따라가고 있었다.

나도 날마다 보내자고 다짐하곤 해. 근데, 어떻게 보내? 아직도 내 가슴에는 종배가 살아있는데…….

그건 사실이었다. 또 그게 내 유일한 위로이기도 했다.

오늘 올라가는 대로 책상 위에 있는 사진부터 치워, 가족사진도 내려놓고. 눈에 보이는 그 아이의 흔적을 우리 주변에서 아주 싹, 전부 없애자고. 눈에 보이지 않으면 마음에서도 조금씩 멀어지지 않겠어? 그게 우리가 살기 위해서는 제일 먼저 할 일이야. 그 아이 방도 딸아이 말대로 이젠 깨끗이 청소하고, 이부자리도 버리자구.

그런다고 걔가 정말 내 가슴에서 지워질까?

물론 금방 싹, 지워지지는 않겠지. 그러니까 노력하자는 거 아니야.

그게 수학 문제 풀듯 그렇게 간단히 해결될 거라고 봐요?

나는 남편을 똑바로 건너다보았다.

나는 노력하면 안 될 것도 없다고 봐.

다시 길 건너편으로 시선을 돌린 남편이 한숨을 길게 뱉어내었다. 오죽 답답하면 저런 말을 할까. 나는 남편을 이해했다. 내색은 하지 않지만, 그도 종배를 가슴에 묻고 늘 아파하고 있었다. 따라서 그건 나한테 하는 말인 동시에 자신에게 하는 말이기도 했다. 하지만 그건 말처럼 그렇게 쉬운 문제가 아니었다. 지금까지는 남편 말대로, 열심히 살면 이룰 수 있다는 신념 하나로 악착같이 살아왔고, 그래서 전부는 아니더라도 절반쯤은 이뤘다고 자부했으나 그 문제와 이 문제는 근본부터가 달랐다.

노력해야지, 어쩌겠어. 딸아이 말대로 다른 길이 없잖아.

남편은 여전히 길 건너편을 바라보고 있었다. 남편의 시선이 머문 산자락에는 나무들 사이로 붉게 피어 있는 철쭉 몇 떨기가 바람에 흔들리고 있었다.

미지근했던 커피는 이미 식어 있었다.

물론 어렵다는 건 나도 알아.

나는 남편과 이런 대화를 나누고 싶지 않아 먼저 자리를 털고 일어났다. 주차장으로 내려선 내가 잠시 멈칫거리자 커피 머그잔을 반납하고 온 남편이 차에 오르면서 다시 나를 재촉했다. 얼마나 컸을까. 작년엔 내 코에 닿을 만큼 자랐는데…… 나는 한숨을 길게 토해냈다. 정말 궁금했다. 안타까웠다.

딸에게서 전화가 온 것은 우리가 중부고속도로에 막 진입했을 무렵이었다. 누구를 닮아서 그런지 이번에도 딸은 앞뒤 없이 바로 본말로 치고 들어왔다.

왔어?

안 왔어.

나는 딸이 무엇을 말하는지 금방 알았다.

그거 봐. 내가 그럴 줄 알았다니까.

나는 힘이 빠졌다. 위로는커녕 뒤이어 또 뭐라고 잔소리를 늘어놓을까, 긴장했다. 아니나 다를까. 그거 보라면서 혀끝을 찬 딸은 그러니까 이젠 헛물켜지 말고 속 차리라고 다그쳤다. 그리고는 늘 입만 열면 되뇌던 것, 애면글면 끌탕 하지 말고 잊어버리라는 뒷말도 잊지 않았다.

손뼉도 마주쳐야 소리가 나는 법이야.

나는 딸이 다그치는 소리를 들으면서 어쩌면 나는 빼고 남편만 쏙 빼닮았을까, 섭섭한 마음이 들었다. 세상의 딸들은 모두 엄마 편이라는데, 우리 집 딸은 어릴 적부터 예외였다. 딸은 자기 할 말만 속사포처럼 내뱉고는 퇴근하는 길에 잠깐 들르겠다는 것을 끝으로 통화를 끊었다. 일방적이었다. 나는 버릇이 없다고 혀를 차면서도 긴장을 풀 수 있어서 그게 차라리 속 편했다.

또 핀잔만 들었군.

철근을 잔뜩 실은 화물차를 피해 차선을 변경한 남편이 입꼬리를 올리며 웃었다. 그러나 그뿐, 졸리면 눈 좀 붙이라는 말을 건넨 남편은 이천이 10킬로미터 남았다는 이정표가 나타날 때까지 앞만 주시한 채 입을 열지 않았다. 남편은 무슨 생각에 빠져 있을까. 그렇다고 말막음까지 하는 것은 아니어서 나는 이따금 차창 밖으로 비껴가는 풍경을 내다보면서 심심풀이 삼아 혼자 묻고 혼자 대꾸하며 시간을 보냈다. 일테면 이런 식이었다. 산소에 심은 철쭉이 잘 자랄까 묻고는, 혼자 잘 자랄 거야, 대답하는 식이었다. 그리고는 내가 내년에 찾아왔을 땐 정말 활짝 피어 있는 것을 보았으면, 하고 바랐다. 그때였다. 남편의 옆얼굴을 곁눈질하던 나는 문득, 기다릴 게 아니라 직접 주영이를 찾아 나서야겠다는 생각이 뇌리를 때렸다. 생각이 거기에 미치자 왜 진작 그 같은 궁리를 하지 못했을까, 나는 오기만을 기다리던 나 자신이 원망스러웠다. 그래, 그거야. 나는 쾌재를 불렀다. 나에게 박수를 보냈다. 남편의 말문이 다시 열린 것은 내가 그 이야기를 꺼냈을 때였다.

정말 코로나에 걸린 건 아니겠지?

……

내가 찾아가 확인해야겠어.

이때였다. 남편이 놀란 눈빛으로 나를 돌아보았다.

어딜?

방배동이라고 했나, 서초동이라고 했나?

누구를 말하는 거야?

누군 누구야, 며느리 친정집이지.

나는 목소리를 높였다. 이젠 남편이 뭐라고 하든지 딸이 뭐라고 하든지 상관하지 않을 작정이었다. 생각이 거기에 미치자 당장 수소문해야겠다고 다짐하며 입술을 깨물었다. 주영이가 누군가. 내 손자 아닌가. 그렇다면 그에 대한 걱정과 궁금증을 할머니가 알아야 한다는 건 도리이고 의무가 아니겠는가. 그렇게 볼 때 그 문제를 풀어갈 출발점은 며느리의 친정집이었다. 우리 집에는 발을 끊었지만, 거기는 왕래하고 있을 게 분명하니까…….

나는 다시 입술을 꼭 깨물었다. 남편이 가르쳐주지 않아도 찾는 방법은 있었다. 언젠가 202호 할머니가 일류여고 운운하면서 며느리의 친정엄마가 동창이라고 자랑하던 말을 들었기 때문이다. 여고 시절부터 제법 친하게 지냈다는데, 설마하니 주소를 모를 리 있겠는가. 그래도 모른다고 발뺌하면 여고 동창명부를 뒤져서라도 알아봐 달라고 사정하면 되지 않겠는가. 친정엄마를 만나면 다른 건 묻지 않을 작정이었다. 내 새끼, 주영이의 근황과 핸드폰 번호만 가르쳐달라고 간청할 생각이었다.

거긴, 왜 가려고?

남편의 목소리가 커졌다. 목소리가 커졌다는 건 남편이 당황하고 있다는 걸 의미했다.

당신은 할아버지라면서 주영이가 궁금하지도 않아?

그러나 나는 중단하지 않았다. 나도 모르게 톡, 쏘아붙였다. 남편은 잠시 무언가를 생각하는 듯 이맛살을 찡그린 채 입을 열지 않았다.

주영이가 왜 오늘 오지 못했는지, 알아는 봐야 할 것 아니야.

나는 남편을 계속 다그쳤다. 한참 뒤 남편은 결심한 듯 이맛살을 찡그린 채 며느리의 친정이 방배동이라고 일러주었다. 그것만이 아니었다. 남편은 선선히 그 집의 번지와 연락번호도 수첩에 적어놨다고 토로했다. 그러나 너무 오래된 까닭에 이사 가지 않았는지, 그리고 그 번호를 그냥 사용하고 있는지는 모르겠다고 덧붙였다.

그게 어디 있어?

집에.

근데, 그걸 가지고 있으면서 왜 여태까지 나서지 않았어?

내가 얘기했잖아, 이젠 남남으로 살아야 한다고.

주영이가 남이야? 걔가 지금은 비록 그쪽 집에서 밥 먹고 잠은 자지만, 걔는 엄연히 경주 정씨 양경공파, 우리 핏줄이야. 그것은 세상이 몇백 년 흘러도 바뀌지 않는다는 거 누구보다 당신이 더 잘 알잖아. 근데, 왜 모르는 척했어? 누구 속 까맣게 타 죽는 꼴 보고 싶어서 그랬어?

남편은 할 말이 없는 모양이었다. 앞을 주시한 채 마른 입맛만 몇 번 다셨다.

　며느리가 개가했다는 소식을 처음 들었을 때 나는 야속하고 섭섭한 마음에 하룻밤에도 몇 번씩 깨어나 뜬눈으로 새우다시피 했다. 야속했다. 열 길 물속은 알아도, 한 길 사람 속은 모른다더니……. 사진 속에서 웃고 있는 종배가 더 안쓰럽고, 그리웠다. 왜 일찍 떠나서 내 가슴에 대못을 박느냐고, 캄캄한 거실에 나와 앉아 혼자 훌쩍거린 적도 한두 번이 아니었다. 그러나 세월이 약이라는 말은 정말 맞는 말이었다. 터널처럼 어둡고 원망스러운 시간이 어느 만큼 지나자 야속했던 마음, 섭섭했던 마음이 나도 모르게 조금씩 희미해졌다. 그럴 수도 있겠다는 생각이 들었다. 이생에서 인연의 끈이 끊어지면 또 다른 인연의 끈을 찾아 맺을 수도 있는 것 아니겠는가. 더구나 요즘은 서로 두 눈이 시퍼렇게 살아 있을 때 헤어지는 경우도 허다한데 뭘. 그렇게 보면 며느리는 아직 살아갈 날이 많은 젊은 나이였다. 나는 다만 주영이를 잘 키워주기 바랐다. 종배와의 인연이야 거기까지라고 해도 그 아이는 어쨌든 자기 배 아파하면서 낳은 새끼니까……. 그러면서도 내심 꿍꿍이속이 따로 있은 것도 사실이었다. 핏줄이야 어디 가겠느냐는 것이었다. 어디에 있더라도 자라고 나면 틀림없이 자기 발로 찾아올 거라고 믿었다. 그래서 기일마다 잊지 않고 공원묘지에 데려다주는 며느리 쪽을 더욱 고맙게 여겼다.

　남편의 예상대로 이천을 지나자 차들이 조금씩 밀리기 시작했다. 도로는 편도 4차선으로 넓어졌으나 연결된 다른 도로에서 들어오는 차들이 갑자기 늘어난 게 원인인 듯했다. 2차선에서 서행하던 남편이 나를 흘끗 돌아보면서 입을 열었다.

길이 아니면 가지 말라는 말, 들어 봤지?

남편의 목소리는 느리고 나지막했다.

그 길이 어떤 길인데?

나는 뜬금없다고 생각했다.

보고 싶은 마음, 그거 당신만 있는 것 같아? 당신만큼은 아닐지 모르지만 나도 그 아이 얼굴을 떠올리면서 밤잠을 설친 게 한두 번이 아니야.

아니, 그렇다면 적극적으로 나섰어야지.

길이 다른 걸 어떻게 해. 내가 나서서 들쑤셔봐. 며느리는 며느리대로, 주영이는 주영이대로 얼마나 힘들겠어. 그렇지 않아도 아픈 상처를 안고 사는 아이들인데. 그러니까 아물 때까지는 아파도 서로 모르는 척 눈감고 가야지.

길게 한숨을 토해낸 남편이 뒷말을 이었다.

그래서 얘기한 거야, 잊지는 못하겠지만 억지로라도 잊도록 노력하자고……. 왜냐하면 그게 서로 살아갈 길이거든.

남편은 딸과 같은 말을 반복했다. 남편은 늘 그런 식이었다. 답변이 궁색하거나 자기 말이 통하지 않으면 딸을 앞세웠다. 그러나 이제 나는 그 두 사람과 걷는 길이 달랐다. 소극적인 남편의 의사에 따를 생각이 없었다. 지금부터는 내가 보고 싶을 때 스스로 찾아가 만나고, 밥도 사주고, 용돈도 건네줄 생각이었다.

서행하던 앞차가 멎자 남편도 적당한 간격을 두고 브레이크 페달에 발을 올렸다. 차가 멎자 세상이 갑자기 정지된 느낌이었다.

마음속에 길 하나 품고 살자. 우리, 이젠.

그건 당신 생각이야. 내 감정까지 억지로 가두려고 하지 마.

나는 아랫입술을 비죽, 내밀었다. 작년에 봤던 주영이의 웃는 얼굴이 순간, 눈앞을 스쳐 지나갔다. 어쩜 웃는 모습까지 제 아비를 똑 닮았을까. 나는 다시 어금니를 깨물었다. 내 삶에서 그리움을 뺀다면 어떻게 될까. 얼마나 삭막할까. 그건 상상만 해도 몸서리가 쳐졌다. 갑자기 눈물이 쏟아질 것 같았다.

머잖아 우리도 갈 텐데, 뭘.

그래도 살아 있는 동안 난 그렇게 할 수 없어.

나는 단호하게 잘라 말했다. 아무리 남편이 그렇게 말해도 며느리의 친정집을 찾아가겠다는 생각은 접을 수가 없었다. 물론 틀렸다는 건 아니지만, 그것은 남편의 일방적이고 소극적인 방법일 따름이었다.

앞 자동차 꼬리를 물고 올라가는 서행이었지만, 그래서 답답한 건 사실이었으나, 시간이 지나자 언제 그랬느냐는 듯 우리는 하남과 광주를 지났고, 마침내 중부고속도로의 마지막 관문인 동서울 게이트도 벗어났다. 그러나 우리는 여전히 길 위에 있었다. 나는 집으로 가기 위해서는 순환도로로 접어드는 게 빠르다고 했으나 남편은 내 말을 듣지 않고 올림픽 도로를 선택했다. 여의도를 빠져나가기 전에 막힐 게 뻔했으나 나는 굳이 반대하지 않았다. 그쪽으로 가나 저쪽으로 가나, 결국은 통하게 마련이니까……

잠실 운동경기장을 지나 육삼빌딩과 국회의사당이 있는 여의도 부근에서 역시 정체되었으나 그것도 잠시, 차가 자유로로 접어들자 내 눈앞에는 어느새 낯익은 길이 펼쳐졌다. 일산의 고층 아파트들이 우측으로 보이기 시작하자 나는 비로소 내 집이 멀지 않다는 것을 확인할 수 있었다.

든든한 집

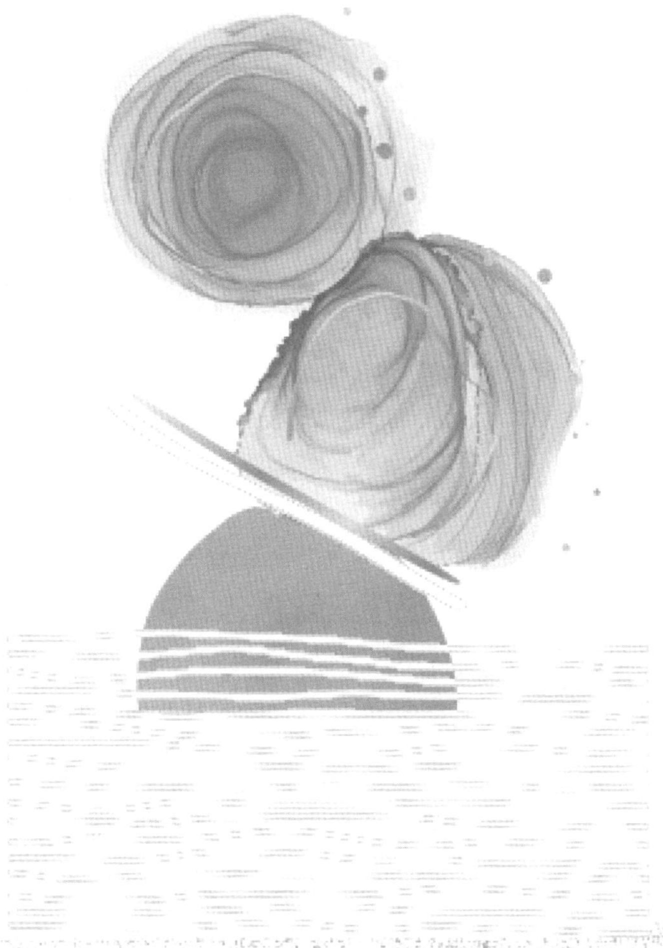

1

딸이 다녀갔다.

딸이 집에 머물다간 시간은 두 시간이 채 되지 않았다. 말 몇 마디 건네고 간 게 전부였다. 그러나 남긴 파장은 하룻밤이 지나도 가라앉지 않았다. 다녀간 날이면 늘 잠을 이루지 못하고 혼자 가슴을 치다가 밤을 밝히기 일쑤지만, 어젯밤에는 그 강도가 다른 날보다 조금 더 심했다. 그렇게 보면 서른이 넘었으니까 이젠 철이 들 법도 한데 딸은 아직도 어린아이처럼 된바람을 몰고 다니는 것 같았다.

딸이 오겠다는 연락을 할 적마다 나는 가슴이 뛰곤 하였다. 객지에 나가 있는 딸자식이 다녀가겠다고 하면 응당 반가워야 할 터인데 그렇지 않았다. 왜, 또 무슨 일 때문에 온다는 걸까, 불길한 예감이 앞섰다. 아니나 다를까. 그 예상은 딸이 아파트 문을 들어설 때 이미 적중한 셈이었다. 딸은 숨넘어가지 않으니까 좀 앉아서 차근차근 얘기하라고 일렀으나 내 말은 귓등으로 흘리고 허리를 곧추세운 채 항상 하던 대로 그날도 본론부터 꺼냈다.

나, 이번에 결혼하기로 했어. 며칠 뒤에 인사시키러 그 사람 데리고 올 테니까 준비 좀 해줘. 보통 사람 아니니까 은미랑 아빠한테도 단단히 일러주고…….

나는 그 말이 믿기지 않았다. 뜬금없이 그게 무슨 소리인가. 이번엔 또 어떤 사내를 데려오겠다는 건가. 나는 나도 모르게 한숨이 터져 나왔다. 그러나 딸은 내 얼굴은 쳐다보지도 않은 채 뒷말을 거침없이 이었다.

그리고 참, 결혼하면 은미, 이젠 내가 데리고 갈 거야.

나는 잠시 내 귀를 의심했다. 그게 무슨 소리인가. 아무리 앞뒤를 자르고 말하는 게 딸의 습관적 어투지만, 그런 걸 의논 한마디 없이 통고하듯 내던질 수 있단 말인가. 나는 이건 아니다 싶었다. 결혼할 상대가 누구인지는 뒷전이었다. 그게 어디 한두 번인가. 문제는 은미였다. 은미만큼은 보낼 수 없었다. 어떻게 기른 아이인데……. 나는 일전을 불사하겠다는 각오로 주먹을 쥐고 눈을 사납게 치떴다.

걔는 안돼. 결혼은 네 맘대로 해도 상관하지 않겠지만 걔는 못

보내.

그게 무슨 소리야? 내 자식 내가 데리고 가겠다는데. 그래, 지금까지 엄마가 고생한 것은 나도 알아. 그 점만큼은 고맙게 생각해. 그러니까 이제는 그 고생 덜어드리겠다는 거 아니야?

딸은 지지 않았다. 나를 쏘아보며 목소리를 높였다. 그렇다고 물러설 수는 없었다. 딸이 그렇게 되기까지는 그 죄가 잘못 기른 나에게 있다는 걸 아는 까닭에 참았으나 그것만큼은 아니 될 일이었다.

딸은 내가 싸울 듯 대거리를 하자 잠시 주춤하는 기세였다. 그렇다고 아주 뒤로 물러선 것은 아니었다. 이미 그쯤은 짐작하고 왔다는 투로 헛웃음을 몇 번 흘리고는 뒷말을 붙였다. 즉, 이번에 결혼할 상대가 아들 하나 있는 남자인데, 자신도 딸이 하나 있다는 것을 이야기했더니 이해해줬다는 것과 지금 그가 사는 아파트가 58평짜리인데 방이 5개여서 은미와 함께 살아도 전혀 부족하지 않다는 것이었다. 덧붙여서 딸은 그 남자가 강남에서 제법 유명한 한정식 식당을 운영하고 있다면서, 일테면 이번엔 자신이 아주 상당한 재력가를 잡았다는 것을 내놓고 자랑했다. 로또 당첨이야, 로또. 알아? 그래도 나는 믿기지 않았다. 또 설혹 그런 사람이라고 해도 언제 변할지 모르는 내 딸의 성미를 알게 되면 그래도 좋아할까 걱정스러웠다.

결혼은 가을에 하자니까 아직 시간 있어.

딸의 통고는 그게 끝이었다. 내가 그런 중차대한 일을 어떻게 한두 마디로 결정할 수 있느냐고, 은미의 의견도 들어봐야 하고, 남편과도 상의해야 하지 않느냐고 했으나 딸은 그것도 귓등으로 흘렸다. 상의할 게 뭐 있느냐는 투였다.

그래도 은미의 의견을 무시해서는 안 되지. 당사자인데.

쪼끄만 거한테 무슨 의견 같은 걸 물어. 가자고 하면 그냥 따라오면 되는 거지.

넌, 어떻게 그렇게 생각하니, 네 새낀데……. 걔가 지금 몇 살인지는 알아? 열다섯이야, 열다섯. 그런 아이가 네 맘대로 될 것 같아? 걔 의사도 존중해 줘야지. 그래서 내가 더 보내지 않겠다고 하는 거야, 알겠어?

딸은 내 말엔 대꾸조차 하지 않았다. 자기 할 말을 모두 마쳤다는 듯 서둘러 신발을 꿰어신었다. 걔는 안 돼, 내가 등 뒤에 대고 몇 번 더 소리 질렀으나 고개도 돌리지 않은 채 딸은 현관을 빠져나갔다.

은미가 영어학원에서 오기 전 남편과 상의하는 게 순서일 것 같다고 판단한 나는 남편이 철물점에서 돌아오자마자 그 이야기부터 꺼냈다. 의아한 눈빛으로 나를 쳐다보던 남편은 그러나 내 얘기를 다 듣고도 눈만 껌벅껌벅할 뿐 가타부타 말이 없었다.

당신 생각은 어떠냐고요?

글쎄…….

나는 며칠 뒤 딸이 남자를 데리고 오겠다는 것까지 넋두리처럼 늘어놓으며 재촉했다. 그래도 남편은 대꾸가 없었다. 하긴, 남편의 마음도 편안할 리가 없었다. 신도시로 개발되는 바람에 주택과 천여 평 되는 밭이 수용되고, 아파트 단지로 거처를 옮기면서 생업 수단이었던 철물점까지 이전했으나 요즘은 모든 걸 인터넷으로 구매하는 시대이고, 또 신축 아파트가 대부분이어서 그런지 영업이 잘되지 않아 가뜩이나 끌탕하고 있는 형편이었다.

당신도 은미를 보낼 수 없다는 생각은 나하고 같죠? 그렇죠? 도대체 그게 말이나 되는 소리예요? 대학교에 들어가면 누가 말려도 제 발로 찾아갈 텐데, 그때까지는 우리가 기르는 게 도리잖아요? 그래야 개처럼 되지 않지요.

나는 강조하듯 다시 한번 같은 말을 반복했다. 그래도 남편은 입을 열지 않았다. 결국 남편이 입을 연 것은 그로부터도 또 한참이 지난 뒤였다.

제 새끼 데리고 가겠다는데, 우리가 무슨 수로 막아? 야속하고, 밉살스럽지만 내어줘야지. 그리고 은미도 이젠 다 컸잖아, 벌써 열다섯 살인데…….

남편은 한숨을 길게 내뱉었다.

그게 무슨 말이에요? 천방지축 뿌리 없이 떠도는 아이한테 어떻게 은미를 맡겨요?

개도 이젠 철이 든 게지, 자기 핏줄을 챙기는 걸 보면…….

그걸 말이라고 하세요? 갠 평생 가도 그 버릇 못 고쳐요. 지금까지 한 짓 보고도 그런 소리가 나와요?

순간, 나는 15년 전 핏덩이였던 은미를 짐짝 던지듯 맡기고 돌아서던 딸의 얼굴이 눈앞에 스쳤다. 졸지에 이게 무슨 날벼락인가, 하면서도 나는 울음을 터트리고 있는 아이를 안고 어르며 도망치듯 잰걸음을 놓는 딸의 뒷모습만 멍한 눈빛으로 바라보고 있었다. 누구의 자식인지, 어쩌다가 이렇게 되었는지도 묻지 못했다. 우리가 모든 걸 알게 된 것은 그러고도 한참이 지난 뒤였다.

딸은 그 뒤에도 은미를 쳐다보려고 하지 않았다. 이따금 들를 적마다 엄마 왔다고, 내가 억지로 은미를 안기려 해도 두 팔 한번 벌리지 않았다. 저 웬수. 제가 낳은 자식이 틀림없는데도 딸의 말투는 늘 모지락스러웠다. 그때도 나는 좀 지나가면 나아지겠지 했다. 그러나 아니었다. 지금까지도 소 닭 보듯 하는 눈빛은 똑같았다. 그러니까 딸이 이따금 집에 들르는 목적은 그것과는 전혀 다른 데 있었다. 일테면 이런 것이었다. 미용실을 차리겠다는 것, 또는 커피전문점을 차리기 좋은 자리가 싼값에 나왔다는 것 등인데, 거기에 들어갈 자금을 보태달라는 게 대부분이었다. 없다고 손사래를 쳐도 소용이 없었다. 딸은 수용된 땅에 대한 보상금을 벌써 훤히 꿰뚫고 있었다. 아니, 아빠. 막말로, 죽으면 그거 가지고 가실 거예요? 아니잖아요. 어차피 내 차지될 거 좀 미리 달라는 건데, 뭐가 잘못되었어요? 아빠도 그거 할아버지한테 거저 받은 거잖아요. 딸은 마치 맡긴 것을 내놓으라는 식이었다. 그럴 때마다 자식 이기는 부모 없다고, 몇 번 머리를 흔들던 남편은 번번이 내주었다. 이게 마지막이야, 마지막. 내어주면서 남편은 강다짐을 받곤 했지만, 그건 결국 다 헛약속에 지나지 않았다.

은미는 그렇게 내 손에서 백일잔치도 했고, 돌잔치도 했다. 자랄수록 제 어미를 닮아가는 게 좀 꺼림직하긴 했으나 그래도 방글방글 웃을 적에는 마음이 다 녹아 나도 모르게 입을 쩍, 맞추곤 했다. 다행히 남편도 은미를 사랑했다. 집안에서 아기 울음소리가 나니까 사람 사는 집 같구먼. 꼭 옛날 윤정이를 기를 때 같아. 남편은 내가 바빠할 적에는 손수 기저귀도 갈아 주었다.

몇 번 더 남편의 마음을 돌리기 위해 말을 늘어놓았으나 돌부처 같은 남편은 꿈쩍도 하지 않았다. 그보다 남편은 딸의 결혼 상대가 더 궁금한 모양이었다.

이번에 윤정이가 결혼하겠다는 남자는 어떤 사람이래?

남편은 몇 번 캐묻다가 내가 대꾸하지 않자 혼자 헛웃음을 흘렸다. 그래도 은미는 안 돼. 안 되고말고. 나는 어금니를 깨물었다. 무슨 방법이 없을까. 그러나 딱히 막을 방법이 금방 떠오르지 않아 가슴이 답답했다.

끌탕 하지 말아. 걔가 가봤자 윤정이네 집 아니겠어? 보고 싶으면 보겠다는 사람이 가보면 되잖아. 두 발 멀쩡한데 뭐가 걱정이야. 그럼, 아이를 평생 끼고 살 줄 알았어? 그렇게 애지중지 기른 윤정이도 봐, 크니까 자기 혼자 자란 줄 알고 제멋대로 나가잖아.

나는 남편의 지청구를 들으면서 이번엔 은미한테 어떻게 말할까, 걱정하기 시작했다. 학기말 시험이 며칠 남지 않은 탓에 요즘 들어 신경이 더 날카로워진 아이한테 잘못 이야기를 풀어놓았다가는 시험을 망치는 건 물론이고, 아직 여물지 못한 그 마음에 상처를 남길 것 같았기 때문이다. 그런 가운데에서도 내 마음을 더욱 어둡게 하는 것은 만약 은미가 그 말을 듣고 순순히 따라가겠다고 나선다면 어떻게 하나, 하는 것이었다. 그럴 리는 없다고 생각하지만, 혹시라도 그런다고 머리를 끄덕거리면 정말 하늘이 무너져내리는 것 같은 섭섭함을 경험하게 될 것 같아 두렵고 떨렸다.

2

오후가 되자 거리는 한꺼번에 쏟아져 나온 학생들로 활기를 띠기 시작했다. 끼리끼리 웃고 떠드는 학생들의 소리가 거리마다 와자했다. 7월의 볕이 뜨거웠으나 학생들은 조금도 개의치 않았다. 공원을 향해 걸으며 은미는 이번 여름방학이 시작되면 무엇을 할까, 궁리했다. 지금까지는 용석이 오빠를 탁구장이나 노래연습실에서 만나는 게 고작이었으나 중3의 마지막 여름방학을 그렇게 보내고 싶지는 않았다. 영주와 명남 오빠와 어울려 넷이 함께 산이나 바다를 한번 가보는 것도 추억 만들기에는 나쁘지 않겠다고 생각했다.

문화공원 조각상이 있는 광장의 그네 벤치, 늘 자주 만나는 곳에 먼저 도착한 은미는 서둘러 영주에게 문자를 보냈다. 왜 아직 안 와? 영주는 금방 답신을 보냈다. 가고 있다, 이 기집애야. 그래도 영주는 생각처럼 금방 모습을 나타내지 않았다. 공원에 나앉은 노인들을 바라보던 은미는 문득 할머니를 떠올렸다. 아침에도 사흘 뒤에 시작되는 기말고사를 걱정하면서 공부하지 않고 잠만 퍼질러 잔다고 잔소리하던 할머니가 오늘 학원 빼먹고 놀았다는 것을 알면 뭐라고 할까. 은미는 문득 할머니에게 미안한 마음이 들었다. 나 하나 보고 사는 할머니인데…….

잠시 뒤 영주가 나타나자 은미는 왜 늦었는지 금방 알 수 있었다. 영주는 혼자가 아니었다. 명남 오빠와 껌딱지처럼 딱 붙어서 어슬렁어슬렁 걸어오고 있었다.

아직 오지 않았어?

그래, 이 기집애야.

헐, 무슨 일일까?

그래도 용석 오빠를 걱정하는 사람은 영주였다.

그러자 명남 오빠가 그거 보라는 듯 곁말을 던졌다.

나보고 밤낮 느림보라고 놀려대더니, 이제 보니까 지가 더 느림보구먼. 그렇게 느려터진 놈이 학생회장은 어떻게 하고 있는지 몰라!

은미는 용석 오빠에게 문자를 보냈다. 핸드폰에는 온통 그와 주고받은 문자가 지우지 않은 채 점철되어 있었다. 그는 학교 일로 조금 늦을 것 같으니까 먼저 베스킨에 가 있으라고 했다. 더우니까 아이스크림이나 딸기 쉐이크로 속 좀 식히고 있으면 끝나는 대로 서둘러 가겠다는 것이었다. 탁구장은, 하고 문자 그다음에 가서 한판 겨루면 되지 않겠느냐고 했다. 혼합복식. 은미는 영주를 돌아보았다. 시합에서 매번 지면서도 영주는 포기하는 법이 없었다. 그런 까닭에 '맛나 떡볶이집'의 어묵이랑 순대, 김말이값은 언제나 영주 차지가 되었다. 그걸 먹고 '스타 코인 노래연습실'에 가서 목청껏 가요 몇 곡 떼창으로 뽑고 나면 소화는 물론 스트레스까지 싹 풀리곤 했다.

그러나 은미는 그날 일행들과 탁구장에 갈 수가 없었다. 물론 '스타 코인 노래연습실'도……. 왜냐하면 엄마가 전화한 까닭이었다, 난데없이……. 전화는 '베스킨 아이스크림' 가게에서 나와 탁구장을 향해 함께 시시덕거리며 걸어가고 있을 때 허락도 없이 쳐들어왔는데, 처음엔 그게 누구의 번호인지 몰라 은미는 받지 말까, 생각하기도 했다. 헐! 그러니까 은미가 통화버튼을 누른 것은 단지 여러 차례 울려대는 신호음이 귀찮았기 때문이었다. 누구야, 이 중차대한 시간에. 짜증이 난 은미는 자신도 모르게 꽥, 소리부터 질렀다. 그리고 얼른 전화를 끊으려고 했다.

누구예요?

그러나 은미는 전화를 끊지 못했다. 엄마, 라는 말에 은미는 잠시 핸드폰을 든 채 생소하기 짝이 없는 그 '엄마'라는 말을 잠시 머릿속으로 되새겨보았다. 나에게도 엄마가 있었나. 그래, 있기는 했지. 머리를 끄덕인 은미는 곧이어 무슨 일이냐고 가시 돋친 말투로 물었다. 그러자 엄마는 할머니한테 아직 이야기를 듣지 못한 모양이라는 것을 전제로, 곧 자신과 함께 서울에서 살게 될 것이라고 길게 말하고는 벌써 기대가 된다면서 크게 웃었다. 그게 무슨 소리인가. 그 소리를 듣자 은미는 귀를 의심했다. 같이 살다니, 그게 무슨 말이야. 떡 줄 사람은 생각하지도 않고 김칫국부터 마셔? 그렇다면 할머니는? 또 할아버지는? 은미는 잠시 자신이 다른 사람들의 이야기를 엿들은 것은 아닌가, 하는 착각에 빠졌다. 결국 은미는 그것을 다시 확인하기 위해 따져 묻지 않을 수 없었다.

그럼, 할머니와 할아버지는요?

그러자 엄마는 마치 기다리고 있었다는 투로 간단히 대답했다.

할머니와 할아버지는 자기 집에서 살아야지. 자기 집이 있으니까.

은미는 화가 치밀었다. 그렇다면 자신도 갈 수 없었다. 어떻게 할머니와 할아버지를 놔두고 자신만 데려가겠다는 말을 그렇듯 천연덕스럽게 할 수 있단 말인가. 은미는 그렇다면 자기 생각을 확실하게 알릴 필요가 있다고 느꼈다.

그렇다면 저도 안 가요.

그게 무슨 소리야, 넌 내 딸이야.

그래도 저는 안 가요.

와야 해. 할머니한테도 벌써 그렇게 알렸어.

그러니까 할머니가 뭐라고 그러세요?

뭐라고 하긴, 아무 소리 못 하지. 내 딸 내가 데려가겠다는데, 할머니라고 막을 수가 있겠어? 안 그래?

그렇다면 엄마라는 이 여자는 할머니의 딸이 아니란 말인가. 은미는 화가 치밀어올랐다. 꽥 소리치고 싶었으나 꾹, 참았다.

할머니가 정말 아무 말도 하지 않으셨다고요?

그렇다니까. 내가 왜 거짓말을 하겠어.

엄마는 자신 있다는 투로 깔깔거렸다.

그래도 저는 가지 않을 거니까, 그렇게 아세요. 정말 안 가요!

은미는 자신만만한 그 웃음소리가 듣기 싫었다. 그래서 선언하듯 한마디 던지고는 핸드폰의 전원을 얼른 꺼버렸다. 그래도 화는 쉽사리 가라앉지 않았다. 화는 비단 그런 말을 아무렇지 않게 전하고 무조건 따라오라는 식의 엄마 때문만이 아니었다. 그걸 알고도 자신에게 알리지 않고 아침까지 시치미를 떼고 있던 할머니한테도 화가 치밀었다. 아니, 그렇듯 쉽게 승낙할 만큼 내 존재가 할머니에게는 별 볼 일 없단 말인가. 은미는 갑자기 울음보가 터질 것 같았다. 알 수 없는 슬픔이 쓰나미처럼 가슴 가득 밀려들었다. 은미는 가만히 있을 수 없다고 생각했다. 당장 달려가 따져봐야겠다고 입술을 깨물었다.

일행과 함께 조잘거리며 앞서가던 영주가 통화하느라고 뒤처졌던 은미의 얼굴이 심상치 않다는 것을 눈치챈 듯 가까이 다가왔다.

누구야? 누군데 그래?

몇 번 되물어도 은미가 대꾸를 미루자 이번엔 용석 오빠가 물었다.

누구야?

결국 생전 엄마라고 부른 적 없는 '엄마'라는 것을 밝힌 은미는 마침내 참았던 울음보를 터트리고야 말았다. 자기들이 뭔데, 뭔데 자기들 맘대로 나를 데리고 간다는 거야, 왜, 왜, 왜……. 슬픔이 복받친 은미가 소리 내어 울기 시작하자 이윽고 용석 오빠가 일행들에게 그날 탁구 시합은 없던 것으로 하자고 제안했다.

할머니는 은미와 눈길도 마주치지 않았다. 동떨어져 앉아서

고구마순 껍질을 벗기며 시험이 끝나면 차분히 이야기해주려고 했다는 말만 변명하듯 반복했다.

그럼, 할머니는 반대하는 거네?

그렇지, 나는.

근데 왜 그러라고 했어?

그렇게 말하지 않았어. 안 된다고, 얼마나 싸웠는데…….

그런데 왜 그 여자는 승낙했다고 말해?

네 어미는 본래 그런 여자야.

그럼, 할아버지는?

할아버지도 찬성하는 것은 아니야. 어쩔 수 없다는 것뿐이지.

그게 뭐야? 분명히 해야지.

은미의 목소리가 높아졌다.

할아버지는 보고 싶으면 우리가 거길 찾아가면 되지 않겠느냐고 했어. 또 네가 이젠 다 컸으니까 가끔 내려오면 된다고도 했고……. 가만히 생각해보니까 그것도 한 가지 방법은 되겠다 싶어서 더 군말하지 않은 것뿐이야.

그게 뭐야? 그럼 죽을 때까지 같이 살자고 한 할머니의 약속은 다 새빨간 거짓말이었어?

글쎄 말이다. 나도 도무지 뭐가 뭔지 모르겠다.

휴우, 할머니는 말끝에 또 한숨을 길게 매달았다. 은미는 할머니 얼굴의 주름살이 그날따라 더 깊어졌다고 느꼈다.

3

은미는 본래 그런 아이가 아니었다.

어릴 때부터 딸은 매사에 이악하고 약삭빨랐지만, 반면에 멍청하고 빈 데도 많은 편이었다. 특히 남자관계는 그랬다. 그러나 은미는 달랐다. 생긴 건 딸을 쏙 빼닮았지만, 성격은 전혀 딴판이었다. 남편의 말대로 증조할머니를 닮았는지는 몰라도 늘 고분고분하고 살가웠다. 반찬 투정도 하지 않고 아무거나 주는 대로 잘 받아먹었다. 그래서 까탈스럽다는 사춘기도 어렵잖게 넘길 수 있었다. 그러면서도 자기가 해야 할 일, 즉 공부만큼은 철저히 해냈다. 집안일도 잘 도왔다. 그런데 그런 아이가 며칠 사이에 몰라보게 달라졌다는 것을 나는 실감할 수밖에 없었다. 특히 나를 대하는 언어와 몸짓이 평소와는 달라져 있었다. 무엇을 물어도 대꾸하지 않기 일쑤이고, 또 대답하는 말투도 예전과 달리 쌀쌀맞았다. 시험 때문만은 아닌 듯했다. 아무래도 그 일 때문인 것 같았다. 그날 아침만 해도 그랬다. 시험 기간이니까 특히 아침밥을 든든히 먹여서 보내야겠다고 식탁에 앉히려 했으나 은미는 토라진 얼굴로 말없이 운동화를 꿰어신었다.

밥 먹고 가.

싫어. 안 먹어.

그럼 안되지. 우리 착한 손녀가 밥 먹지 않으면 이 할미가 얼마나 속상하겠어?

말 붙이지 마. 나, 이젠 할머니랑 말하지 않을 거야.

대화는 거기가 끝이었다. 은미는 돌아보지도 않고 빠르게 현관을 빠져나갔다.

내 말을 들은 남편은 걱정하지 말라면서 손사래를 쳤다.

당분간 그냥 내버려 둬. 걔라고 마음이 편안하겠어? 갑자기 어미라는 여자가 전화해 놓고는 자기를 데리고 가겠다는데. 얼마나 놀랐겠어. 그래서 그런 거니까 내버려 둬. 본래 심성이 착한 아이니까 곧 제 자리 찾아올 거야.

그런 무책임한 말이 어디 있어요? 그럼 우리가 나서서 막아야지.

글쎄, 걱정하지 말라니까. 그 아이는 제 어미하곤 달라.

남편은 확신했다. 나를 어르듯 뒷말을 이었다.

그러니까 그냥 놔둬. 다 그렇게 크는 거야. 윤정이는 안 그랬어?

그러나 나는 그 말을 믿지 않았다. 그러다가 정말 엇나가기라도 하면 어쩌나 걱정스러웠다. 사실 키는 벌써 제 어미만큼 컸지만, 내가 보기에 은미는 아직 마음이 여물지 못한 어린아이에 지나지 않았다. 웃음만큼 눈물도 많고, 정도 많아 자칫하면 상처도 잘 받는 아이였다. 이제 겨우 열다섯 살 아닌가. 나는 은미가 그럴수록 내가 더 원망스러웠다. 그때 모질게 잘라냈어야 했는데, 그렇지 못한 게 빌미가 되어 지금까지 이 같은 걱정을 안고 산다는 생각이 들자 나도 모르게 한숨이 또 터져 나왔다.

나는 딸이 고등학생 때부터 남학생들과 한데 어울려 다닌다는 것을 알고도 적극적으로 말리지 않았다. 지금이 어느 시대인데, 하는 생각이었다. 평생 남편 하나밖에 모르는 나와 달리 학창 시절에 다른 세상을 경험하는 것도 나쁘지 않다고 여겼다. 그래서 이웃에서 불량 학생들과 어울려 다닌다는 둥, 쑤군거려도 끄떡하지 않았다. 이따금 늦게 들어오면 주의 주는 게 고작이었다. 그렇게 고등학교를 졸업한 딸이 대학 입시에 실패한 것은 어찌 보면 당연한 일이었다. 그러나 딸은 그 결과조차 받아들이지 않았다. 처음부터 눈높이에 맞지 않는 대학을 선택한 것부터가 잘못이라고 일러 주어도 막무가내로 고집을 부렸다. 동네 창피한 사람은 자신만이 아닌데도 머리 들고 다니지 못하겠다는 둥, 눈만 뜨면 강철 긁는 소리를 질러댔다. 재수해서라도 반드시 그 대학에 들어가야 한다고 고집을 부렸다. 결국 나는 남편과 의논하여 입시 준비 학원에 보내기 위해 딸을 서울 고모에게 부탁할 수밖에 없었다. 다행히 고모는 빈방이 하나 남아 있으니까 걱정하지 말라고 했다.

그러나 따지고 보면 그게 우리의 잘못이었다. 딸은 그 대학에 합격하지도 못했을뿐더러 그 뒤로도 삼수 운운하더니, 또 다른 남자를 사귀기 시작했다. 우리가 두 번째 잘못한 것은 바로 그것이었다. 그때라도 고모의 말을 받아들였어야 했다. 언니, 그만 데리고 가세요. 나도 이젠 도저히 감당할 수가 없어요. 너무 제멋대로예요. 어떻게 애를 그렇게 키웠어요? 고모는 자신도 딸을 사랑한다고, 사랑하기 때문에 그러는 거라고 전제했다. 그러나 우리는 딸을 집으로 데리고 오지 못했다. 억지로 데려오기에는 딸이 너무 커 있었고, 우리가 너무 작아져 있었다. 그게 세 번째 잘못이라면 잘못인 셈이었다.

그러니까 은미의 아비는 그때 딸이 사귄 그 사내였다. 백일도 되지 않은 은미를 안고 물어물어 찾아가 본 뒤에야 알게 된 사실이지만, 딸보다 세 살 위인 그 사내는 곧 군에 입대해야 하는 처지였고, 생활 능력도 없었다. 변두리에서 과일가게를 하는 집의 막내로 고등학교만 졸업한 백수였다. 그런데다가 우리를 더욱 당혹스럽게 만든 것은 자신이 윤정이를 책임질 수 없다는, 단호함이었다. 윤정이를 책임지지 않겠다는 것은 은미도 인정하지 않겠다는 것이나 다름없었다. 그럼 아이는 왜 낳았느냐고, 내가 종주먹을 들이대며 따졌으나 그는 그것조차 자신의 책임이 아니라고 했다. 저는 수술하자고 했어요. 근데 애가 말을 듣지 않은 거예요. 물어보면 잘 아실 거예요. 얼마나 고집이 센지, 저도 질렸어요. 그러니까 앞으로는 이런 일로 저를 찾아오지 마세요.

내가 맞느냐고 묻자 딸은 머리를 끄덕거렸다. 걱정하지 마. 내가 평생 이렇게 살 것 같아. 딸은 그러니까 그때까지만 은미를 맡아 달라고 했다. 그게 어느새 15년이 지났다. 그러나 그 세월 동안 딸이 장담한 대로 된 것은 아무것도 없었다. 미용실도, 커피전문점도 실패했다. 딸은 마치 영혼이 빠져나간 아이 같았다.

오후 무렵, 시험을 치르고 있을 은미를 생각하다가 앉은 채 잠시 졸은 모양이었다. 핸드폰 소리에 놀라 눈을 떴다. 딸이었다. 딸이라면, 나도 할 말이 많았다. 왜, 앞질러 설레발을 쳐서 일을 망쳐놓았느냐고 따질 참이었다.

딸은 이번에도 역시 앞뒤를 자르고 통고하듯 일방적으로 말했다.

닷새 뒤에 그 남자 데리고 인사드리러 갈 테니까 준비해줘.

뭐, 닷새?

나는 가슴이 철렁했다. 뭘 어떻게 준비해야 할지 생각도 하지 않았는데, 큰일이다 싶었다. 더구나 한정식 식당을 하는 사람이라는 말에 신경이 더 쓰였다. 그러나 딸은 여전히 그런 건 걱정하지 말라는 투였다.

뭘, 걱정해. 그 사람 아무거나 잘 먹어.

그래도 뭘 좋아하는지 알아야 하잖아.

글쎄, 걱정하지 말라니까. 엄마가 하고 싶은 거 해. 엄마 일머리 있잖아.

딸은 뭐가 즐거운지 깔깔거렸다. 나는 가뜩이나 은미 때문에 마음이 산란한 판국인데 혹을 하나 더 붙였다는 느낌이 들었다.

근데, 너 왜 은미한테 쓸데없이 전화는 해서 분란을 일으켜놨냐?

그게 무슨 소리야? 걔가 뭐라고 그래?

딸은 여전히 깔깔거리고 있었다.

지금 시험 기간이야. 그런 애한테 그따위로 전화했으니, 애가 얼마나 힘들겠어. 넌 어미라고 하면서 그런 것도 모르냐?

나는 따지듯 물었다. 그러나 딸은 아무렇지 않다는 투로 다른 소리를 했다.

그년 아주 맹랑하데, 제 맘대로 내 전화를 끊어버리는 거 있지?

얼마나 당황했겠어, 난생처음 엄마라는 사람의 전화를 받고. 거기다가 또 난데없이 데려가겠다는 말까지 들었으니…….

쌀쌀맞기는 또 얼마나 쌀쌀맞은지, 찬 바람이 쌩쌩 불더라니까. 내가 제 엄마인 줄도 모르고. 걔 본래 그래요?

나는 나도 모르게 혀끝을 찼다. 네가 언제 엄마 구실 제대로 한 적 있냐는 말이 목구멍까지 솟구쳤으나 눌렀다. 나는 딸이 철들려면 아직 멀었다는 생각이 들었다. 다른 집 여자들은 늙으면 딸둔 맛에 산다는데……. 나는 갑자기 자신이 서글퍼졌다. 세상을 잘못 산 것 같았다.

4

은미는 학기말 고사의 마지막 시험지를 어떻게 써서 냈는지 기억조차 나지 않았다. 교실은 답안지 맞춰보는 아이들과 곧 시작될 여름방학에 들뜬 아이들로 시끄러웠지만 은미는 그런 것엔 관심조차 없었다. 그녀의 머릿속에는 온통 어떻게 하면 그 집에 가지 않을까, 하는 것뿐이었다. 안 가. 못 가. 왜 나에게는 그걸 선택할 권리조차 주지 않는 거야. 시험 기간 동안 내내 괴롭혔던 그것은 날짜가 하루하루 다가오고 있다는 걸 느끼게 되면서부터 더 불안하고 초조해졌다. 방법이 없을까. 무슨 일이 있어도 끌려가지 않겠다는 마음은 굳혔으나 그럴 힘이 자신에게 없다는 게 슬펐다.

버스정류장을 지났다. 늘 그렇지만 버스정류장은 한꺼번에 몰려나온 학생들이 떠드는 소리로 시끄러웠다. 그러나 은미는 눈길조차 주지 않았다. 높다랗게 걸려 있는 '글샘 스터디 카페' 간판도 눈에 들어오지 않았다. 파리바게트, 맛난 김밥, CU편의점도 마찬가지였다. 목덜미로 땀이 흘러내렸다. 짜증 나, 짜증 나. 은미는 눈살을 찌푸린 채 같은 말을 반복하며 하얀 조각상이 솟아 있는 문화공원 광장을 향해 곧바로 잰걸음을 놓았다.

영주와 용석 오빠는 벌써 공원 광장 우측에 마련된 그네 벤치에 앉아 있었다. 명남 오빠는 오늘도 늦는 모양이었다. 시험 잘 쳤어? 용석 오빠가 물었으나 은미는 대꾸하지 않았다. 그래도 오빠는 은미가 귀찮아 머리를 흔드는데도 눈치 없이 몇 차례 더 같은 질문을 던졌다. 아무리 그것 때문에 신경 쓸 여유가 없다고 해도 시험은 일단 잘 치고 봐야 하는 거 아니야? 그 말을 듣자 은미는 자신도 모르게 눈살을 찌푸렸다. 헐, 좋다가도 그런 말이 나오면 오빠가 싫었다. 꼭 꼰대 같다는 느낌이 들었다. 어느 나무에선가 매미가 자지러지게 울어댔다. 처음엔 분명 한 마리가 울었으나 조금 지나자 여기저기서 여러 마리가 한꺼번에 울어대기 시작했다. 은미는 그 소리도 짜증이 났다. 그 소리가 고막을 때리자 더위가 갑자기 훅, 몰려드는 것 같았다.

명남 오빠가 도착한 것은 그로부터 또 한참이 지난 뒤였다. 어슬렁거리며 나타난 그는 그러나 늘 그렇듯 미안하다는 말도 하지 않았다. 그 역시 시험 결과가 궁금한 듯 영주를 쳐다보며 그것부터 물었다.

사실 그날은 시험 끝날이므로 탁구장에 몰려가서 모두 한바탕 떠들며 몸을 풀고 '스타 코인 노래연습실'에 가기로 오래전부터 약속한 날이었다. 진 팀이 불닭 치킨을 사기로 한 날이기도 했다. 그러나 그 약속은 뒤로 미루어질 수밖에 없었다. 은미 때문이었다. 은미는 미안했다, 자신 때문에 그렇게 된 게. 하지만 모두는 아무렇지 않다는 얼굴들이었다. 그것보다는 빠져나갈 방법 하나씩 궁리해 오자는 용석 오빠의 제안에 손뼉을 쳤다. 그런 만큼 그날 모임이 은미에게는 매우 중요하다고 할 수 있었다. 물론 결론은 모두가 내린 상태였다. 절대 은미를 거기 보내지 않는다는 것으로……

후덥지근한 날씨 탓일까. 다른 날과 달리 공원엔 인적이 뜸했다. 가끔 강아지를 끌고 나온 젊은 여자들이 한가롭게 광장을 지나갈 뿐, 벤치에 앉아 한담을 나누던 노인들이나 학생들의 모습조차 눈에 잘 띄지 않았다. 부모와 아이 두 명의 모습이 한데 어울린 하얀 조각상 아래로 비둘기 몇 마리가 구구거리며 바닥을 쪼아대고 있을 따름이었다. 모두 어디로 숨은 것일까. 매미 소리에 지쳐갈 무렵 용석 오빠가 이윽고 입을 열었다.

어떻게 하지?

그러자 영주가 말을 보탰다.

어떻게 하긴, 막아야지.

그러니까 어떻게 막느냐고?

용석 오빠가 영주를 보며 되물었다. 그러자 그 물음엔 영주도 쉽게 대꾸하지 못했다. 잠시 침묵이 흘렀다. 매미 소리만 요란하게 들렸다.

그때였다. 잠자코 있던 명남 오빠가 어눌한 말투로 입을 열었다.

이건 내가 어젯밤 생각한 건데, 방법은 하나밖에 없다고 봐. 도망가는 것. 삼십육계, 알지? 그거 손자병법에도 있다잖아? 어때? 싫으면 도망가는 게 최고의 방법 아니겠어? 그냥 아무도 모르게, 잠수 타는 거야, 잠수.

도망? 은미는 귀가 번쩍 틔었다. 대박, 그런 방법이 있었구나. 근데 왜 나는 여태 그 방법을 생각하지 못하고 끙끙 앓았을까. 은미는 갑자기 명남 오빠가 다른 사람처럼 보였다. 덩치만 컸지, 매사 느려터졌다고 핀잔했는데 그게 아니었다. 그래서 아마 영주가 좋아하는 모양이라고 생각했다. 영주도 그 방법을 찬성했다.

넌, 어떻게 생각해? 그 방법 정말 괜찮지 않니?

은미는 머리를 끄덕거렸다. 차선책이 없었다. 그러자 영주가 손뼉을 치며 다시 입을 열었다.

그럼 결정됐네, 뭐. 그거로.

그러나 용석 오빠는 그것으로 다 해결된 게 아니라고 손사래를 쳤다.

너, 잘 생각해. 이건 장난이 아니야. 실패하면 너는 끌려가는 것으로 끝나지만 우리는 너를 평생 잃어버리는 거거든. 그러니까 시작하면 끝장 볼 때까지 할머니와도 연락을 끊고, 집 근처도 얼씬거리지 말아야 해. 물론 핸드폰도 끊고. 알았어?

은미는 머리를 크게 끄덕거렸다. 물론 그 과정이 쉽지 않다는 예상은 충분히 할 수 있었다. 하지만 그쯤은 나도 할머니도 참아야 하지 않겠는가. 할머니 역시 그래서 내가 가지 않게 된다면 누구보다 기뻐할 게 틀림없었다.

잠시 뒤 용석 오빠는 그 방법이 실패하지 않기 위해서는 구체화 시킬 필요가 있다고 덧붙이면서 명남 오빠를 돌아보았다. 그러나 명남 오빠의 닫힌 입은 금방 열리지 않았다. 아마 방법까지는 생각해보지 못한 모양이었다. 영주가 옆구리를 찌르며 재촉했으나 여전히 그는 입을 꾹 다물고 있었다. 잠시 멈췄던 매미 소리가 다시 귀따갑게 들렸다. 짜증 나, 짜증. 은미는 얼굴을 찡그렸다.

잠시 뒤 용석 오빠가 모두를 둘러본 후 다시 입을 열었다.

은미가 그렇게만 해준다면 나도 찬성이야. 그런데 문제가 있어. 그렇다면 이제부터는 어디에 숨을 것인가, 언제 시행할 것인가 의논해야 하지 않겠어?

그가 묻자 대화는 거기에서 잠시 중단되었다. 용석 오빠가 다시 모두를 둘러보았으나 누구 한 사람 쉽게 입을 여는 사람은 없었다.

은미는 자신도 모르게 한숨이 터져 나왔다. 산 넘어 산이라고, 거기에는 또 그런 문제가 있었구나. 은미는 갑자기 모두에게 미안하다는 생각이 들었다. 자신이 죄인처럼 느껴졌다. 그런데 저 놈의 매미는 왜 계속 시끄럽게 구는 거야. 은미는 매미가 우는 나무 꼭대기를 노려봤다.

얼마나 지났을까. 잠자코 있던 명남 오빠가 영주를 돌아보며 느릿느릿 입을 열었다.

그렇다면 영주네 집이 딱, 이긴 한데……. 방도 넷이니까, 넉넉하고……. 물론 부모님 허락이 떨어져야 하는 게 문제이기는 하지만…….

그건 그렇지. 하루 이틀도 아닐 텐데, 허락도 받지 않고 들어갈 수야 없지.

용석 오빠가 벤치에서 일어나며 동의를 구하듯 영주를 바라보았다. 영주의 얼굴에 잠깐 긴장의 빛이 감돌았다.

그건 내가 여기에서 확답할 수 있는 문제가 아니야. 오늘 밤 울엄마가 가게에서 돌아오면 상의해 봐야 해. 그렇지만 자초지종 자세히 말씀드리면 엄마도 크게 반대하지는 않을 거야. 엄마가 원체 저 기집애를 예쁘게 봤거든, 나보다도.

그럼 이따 문자 줄 수 있겠네?

그야 그렇지. 그런데 시간은 나도 몰라. 기회를 봐서 말을 꺼내야 하니까.

영주는 앞으로 흘러내린 긴 머리카락을 등 뒤로 쓸어 넘겼다.

명남 오빠가 잘되었으면 좋겠다면서 웃었다.

은미는 무단가출이라는 게 이런 것이구나, 느꼈다. 그것도 몇 날이 걸릴지 모르는 장거리 경주……. 문제는 할머니였다. 그렇지 않아도 할아버지의 철물점 때문에 요즘 저기압인데, 나까지

가출했다는 걸 알면 얼마나 속상해하실까. 은미는 할머니의 한숨 소리가 귓전을 때리는 것 같았다.

용석 오빠는 그것으로 그치지 않았다.

그럼 디데이는 언제로 정할까?

그러자 계속 웃음을 흘리던 명남 오빠가 그 말을 받았다.

그야 방학이 시작되는 모레, 당장 시작하는 게 좋지 않겠어? 일단 숨으면 학교에도 가지 말아야 하니까. 또 은미도 준비시간이 필요할 테고…….

그 말엔 용석 오빠도 동의하는 눈빛이었다. 그러나 그는 여전히 그것으로 끝내지 않았다. 혹시라도 허락받지 못할 경우까지 대비하는 게 좋지 않겠느냐고 했다. 유비무환, 배웠잖아. 그러나 그 말에 대꾸하는 사람은 아무도 없었다.

은미는 기도하는 마음으로 영주를 바라보았다. 제발, 제발 잘 되었으면……. 물론 아무리 친구의 집이라고 해도 자기 집이 아닌 탓에 불편할 건 불을 보듯 뻔했다. 자주 드나들긴 했으나 그것과는 다를 게 틀림없었다. 뭔가 어색하고, 조심스러울 것이었다. 하지만 은미는 걱정하지 않았다. 내가 어린애인가. 또 나중에 그 집에 들어가 살았다는 것을 할머니가 알게 되더라도 꾸중 받지 않을 자신도 있었다. 할머니도 영주 엄마의 성품은 누구보다 잘 알고 있는 터이니까. 은미는 그것보다 사랑이 없는 엄마네 집에 들어가서 인형처럼 살지 않을 수만 있다면 몇 날이 걸리더라도 그쯤은 눈 딱 감고 견디어내겠다고 입술을 깨물었다.

5

은미가 가출했다.

왜 나에게는 이런 일만 자꾸 생길까. 집터가 세다는 소문이 맞는 것일까. 남편이 식탁에서 그동안 끌탕을 하던 철물점을 마침내 접고, 커피 전문 카페를 하겠다는 사람에게 세를 주기로 했다는 말을 들은 저녁이었다. 설거지를 끝내고도 한참 기다렸으나 은미는 돌아오지 않았다. 베란다에 나가 아파트 단지의 정문 쪽을 내려다본 게 한두 번이 아니었다. 처음엔 여름방학을 한 날이니까 친구들과 잠깐 놀다 오겠지, 생각하고 대수롭지 않게 여겼다. 그러나 저녁 9시가 넘어가자 왠지 불안한 느낌이 들기 시작했다. 지금까지 이런 일은 없었다. 핸드폰으로 통화를 몇 차례 시도했으나 전원이 꺼져 있다는 메시지만 넘어올 뿐이었다. 문자를 보내도 답신이 없기는 마찬가지였다. 무슨 일일까. 온갖 상상이 다 떠올라 머리를 때렸다. 가뜩이나 이상한 사건이 자주 터져 10대 여학생이 있는 집안을 불안에 떨게 하는 요즘 아닌가.

남편도 초조하기는 마찬가지인 모양이었다. 몇 번 벽시계를 올려다보던 남편이 힐책하듯 물었다.

지금이 몇 신데, 얘가 아직 들어오지 않는 거야?

글쎄, 무슨 일일까요?

연락도 없었어?

없었어요.

나도 남편의 시선을 따라 시계를 올려다보았다. 어느새 시침은 10시를 넘어서고 있었다. 불길한 생각이 점점 더 나를 옥죄었다. 그렇지 않아도 딸이 남자를 데리고 오겠다는 날이 모레인 탓에 내일은 시장도 다녀와야 하고 음식도 장만해야 하는데……. 나는 나도 모르게 또 한숨을 길게 내쉬었다.

12시가 넘어가자 나는 이대로 가만히 앉아서 기다리고만 있을 수는 없다고 판단했다. 남편이 잠자리로 들어가자 서둘러 입력된 은미 친구들의 핸드폰을 하나하나 뒤지기 시작했다. 밤이 늦었지만 어쩔 수 없는 일이었다. 그러나 그들의 대부분은 오늘 학교에서 헤어지고는 보지 못했다고 대답했다. 용석이도, 영주도, 은혜도, 지현이도 같은 대답이었다. 그럼 도대체 얘가 어딜 갔단 말인가. 나는 나도 모르게 눈물이 쏟아졌다. 내가 자기를 얼마만큼 사랑하는데……. 그리고 얼마쯤 지났을까. 식탁에 앉아 눈물을 훔치며 막 일어서려고 할 때였다. 난데없이 핸드폰이 웅웅, 울렸다. 나는 눈이 번쩍 틔었다. 발신자는 뜻밖에도 영주 어머니였다. 반가웠다. 그녀라면 혹시 은미 소식을 알 수도 있을 것 같았다. 아니나 다를까. 그녀는 속삭이듯 아주 작은 목소리로, 걱정 많이 했지요, 하고 첫마디를 열었다. 그리고는 아무 걱정하지 말라면서 은미가 지금 자기 집에 있다는 것을 알렸다. 확인하기 위해 내가 바꿔주기를 간청했으나 그녀는 지금 통화하는 것도 비밀이므로 그것은 곤란하다고 말했다. 그리고는 내일 시간이 되면 한번 몰래 만나자고 했다.

통화를 끊은 후에야 나는 비로소 안심이 조금 되었다. 영주도 그렇지만 그 아이의 어머니라면 동네에서 야물기로 소문이 나 있는 여자 아닌가. 그런 까닭에 왜 그랬다는 것을 직접 듣지는 못했으나 그 집에 있다면 괜찮다 싶었다. 그러나 마음 한구석은 여전히 면도칼에 베인 것처럼 아렸다. 얼마나 가고 싶지 않으면 그 어린 것이 그 같은 짓을 다 저질렀을까. 그렇다면 나도 은미 못잖게 마음을 단단히 먹어야겠다고 다짐했다. 결국 나는 영주 어머니와 약속한 대로 그 모든 사실을 둘만 아는 비밀로 하고, 남편에게도 알리지 않았다. 나를 탓하며 남편이 혀끝을 찰 적에도 모르쇠로 일관했다.

딸은 은미를 찾지 않았다.

현관에 들어서면서부터 웃음꽃을 얼굴 가득 피워문 딸은 식사가 거의 끝나갈 무렵까지 그 웃음은 거두지 않으면서도 끝내 은미 이름은 꺼내지 않았다. 두 시간 가깝게 남자의 곁에 앉아 알뜰살뜰 챙기면서 뭐가 즐거운지 계속 웃음꽃만 피우고 있었다. 은미 이름을 꺼낸 것은 뜻밖에도 딸이 데리고 온 남자였다. 남자는 딸의 말대로 까탈스럽지 않았다. 딸이 챙겨주는 대로 아무 음식이나 잘 먹었다. 남편이 건네주는 술잔도 마다하지 않고 넙죽넙죽 잘 받아 마셨다.

남편은 그 남자가 맘에 드는 모양이었다. 아들이 하나 있다는 게 마음에 걸리기는 하였으나 그렇게 보면 윤정이 또한 피장파장 아닌가. 남편은 그래서 그런지 그 부분은 건드리지 않았다. 오히려 그것을 먼저 꺼낸 사람은 그 남자였다.

아버님, 얘기 들으셨는지 모르겠습니다만, 저에게는 아들이 하나 있습니다. 이젠 다 커서 대학교 이학년입니다. 참, 윤정 씨에게도 따님이 있다고 들었습니다. 근데, 보이지 않네요? 어디 갔나요?

겉보기에 남자는 거츨져 보였으나 예상했던 것보다 솔직한 데가 있었고, 서글서글했고, 또 자상한 데도 있었다. 그걸 보면 이번에는 딸이 남자 하나는 정말 제대로 붙잡은 것 같기도 했다. 남편도 그렇게 생각하는 눈치였다. 술잔을 기울이며 꼬치꼬치 묻던 남편은 묻는 대로 남자가 거침없이 대답하자 만족한 듯 머리를 끄덕거리곤 하였다.

그때가 되어서야 딸은 은미를 찾는 눈치였다. 나를 쳐다보는 딸의 눈빛이 싸늘했다. 그렇게 일러두라고 했는데……. 딸의 눈빛은 그렇게 추궁하는 것 같았다. 그러나 나는 사실대로 말해 주지 않았다. 남자가 있는 자리에서 당장 말할 게 아니라고 판단한 까닭이었다.

잠시 나갔다. 친구 만나러.

오늘이 무슨 날인데, 내보냈어?

걔도 방학했으니까 좀 놀아야지.

나는 딸을 외면한 채 빠르게 말했다. 가출에 대해서는, 또 그게 딸 때문이라는 것은 내일쯤 내가 별도로 알리고 따질 참이었다.

남자는 더 이상 채근하지 않았다. 그럴 수도 있다는 투로 딸을 오히려 만류했다. 맞아요, 놀기도 해야죠. 남편은 계면쩍다는 듯 말없이 술잔을 들었다. 딸의 따가운 눈총을 느낀 나는 얼른 일어나 숭늉 그릇을 내왔다. 숭늉이 나왔다는 것은 음식 자리를 그쯤에서 파해달라는 것이나 다름없었다. 다행히 남자는 엉덩이가 가벼웠다. 너무 늦게 찾아와 미안하다는 말을 남기고는 벌떡 일어나 미적거리는 딸을 재촉했다.

내 말을 들은 딸은 그게 무슨 말이냐고, 펄쩍 뛰었다. 그럴 거라고 이미 짐작했던 나는 딸이 그럴수록 오히려 더 차분하게 말을 이어갔다. 그러니까 이제 은미가 돌아오고 아니 오는 건 순전히 네 손에 달렸어. 네가 알아서 해. 나는 할 만큼 했으니까. 나는 선언하듯 말을 끊었다. 그러니까 너처럼 집 나간 딸 만들지 않겠다면 그냥 우리와 살게 하고, 네가 보고 싶을 때 가끔 찾아와서 어미 노릇 하면 되잖아, 이젠 정말 똑바로. 어미 노릇이 뭐 그렇게 쉬운 줄 알았니, 한마디 더 쏘아주고 나는 딸의 답변을 기다렸다.

딸은 한참 동안 말이 없었다. 혼잣말처럼 당돌하네, 어처구니가 없네, 중얼거리면서도 뭔가 생각하는 듯했다. 나는 거기에 기름을 붓듯 한마디를 더 거들었다.

내가 너는 쉽게 키운 줄 아니? 그렇지 않아. 누구나 자식을 쉽게 기르는 어미는 이 세상에 없어. 모두 다 애지중지 정성껏 길러. 강아지나 고양이들을 봐라. 하물며 사람이야, 더 말해 뭐해. 그렇게 기르는데도 엇나갈 때는 얼마나 가슴이 아픈 줄 아니? 찢어질 것처럼 아파.

딸은 중간에 끼어들어 다 아니까, 그만하라고 목소리를 높였다. 그러나 나는 중단하지 않았다. 내친걸음이었다. 처음으로 내 속내를 밝히고 나니까 몇십 년 묵은 체증이 다 내려간 것처럼 시원했다. 알겠어? 그러니까 이제부터는 네가 알아서 해. 이번엔 내가 딸에게 통고하듯 말했다.

잠시 긴장감이 팽팽하게 흘렀다. 나는 입술이 바싹 타들었다. 그래도 물러설 생각은 전혀 없었다. 은미는 절대로 놓칠 수 없었다. 그것이 싫어서 가출한 은미의 얼굴이 순간 눈앞을 스쳤다. 그런 의미에서라도 나는 끝까지 싸워 이겨야 한다고 주먹을 꼭 쥐었다.

이윽고 한참 뒤 딸이 입을 열었다. 웬일일까. 풀기 없는 딸의 목소리가 핸드폰을 타고 흘러왔다.

알았어. 걔가 정말 그렇게 생각한다면 어쩔 수 없지. 이번엔 정말 엄마 노릇 제대로 한번 하려고 했는데……. 이 남자 정말 괜찮은 사람이거든.

그건 그렇게 보이더라고, 대꾸하면서도 나는 긴장의 끈을 놓지 않았다. 그것과 은미의 가출은 아무런 상관이 없다고 힘주어 말했다. 딸도 그 말엔 동의하는 듯했다. 잠자코 있다가 슬그머니 통화를 끊었다. 통화가 일방적으로 끊기자 나는 비로소 두 손을 번쩍 쳐들었다. 그것은 딸이 은미를 포기했다는 걸 의미했다. 무엇 때문일까. 무엇이 딸의 마음을 갑자기 변화시켰을까. 그동안 잊고 살아온 어미의 사랑이 살아난 걸까. 아니면 서른 중반에 접어들면서 정말 철이 들기 시작한 탓일까. 하지만 그것은 그렇게 중요하지 않았다. 나는 다만 오랫동안 집 떠났던 딸의 영혼이 다시 제 자리를 찾아온 것 같아서 기뻤다. 한편, 딸이 어쩌면 지금쯤 핸드폰을 내려놓고 나처럼 울고 있을지도 모른다는 생각이 들자 애틋한 마음도 들었다.

은미가 돌아왔다.

현관문을 열고 들어서자마자 은미는 다짜고짜 나에게 안겼다. 할머니, 할머니, 울음을 터트린 은미를 안고 나는 함께 울었다.

이러면 안 되지, 하면서도 자꾸 눈물이 흘러내렸다. 나는 내 품에 안긴 은미가 언제 이렇게 컸나, 자랑스러웠다. 이기고 졌다는 게 문제가 아니었다. 자기 힘으로 자신의 길을 스스로 선택했다는 게 나로서는 대견할 따름이었다.

그날 저녁 나는 정성을 다해 음식을 차렸다. 은미가 좋아하는 것, 남편이 좋아하는 것을 골라 한 상 가득 차린 나는 비로소 우리 집이 다시 든든하게 세워졌다는 것을 실감했다. 이제는 정말 어떤 비바람이 불어와도 끄떡없을 것 같았다.

수수께끼

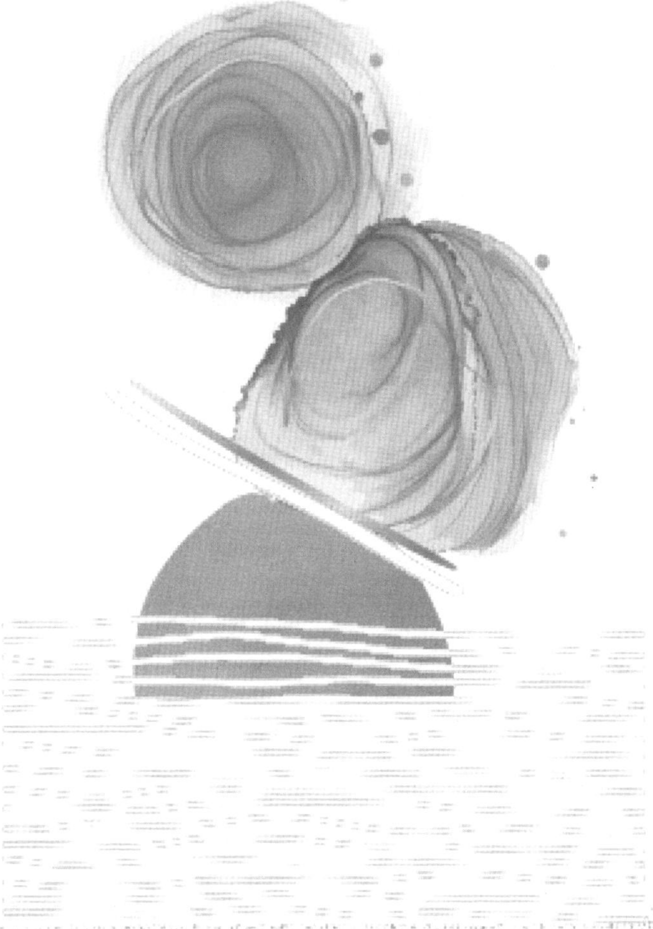

아들은 모든 게 수수께끼 같다고 말했다.

지금까지 통일이 되지 못한 것도, 40년 동안 할아버지와의 약속을 붙들고 살아가는 나도……. 영상 통화지만 아들의 목소리는 다른 때와 달리 또렷하고 분명했다. 면도하지 않은 탓일까, 수척해 보이는 얼굴이 아프다는 말도 사실인 듯했다.

갈 수 없다고, 아들은 머리를 흔들었다. 그래도 나는 고깝다는 생각은 들지 않았다. 아무리 자식이라도 같은 생각을 강요할 수는 없는 것 아니겠는가. 또 그 나라가 가까운 데 있는 것도 아니잖은가. 더구나 인건비를 아끼기 위해 종업원도 두지 않고 부부가 아침부터 저녁까지 뜨거운 불판 위에서 빵조각을 굽고 10여 가지가 넘는 재료를 매일 손질해야 하는 장사라는 걸 아는데, 무슨 할 말이 더 있겠는가. 못 올 수도 있지……. 나는 그걸 알면서도 공연히 연락해서 아들의 심사만 건드린 듯해서 오히려 미안하다는 마음이 들었다.

그러나 아내의 반응은 의외였다. 내 말을 듣자마자 예상했다는 듯 단박에 입을 비죽이 내밀었다. 그럴 줄 알고 벌써 두어 달 전부터 며느리에게 몇 차례 다짐을 주었는데, 그럴 적마다 말꼬리를 흐리더니 결국 우려하던 대로 되었다고 머리를 흔들었다. 거기가 앞 동네는 아니잖아, 하고 내가 눈을 흘겨도 내민 입은 들어가지 않았다.

멀긴 뭐가 멀어요. 요즘이 어떤 세상인데. 하루면 오가는 거리에요. 그까짓 하루 이틀쯤 그 알량한 식당, 문 좀 닫는다고 망한대요? 문제는 마음인데, 떨어져 사니까 걔 마음도 이젠 뜬 거에요. 할아버지가 중요하지 않다는 거지요.

아프대. 얼굴이 정말 안 좋아 보였어.

아프긴, 우린 아프지 않아요? 우린, 날마다 아픈데…….

아내는 또 상철이 어미가 들볶아댄 모양이라고 거듭 빈정거리면서 작년에 며느리가 친정아버지 기일에 다녀간 것을 다시 끄집어내었다. 나는 거실 바깥으로 눈을 돌렸다. 선팅한 탓인지, 혈당 수치가 떨어진 탓인지, 12층 아파트 통유리창으로 내려다보이는 주차장 옆의 조경수 몇 그루 우듬지가 희뿌옇게 보였다.

그러니까 일찍 강다짐을 받아놨어야죠. 겨우 사흘 앞두고 연락하는 사람이 어디 있어요?

재작년에도 다녀갔으니까 금년에도 올 줄 알았지.

나는 한숨을 내쉬었다. 그래서 그럴까. 머리가 다시 어지러웠
다.

어렸을 적부터 나는 아버지에게 약속이란 지키기 위해 존재하
는 거라고 배웠다. 아버지는 힘들고 버겁더라도 그것을 지켜야
하는 게 사람의 도리라고 일러주었다. 사람이레 약속을 지키디
않으믄 기거이 사람이라구 할 수 있간? 그런 점에서 보자면 아버
지와의 약속을 지키기 위해 줄곧 한 길을 걸어온 나는 모범생이
라고 할 수 있었다.

매년 5월이 되면 나는 습관처럼 달력을 확인했다. 그때가 되면
잠시 가라앉았던 약속에 대한 굴레가 다시 나를 욱죄기 시작했
다.

5월 17일. 그날은 아버지가 이 세상을 떠난 날이었다. 그러니
까 그게 벌써 40년이 되는 셈이었다. 내가 지금까지 그날을 잊지
않고 기억하는 것은 아버지와의 약속 때문이었다. 그날 아버지는
가쁜 숨을 몰아쉬면서도 입술만큼은 멈추지 않았다. 숨이 차올라
한 마디 내뱉고는 다시 한참을 쉬었다가 또 한 마디 내뱉으면서
도 잡은 내 손목도 놓지 않았다. 가래가 끓어 말소리는 귀를 바짝
세우지 않으면 알아들을 수가 없었다. 그러나 나는 아버지가 온

몸을 뒤틀며 마지막 힘을 다 짜내어 뱉어내는 그 말이 무엇을 의미하는지 알 수 있었다. 통일이레…… 되믄, 내……뻬다구레 반드시 페양…… 우리, 선산에다가…… 묻어달라우, 알갔디? 그러니까 아버지는 눈을 감으면서도 고향을 떠올리고 있던 것이었다. 나는 머리를 크게 끄덕거렸다. 걱정하지 마세요, 아버지. 제가 꼭 선산에다 모셔드릴게요. 나는 자신이 있었다. 통일? 아무럼 그때까지야 되지 않겠어? 그때 나는 내 나이가 마흔밖에 되지 않았다는 것을 과신하고 있었다.

내 말을 듣자 아버지는 비로소 안심했다는 듯 내 손목을 놓아주었다. 그러고는 잠시 뒤 가쁘게 쉬던 숨도 멈추었다. 나는 그때 아버지의 얼굴에 떠오른 희미한 미소가 무엇을 의미하는지 알지 못했다. 다만 힘들게 살았던 이 세상의 끈을 이윽고 놓으셨구나, 하는 사실만을 중요하게 여겼다. 그런 뒤에는 며칠 동안 아버지를 보내드리는 데 정신을 쏟느라고 잠시 약속을 잊고 있었다. 부음을 알리고, 빈소를 마련하고, 문상객을 맞고, 장지를 정하고, 하관하고, 봉분을 세우고, 석물을 주문하고……. 사실 나는 아버지의 선산이 어디인지도 알지 못했다. 아버지가 가르쳐준 주소가 전부였다. 그런 까닭에 통일이 되더라도 찾아갈 수나 있을지 의문이었다. 더구나 전 국토를 국유화하고 개발까지 했을 터인데 보존이나 온전히 되어 있을까 알 수 없는 일이었다.

그런 나에게 약속을 다시 일깨워준 사람 역시 아버지였다. 삼

우제를 지낸 뒤 며칠 지나지 않았을 때였다. 한밤중 꿈속에 나타난 아버지는 나에게 그것을 다시 각인시켜주었다. 알갔디, 닞디 말라우. 페양시 남산리 사십구번지. 거게가 이 아바디 고향 주소야. 알디? 하얀 두루마기를 입은 아버지는 그때에도 내 손목을 꼭 잡고 놓지 않았다. 나는 머리를 끄덕거렸다. 그러니까 그때부터 아버지와의 그 약속은 나를 사로잡았고, 5월이 되면 더욱 나를 옥죄곤 하였다. 그래, 다시 꼭 모셔야지, 모셔드려야 하고말고…….

나물을 다듬다 말고 아내가 나를 쳐다보며 지나가는 말투로 한마디를 던졌다.

어쩌면 걔는 지금 이런 걸 다 부질없다고 여기고 있는지도 몰라요.

그건 또 무슨 소리야?

나는 눈을 사납게 치떴다.

그렇지 않아요? 이게 어디 하루 이틀이래야 말이지요.

조금 전 아들이 내뱉은 말을 되새기던 나는 그러나 꼭 그렇지는 않을 거라고 여겼다. 어렸을 적부터 속이 얼마나 깊었던 아이인데……. 어릴 때는 효손이라고 동네에서 소문까지 났던 아이 아닌가.

＊　　＊

누이동생의 생각은 아내와 달랐다. 제사 당일 딸기가 담긴 스티로폼 상자 두 개를 안고 들어온 동생은 곧바로 쭈그리고 앉아 제수 준비를 돕다가 아내가 흉을 보듯 아들 부부가 오지 못한다는 것을 이야기하자 웃음으로 받아넘겼다.

언니, 그게 꼭 동현이 잘못만은 아니잖아요. 또 상철이 엄마 잘못도 아니고요. 얼마나 힘들겠어요, 낯선 땅에서. 그래도 거기에서 이젠 자리 잡고 버거 가게라도 열었다니 얼마나 대견해요. 우리가 오히려 고맙게 여겨야죠.

고모는……. 그래도 그렇지요. 할아버지가 자기를 얼마나 사랑했어요. 그 사랑을 백분지 일이라도 알고 있다면 이렇듯 나 몰라라 해서는 안 되지요.

아내도 지지 않았다. 고모까지 그렇게 말씀하시면 안 되지요. 사흘이 지났으나 아직 분이 삭지 않은 듯 볼멘소리를 계속했다. 나는 아내가 왜 그런 말을 하는지 잘 알고 있었다. 아내는 그걸 모두 며느리 탓으로 여기고 있는 게 분명했다.

그러니까 왜 동현이 하나만 달랑 낳았어요? 더 낳았으면 이럴 때 얼마나 좋아요?

누가 아니래요? 그때 늑막염만 걸리지 않았다면 더 낳을 수도 있었는데…….

동생이 농담을 건네자 아내는 한숨을 길게 내쉬었다.

아내와 누이동생이 주고받는 말소리를 듣는 것도 1년 만이었다. 나는 슬그머니 동생의 얼굴을 살펴보았다. 보면 볼수록 동생은 생김새뿐만 아니라 말투까지도 아버지를 닮은 데가 많았다. 여자이긴 해도 눈매와 콧날, 그리고 두툼한 턱선과 불거진 뱃살을 볼 때면 아버지를 떠올리게 했다. 그런 점에서 보면 나는 아버지를 닮은 데가 거의 없었다. 깡마르고, 매사 깐깐한 성격 등, 아버지보다는 오히려 어머니 쪽에 가까운 편이었다.

기름 냄새 때문일까. 머리가 또 어지러워지기 시작했다. 의사는 그것을 두고 악성 빈혈 초기라고 하면서 노인층에 흔히 나타나는 노화 현상과는 다르다는 것을 주지시켰다. 한마디로 비타민 B12 결핍이라는 것이었다. 그 말을 들으며 나는 피식, 웃고 말았다. 나이 팔십에 내가 앓고 있는 데가 어디 한두 군데인가. 녹내장과 당뇨를 앓고 있는데, 거기에 악성 빈혈까지? 의사는 대수롭지 않게 여기는 듯한 나에게 처방전을 써주며 약 복용을 강력히 권했다.

그런데 딸아이는 왜 여태 도착하지 못하는 걸까. 시어머니가 오늘내일한다더니 혹시 그사이 나쁜 일이 생긴 건 아닐까. 나는 티브이 윗벽에 걸려 있는 시계를 올려다보았다. 시침은 벌써 9시를 가리키고 있었다. 조금 지나면 제사 시간이었다.

얼마나 지났을까. 이번엔 아내가 먼저 입을 열었다.

고모는 그래도 아들 끼고 사니까 외롭지 않지요?

외롭고, 외롭지 않은 걸 생각할 겨를이 어디 있어요? 하루하루

먹고살기 바쁜데.

홍범이 엄마가 요새 아이 같지 않게 그래도 고모한테는 살갑게 굴잖아요.

그럼 언니는 외로워요?

동생이 이마로 흘러내린 머리카락을 쓸어올리며 물었다.

그러자 아내가 양념 묻은 손을 털며 머리를 쳐들었다.

맞아요, 나는 늘 외로워요. 하나밖에 없는 아들이 외국에 나가더니 아주 거기 눌러앉아 돌아올 생각도 하지 않죠, 또 남편 직장 따라 내려가 사는 딸은 코빼기도 보기 힘들잖아요. 그러니 내가 외롭지 않겠어요?

그러니 어떡하겠어요. 그 아이들은 그 아이들 나름대로 또 살아가기 바쁜데. 그래도 언니는 오빠가 늘 곁에 계시잖아요?

동생이 나를 돌아보았다. 나는 그 눈빛에서 동생 역시 아무렇지 않은 척해도 말하지 못할 무언가를 가슴에 담고 있다는 것을 직감했다. 왜 아니 그렇겠는가. 20여 년 전 아이엠에프로 인해 잘나가던 사업체가 도산하자 그것을 회복한다고 백방으로 뛰어다니던 남편이 췌장암으로 세상을 떠난 뒤부터는 아들네 집에 얹혀사는 처지인데……. 아무리 제 속으로 낳은 자식이라도 함께 산다는 게 생각처럼 쉽지 않다는 것은 뻔하지 않은가. 그래도 동생은 가끔 통화할 때면 그런 내색은 하지 않고, 오히려 밝은 목소리로 내 건강부터 걱정하곤 하였다.

동생이 이번엔 대화의 방향을 아들에게로 다시 돌렸다.

동현이랑 영상 통화는 해보셨어요?

동생이 그거라도 해보라고, 뒷말을 덧붙이자 아내가 머리를 흔들었다.

해봤죠. 그런데 그런 거 백 번 하면 뭘 해요? 손목 한번 잡는 것보다 못한 것을. 감질만 더 나더라고요.

나는 다시 벽시계를 올려다보았다. 9시 15분. 나는 몸을 일으켰다. 한자리에 너무 오래 앉아 있었던 탓일까, 이번엔 허리가 켕겼다.

잠시 뒤 동생이 나에게 물었다.

오빠 시장하지 않아요?

나는 손사래를 쳤다. 배가 고파도 당장 먹을 수 없다는 건 동생도 알고 있을 터이었다. 제사를 지낸 뒤에야 비로소 온 식구가 둘러앉아 식사하는 건 아버지 때부터 내려오는 우리 집안의 관습이었다. 무엇 때문인지는 몰라도 아버지는 해가 저물면 그때부터는 물도 한 모금 마시지 않았다.

티브이에서는 또 북에서 미사일 실험을 했다고 떠들고 있었다.

제수 준비는 얼추 끝난 모양이었다. 아내가 일어나 주먹으로 허리를 두드리자 동생도 손바닥으로 무릎에 떨어진 부스러기들을 툭툭, 털며 식탁 의자에 올라앉았다.

그런데 얘는 왜 이렇게 늦어. 빨리 와서 일 좀 도와주지 않고…….

아내가 핸드폰을 들여다보며 중얼거렸다.

걱정하지 말아요. 제수도 다 끝났겠다, 뭐가 걱정이에요.

동생이 저러다가도 유미가 정작 문을 열고 들어서면 반가워서 야단도 치지 못할 걸 뭘 그러냐고, 지청구를 던졌다.

벌써 몇 년째인가. 이와 같은 제사는 아버지가 작고한 뒤부터 한 해도 거르지 않고 계속되었다. 그런데도 사실 나는 늘 서툴고 낯설었다. 지방을 쓰고, 메를 올리고, 과일과 생선, 떡과 적을 진설하는 순서를 가끔 잊어버려 당황할 적도 있었다. 그럴 때는 눈을 흘기면서 아내가 곁에서 도와주었다.

다른 때와 달리 내가 이번 제사에 신경을 더 쓰는 이유는 다른 데 있었다. 아직 누이동생이나 아내, 아들에게는 말하지 않았지만, 이번을 마지막으로 아버지의 산소를 이장하는 게 어떨까, 한번 의논해볼 생각이었기 때문이다. 물론 산소는 함부로 건드리는 게 아니라는 건 나도 잘 알고 있었다. 잘못하면 동티가 난다고 하지 않는가. 또 파묘 일시를 정하는 것과 거기에 따르는 격식도 갖추어야 하므로 결코 쉽게 볼 일은 아니었다.

유택이 있는 장호원이 멀다고는 할 수 없었다. 따라서 그게 이유가 될 수는 없었다. 다만 차를 몰고 네 시간이 걸리는 거리를 일 년에 서너 차례씩 왕복한다는 게 갈수록 버겁게 느껴지는 건 사실이었다. 한번 다녀오면 며칠 동안 누울 정도로 삭신이 쑤시고 아팠다. 이태 전 동맥경화증 때문에 심혈관에 스텐트 두 개를 시술한 뒤부터는 더 그랬다. 그래도 이장은 꿈도 꾸지 않았다. 그런 내 마음을 흔든 결정적 계기는 공원묘지 관리사무소 직원의 전화 한 통이었다. 며칠 전 그는 내년이면 관리 기간이 만료된다고, 까맣게 잊고 있던 나를 일깨웠다. 어떻게 할까요? 더 연장할 수도 있습니다만……. 그는 그것을 원하는 것 같았다. 벌써 그렇게 되었나, 나는 잠시 머릿속으로 계산기를 두드리면서 그럼 그렇게 할까, 생각했다. 그게 순리일 듯했다. 그러나 잠시 뒤 나는 직원에게 유보해 달라고 말했다. 가족들과 의논해보겠다는 단서를 붙이기는 했으나 사실은 이장도 한번 고려해 볼 필요가 있지 않을까, 하는 생각이 들었기 때문이다. 40년 전과는 달랐다. 곧 될 것으로 믿었던 통일은 아직도 이루어지지 않았을뿐더러 갈수록 점점 더 멀어지고 있지 않은가. 더구나 그것을 기다릴 만큼 이제는 나에게도 시간이 많이 남지 않았다는 게 나를 망설이게 했다.

나에 대한 아버지의 사랑은 유난하고 각별한 데가 있었다. 어쩌다 동네 아이들과 싸우다가 맞고 들어오면 아버지는 잘잘못을 가리지 않았다. 단박에 누가 우리 삼대독자를 이렇게 만들었느냐고, 그 집으로 달려갔다. 그리고는 그 아이의 부모를 붙잡고 자식을 어떻게 가르쳤길래 이 모양이냐고 종주먹을 들이대며 으름장을 놓았다. 그래서 동네에서는 아버지가 지나가면 모두 고개를 외로 돌리기 일쑤였다. 그러나 아주 가끔이긴 했지만, 때리고 들어오는 날이면 아버지는 다른 얼굴로 나를 맞았다. 잘해서, 내 새끼. 고롬 기래야디, 우리가 어떤 가문인데, 기딴 아새끼덜이 함부루 뎀비네, 뎀비길…….

내가 그 같은 행동을 보이는 아버지를 조금이나마 이해하게 된 것은 그로부터 10여 년이 지난 뒤였다. 그러니까 그것은 타의에 의해 어쩔 수 없이 피난은 왔으나 뿌리 없는 가문이 아니라는 것을 동네에 선포하고, 또 우리에게 각인시키고, 그렇게 하므로 당신 자신도 다시 한번 마음을 다잡는 방법이라고 할 수 있었다.

그러나 나에 대한 아버지의 일방적인 사랑은 거기가 끝이었다. 아들이 태어나자 그 사랑은 하루아침에 고스란히 아들에게로 옮겨갔다. 그때 나는 직장 관계로 분가해 살고 있었는데, 매주 일요일이면 싫든 좋든 아들을 안고 아버지 집을 찾는 게 일과가 되어 있었다. 회사 업무 관계로 가지 못하는 날에는 아내와 아들만이라도 보내야 했다. 만약 이를 어기면 당장 불호령이 떨어졌다. 와 날레날레 오디 않는 거이가? 그러므로 우리는 아버지가 뇌출혈로 쓰러지기 전까지 늘 아들을 안고 의무적으로 방문할 수밖에 없었다.

아버지의 아들 사랑 역시 유별난 데가 있었다. 겨우 걸음을 옮기는 어린아이를 데리고 어느 날은 낚시터에 다녀오기도 했다.
모두가 나서서 만류했으나 아버지의 황소고집을 꺾을 사람은 집
안에 아무도 없었다. 시장에서 독일 병정이라는 별명을 얻었던
어머니도 어쩌지 못하기는 마찬가지였다. 내깔레 두리우. 데 영
감태기를 누구레 막간.

딸은 밤 11시, 제사를 지낼 시각이 임박해서야 나타났다. 가쁜
숨을 몰아쉬며 뛰어 들어온 딸은 미안하다면서, 오늘내일하는 시
어머니를 두고 쉽게 빠져나올 수가 없었다고 했다.

*　　*

제사는 자시 정각에 시작했다.

깨끗하게 손을 씻은 나는 먼저 병풍을 두르고, 지방을 중앙에
모셨다.

아내와 동생, 겨우 한숨을 돌린 딸이 5열로 제수를 진설하자
나는 창문을 모두 열어 놓은 뒤 향로와 향합, 모사를 상 앞에 놓
았다. 제주는 소주를 주전자에 담아 사용하기로 했다. 소주는 평
소 아버지가 즐기던 술이었다. 물론 알코올 도수는 그 시절보다
훨씬 낮았지만.

아파트에 살면서부터 제사도 많이 간소화된 건 사실이었다.

옛날 아버지가 드리던 때와는 비교가 되지 않았다. 그래도 나는 서툴러도 격식만큼은 그대로 따르려고 노력했다. 마음이 중요하지, 그게 뭐 대수냐는 사람들이 더러 있었으나 나는 그렇게 생각하지 않았다. 물론 아버지의 혼백이 꼭 온다고는 자신할 수 없지만, 격식을 지키려고 노력할 때 마음도 따라간다는 생각이었다. 그래서 아내가 눈총을 주어도 제수만큼은 과하다고 할 정도로 준비시켰고, 또 진설도 옛 방식을 고수했다. 즉 메와 갱은 물론, 면과 혜, 삼채, 탕, 전, 포, 과일 등을 진설할 때도 동과 서를 가려 하도록 고집했다.

강신과 참신을 마치고 초헌, 독축, 아헌, 종헌까지 마쳤으나 시간은 그렇게 오래 걸리지 않았다. 약식으로 드린 게 아닌데도 제사는 언제나 30분이면 충분했다. 그러니까 제사 시간보다 준비하는 시간이 오히려 몇 배 더 긴 셈이었다. 그런 까닭일까. 제사를 마치고 나면 늘 허망한 느낌이 가슴 가득 밀려왔다. 그런데 무엇 때문일까. 음복하기 위해 아내와 동생이 식탁에 늦은 저녁상을 차리는 것을 기다리면서 소파에 올라앉은 나는 웬일인지 그날은 다른 날과 달리 슬픔 같은 것까지 쌓이는 걸 느꼈다. 그것은 그냥 허망하다는 것과는 다른 게 분명했다. 아들 때문일까, 생각해 봤으나 그게 전부는 아닌 듯했다.

옮겨 앉으세요.

수저를 식탁에 올려놓으면서 아내가 불렀으나 나는 대꾸를 미룬 채 잠시 그냥 더 앉아 있었다. 도대체 무엇 때문일까. 그러나 나는 곧 그게 내 문제에서 야기되었다는 것을 깨달았다. 내가 죽으면 그때는 누가 장사를 지내줄까. 아들이 제사인들 제대로 지낼까, 하는 따위가 갑자기 떠올라 내 머리를 어지럽힌 게 원인이었다. 팔십이 넘으면 내놓은 목숨이라는데…….

어서 오시지 않고 왜 거기 앉아 계세요?

이번에는 동생이 재촉했다. 식탁에 앉아 나를 건너다보는 동생과 아내, 딸의 얼굴에는 시장기와 피곤함이 가득 묻어 있었다. 하긴, 저물녘부터 내내 굶었으니 배가 오죽 고프겠는가. 나는 식탁으로 건너가면서 나도 종일 굶었다는 것을 깨달았다.

식탁은 제사상에서 물린 제수로 풍성했다. 아버지 혼백이 정말 와서 먼저 한술 뜨고 갔는지는 알 수 없으나 정성을 다한 음식인 것만큼은 틀림없었다.

우리가 아버지의 얼굴을 그나마 자주 볼 수 있는 때는 장마철과 겨울철이었다. 다른 때는 일주일에 사나흘씩, 아버지는 집을 비우기 일쑤였다. 어디를 다니는지는 몰라도 낚시가방 하나를 둘러메고 아버지는 늘 바람처럼 떠돌았다. 며칠씩 집을 비웠다가 비린내를 풍기며 들어온 아버지를 어머니는 그냥 놔두지 않았다. 연신 강철 긁는 소리를 냈다. 나 좀 봅세다레, 이거이 어데 사람 사는 집구석이라구 할 수 있슴네까. 살자는 겁네까, 죽자는 겁네까. 와 안즉까디 정신 채리디 못하구 떠돕네까, 떠돌길……. 어데 입이 있으믄 말 좀 해보시라우요. 그러나 그럴 적마다 아버지는 그냥 씨익 웃을 뿐, 대거리를 하지 않았다. 그러고는 다음 날이면 또 낚시가방을 둘러메고 어딘가로 사라졌다. 아버지가 그렇게 집을 비운 날 밤이면 어머니는 우리 남매를 앉혀놓고 혀끝을 차며 말했다. 네 아바디 정신 채릴래믄 안즉 멀어서, 야. 피난 내레 온 거이 어데 우리뿐이가. 기런데 와 지금까지 마음 잡디 못하구 떠돌구 있간, 반네미처럼…….

나는 그 말의 뜻을 이해하지 못했다. 다만, 어머니의 말처럼 아버지가 어디에도 정을 붙이지 못하고 있다는 것만 어렴풋이 짐작할 따름이었다.

그러나 아버지는 그렇게 떠돌다가도 할아버지 제삿날이 다가오면 어김없이 돌아왔다. 그러고는 마치 다른 사람처럼 제수를 준비시키고, 손수 밤도 깎고, 병풍도 손봤으며, 향로도 꺼내 재로 닦았다. 이걸 소홀히 하는 놈이레 사람새끼라구 할 수 없디. 이 세상에서 조상없이 태어난 놈이레 어데 있간?

나는 그때도 역시 그 말의 뜻을 잘 알지 못했다. 다만, 곁에 서서 제사를 준비하는 아버지를 열심히 도울 뿐이었다. 아버지는 꼼꼼했다. 순서와 진설이 조금만 틀리고 어긋나도 그냥 넘어가지 않았다. 청소를 대충대충 하거나 몸을 깨끗이 씻지 않아도 큰일 난 것처럼 야단을 쳤다. 야, 좀 똑바루 하디 못하간? 기케 하믄 조상 할아버지레 찾아왔다가 얼마나 서분하갔네. 그럴 적마다 나는 아버지가 시키는 대로 하나도 빼놓지 않고 순순히 배우고 익혔다.

오랜만에 술을 입에 댄 탓일까. 몇 잔 마시지 않았는데도 취기가 슬슬 올라왔다. 호흡이 가빠지고 속이 메슥거렸다. 의사가 술은 입에 대지도 말라고 주의 주었는데……. 건너편에 앉은 딸과 아내의 윤곽이 흐릿하게 보였다.

내일 아침 산소에 함께 올라갈 사람?

나는 성묘도 성묘지만, 관리사무소에 볼일이 있다는 것을 전제로 동행할 사람을 찾았다. 그러나 금방 나서는 사람은 없었다. 잠시 건너다보며 뜸을 들이던 나는 맥이 풀렸다. 갑자기 뭔지 모를 찬 바람이 가슴을 할퀴고 지나가는 것 같았다. 그렇다고 혼자 갈 수는 없는 노릇 아닌가, 어쩌면 마지막 성묘가 될지도 모르는데……. 나는 할 수 없이 이번엔 한 사람씩 지목해 가며 다시 물었다. 먼저 지목한 사람은 딸이었다. 그러나 딸은 내 말이 떨어지기가 무섭게 머리부터 설레설레 흔들었다.

나는 안 돼. 시어머니 때문에 내일 아침 일찍 내려가 봐야 해요.

나는 어이가 없었다. 아내가 김 서방과 교대하면 되지 않느냐고 따지듯 물었으나 딸의 대답은 똑같았다. 안 돼. 그 사람 지금 바빠. 오늘도 억지로 앉혀놓고 도망치듯 올라온 거야. 그러나 다행스럽게도 동생은 내가 묻기 전에 먼저 따라나서겠다고 머리를 끄덕거렸다. 피곤한 듯 하품을 길게 빼물던 아내 역시, 나는 말하지 않아도 알지요, 했다.

됐네, 그럼.

두 사람이 따라가겠다고 나서자 딸은 짐을 덜었다는 듯 밝게 웃었다. 나는 다시 잔에 술을 가득 부었다. 아내가 걱정스러운 눈빛을 보냈으나 아랑곳하지 않고 한 모금 마시고는 명태포를 찢었다. 비로소 감춰두었던 숙제를 꺼낼 시간이 다가왔다는 걸 느꼈다. 아들이 자리에 없다는 게 유감스럽기는 했으나 마음에 두지는 않았다.

그럼, 성묘는 됐고……. 이제 내가 뭘 하나 물어보려고 하는데, 솔직하게 대답해 주면 좋겠어.

시작은 그렇게 꺼냈으나 사실 나는 그 말을 어디에서부터 시작해야 할지 몰라 잠시 망설일 수밖에 없었다. 관리사무소 직원에게 받은 전화 이야기부터 꺼내는 게 먼저일까, 아니면 내가 안고 있는 숙제부터 꺼내는 게 순서일까, 또 이것이 아버지와 약속을 지속시키는 방법일까, 나의 이기적인 생각은 아닐까, 하는 것 등등이 순간 나를 잠시 혼란에 빠트렸다. 동생이, 뭔데 그렇게 심각해요, 하며 얼굴을 바투 디밀었으나 말을 꺼내놓고 나는 여전히 쉽게 뒷말을 잇지 못했다. 결국 한참이 지난 뒤에야 그럴 적에는 내 의견부터 꺼내는 게 순서라는 걸 깨달았다.

다른 게 아니라 아버지 산소 문제인데, 아무래도 이젠 옮길 때가 되지 않았나, 해.

나는 말을 멈추고 잠시 식구들을 둘러보았다.

그동안 한 해도 거르지 않고, 일 년에 서너 차례 산소를 찾아 성묘했다는 건 모두 알지? 사실 건강할 때도 그걸 지키기가 쉽지 않았는데, 그런데 이젠 나도 늙었어……. 몸도 아프고……. 세월이 좋아서 그렇지, 옛날 같으면 벌써 뒷방에 물러앉았을 나이잖아. 그래서 내가 없더라도 그 약속을 지키는 방법을 찾다가…….

나는 숨을 한 차례 몰아쉬고 동생을 건너다보았다. 동생의 얼굴은 긴장한 듯 굳어있었다. 그러나 그 옆에 앉은 아내의 눈빛은 달랐다. 졸음을 쫓아버린 듯 반짝거렸다. 그래서 얘기인데, 나는 술잔을 들어 입술을 축인 후 다시 말을 이었다.

이제는 단안을 내릴 때가 되었다고 생각해. 이러다가 자칫 잘못하면 제사는 물론이고, 산소조차 지키기 힘드니까.

왜 그럴까. 거기까지 빠르게 말하던 나는 갑자기 눈물이 나올 것 같아 잠시 입을 닫고 마른기침을 몇 차례 뱉어냈다. 약속을 파기한다는 건 분명 아닌데, 식구들이 그쪽으로 듣는 것 같아 몇 번 숨을 골았다. 그러자 외로 앉아 잠자코 듣고 있던 딸이 답답하다는 얼굴로 물었다.

그래서? 그래서 아빠 생각은 어떤데? 그것부터 말해 줘야 우리가 가타부타 말할 것 아니에요?

그래서 내 생각은……

나는 쫓기듯 조금 빠르게, 내 속에 깊숙이 담고 있던 것들을 끄집어내었다.

이젠 그만 이장을 해서 납골당에 모시는 게 어떨까 해. 어때? 납골당도 요즘은 규모나 시설이 현대식이어서 안심해도 된다고 하더라고. 물론 사후 관리도 철저히 잘하고 있고…….

이윽고 나는 공원묘지 관리사무소에서 걸려온 전화 이야기를 꺼냈다.

그러자 왼손바닥으로 턱을 괸 채 내 이야기를 듣던 동생이 걱정스럽다는 얼굴로 끼어들었다.

제사는? 그럼, 제사는 어떻게 할 건데요?

글쎄…….

나는 잠시 대꾸를 미루었다. 그러자 아내가 눈을 반짝거리며 나섰다.

제사도 보낼 수 있으면 보내야지요. 이참에.

어디로요?

동생의 눈이 커졌다. 그러나 아내는 개의치 않는다는 투로 목소리를 높였다.

어디긴 어디예요, 동현이네밖에 더 있어요?

그러자 동생의 목소리도 아내 못잖게 커졌다.

맡긴다고 해서 걔가 맡을지도 모르지만, 설혹 맡는다면 내년부터 아버지 제사는 그럼 그 나라에서 지낸다는 거예요?

그렇지요. 그 나라에서 지내게 되는 거지요. 내년부터는.

아내는 혼백이란 시공을 초월한다니까 그 나라라고 찾아가지 못할 리 없지 않겠느냐고 반문했다. 그래도 동생은 의문이 가시지 않는다는 얼굴이었다.

그럼 제사에 참여하려면 우리 모두 거기까지 가야 하는 거예요?

굳이 참석하겠다면 그렇게 해야겠지요.

아내가 잘라 말하자 동생의 눈이 커졌다. 세상에, 세상에…….동생은 입을 쉽게 다물지 못했다. 두 사람의 말이 길어지자 딸도 가만히 있지 않았다.

오빠가 과연 할아버지 제사를 맡을까?

안 맡겠다면 억지로라도 맡겨야지.

나는 그쯤에서 아내와 동생, 딸의 설전을 중지시켜야겠다고 생각했다. 그대로 방치하면 필요 없이 길어질 뿐만 아니라 자칫하면 말싸움으로 번질 우려가 있다고 느낀 탓이었다. 나는 제사 문제는 나중에 동현이와 의논해도 되니까 서두르지 말자고 했다. 그리고는 비로소 관리사무소 직원과 통화한 사실을 밝혔다.

그보다 급한 건 내일 성묘 갔다 내려올 때 관리사무소에 들러 어떻게 할 것인지, 통보해야 한다는 거야. 이장하든지, 아니면 연장하든지…….

하지만 그 문제에 대해서도 이렇다 할 의견을 제시하는 사람
은 없었다. 한참 기다리던 나는 결국 그 문제는 내 생각대로 해도
되겠느냐고 다시 물었다. 그래도 괜찮겠어? 그러나 대답하는 사
람은 여전히 없었다. 한 가족이지만 생각이 각각 다르다는 것을
알게 된 순간, 나는 마음 한구석이 갑자기 허물어지는 것 같은 느
낌이 들었다. 허물어진 그 자리를 뚫고 또 다른 슬픔이 밀려들었
다. 그 슬픔의 하나는 통일이 아직 이루어지지 않았다는 현실과
또 하나는 그런데도 시간은 머물지 않고 흘러 어느새 나를 여기
까지 올려놓았다는 것이고, 마지막은 그런데도 아들을 비롯한 내
가족은 나에게 미룬 채 모르쇠로 일관하고 있다는 것이었다.

밤이 늦도록 결론은 나지 않았다. 조금 지나면 동이 틀 시각이
었다. 나는 모두에게 그만 잠자리에 들 시간이라는 것을 알렸다.
그러자 기다렸다는 듯 하품을 길게 빼물고 있던 딸이 먼저 일어
났다. 잘 자. 딸이 일어서자 식구들도 모두 일어나 방으로 들어갔
다. 그들의 뒤를 따라 나도 방으로 들어왔다. 그러나 나는 눈을
쉽게 붙일 수가 없었다. 아버지에 대한 회한이 자꾸만 떠올라 모
잡이로 누운 채 몸을 수십 차례 뒤척였다. 약속이란 무엇일까. 아
들은 언제부터 그런 생각을 가졌을까. 선산은……. 이런 내 마음
을 안다면 아버지는 뭐라고 하실까.

아파트 뒷산 어딘가에서 소쩍새가 쉬지 않고 울어대고 있었

다. 소쩌쩌억, 소쩌쩌억……. 가깝게 또는 조금 멀리서 들려오는 그 소리를 들으며 나는 밤새 한숨을 내뱉었다.

*　　*

　내가 잠자리에서 일어났을 때 딸은 벌써 가고 없었다. 아내는 내가 곤히 자길래 깨우지 않았다고 했다. 아쉬웠지만 나는 입을 다문 채 내색하지 않았다.

　거실로 나온 나는 핸드폰을 열었다. 뜻밖에도 문자창에는 아들의 메시지가 들어와 있었다. '할아버지 제사는 잘 마쳤어요?' 그러나 미안하다는 문구는 보이지 않았다. 그럴 수도 있지, 나는 폴더를 접으며 하품을 길게 뽑아냈다. 아내가 서랍에서 처방 약 여섯 알을 꺼내주면서 누구냐고, 턱짓으로 물었으나 나는 입을 열지 않았다.

　오빠, 잘 주무셨어요?

　동생이 인사를 건넸다. 현관 앞에는 벌써 산소에 가지고 갈 플라스틱 상자 두어 개가 나와 있었다.

　다행히 날씨는 쾌청했다. 중부고속도로를 지나 장호원으로 꺾어 들면서 나는 핸들을 쥔 채 하늘을 가끔 올려다보았다. 5월 날씨치고는 드물게 파란빛이 너무 맑았다. 잠이 부족했으나 피곤하다는 느낌은 들지 않았다. 어제와 달리 뒷좌석에 앉은 아내와 동생은 소풍 나온 어린아이처럼 재잘재잘 이야기꽃을 피우다가 함박웃음을 터트리고 있었다. 시간은 생각했던 것보다 많이 걸리지 않았다. 아침을 늦게 먹고 1시 넘어 출발했는데 4시 전에 도착했으니까.

공원묘지 입구는 변한 게 하나도 없었다. 유난스레 커서 볼 적마다 낯선 '진달래 메모리얼파크'라는 간판도 여전했다. 다른 게 있다면 한식 때는 보이지 않던 철쭉꽃이 어느새 길가에 활짝 피어 도열하고 있다는 것뿐이었다.

입구를 지나 아버지 유택이 있는 산 중턱까지 나는 차를 멈추지 않았다. 공원묘지에 들어선 이상, 성묘가 우선이라는 것은 당연했다. 7−2구역 앞 도로에 차를 멈춘 나는 짐을 내린 뒤 산소에 오르는 돌계단을 천천히 밟고 올라갔다. 다른 때 같으면 왜 이렇게 높은 곳에 모셨느냐고, 불평을 늘어놓던 아내도 오늘은 웬일인지 아무 말이 없었다.

산소도 변한 건 없었다. 산소 뒤로 병풍처럼 서 있는 도래솔도 여전했으며, 육 년 전에 심은 향나무의 초록빛도 여전했다. 아버지와 어머니가 누워 있는 쌍분의 떼도 갓 이발한 상고머리처럼 말쑥했다.

사십여 년 동안 아버지와 어머니는 변하지 않고 이곳에 누워 계시는데, 우리만 변했네요. 할머니 할아버지가 다 되었으니. 안 그래요, 오빠?

상석 위에 가져온 술과 과일, 육포와 식혜를 진설하며 동생이 혀끝을 찼다.

그렇지, 벌써 그렇게 되었구먼.

나는 항로와 향을 상석 아래 놓고, 돗자리를 펴면서 머리를 주억거렸다. 비석 위에 싸놓은 산새의 배설물을 물수건으로 닦던 아내가 나를 흘끔 돌아보았다.

왜 그런지는 몰라도 아버지 산소에 올라오면 나는 이상스럽게 마음이 편안해졌다. 북쪽으로 탁, 트인 전경이 약속이라는 억압이나 굴레 같은 것을 잠시 잊게 했다.

아버지는 향년 일흔둘에 돌아가셨고, 어머니는 그 후 이태를 더 사시다가 9월에 가셨다. 향을 부쳐 향로에 넣은 나는 술을 따라 상에 올리고는 두 번 절을 하고 물러났다. 내가 물러서자 이번 엔 아내가 시접 위에 젓가락을 올렸다. 그러고는 동생과 함께 손을 머리 위에 올려 네 번 절을 했다. 10여 분 뒤 아내가 다시 돗자리에 올라가 시접 위에 놓인 젓가락을 내려놓는 것으로 성묘는 모두 끝난 셈이었다.

생각해 보셨어요?

상석에 올렸던 과일과 육포, 식혜를 주섬주섬 거두며 동생이 물었다. 나는 머리를 끄덕거렸다.

생각했지…….

어떻게?

나는 입을 다물었다. 아직은 발설할 단계가 아니었다.

그래도 아버지는 행복한 사람이에요. 오빠 같은 아들을 두셨
으니…….

내가 대꾸하지 않자 동생이 슬그머니 말머리를 돌렸다.

동생과 아내가 음식을 수습하는 동안 나는 산소 주위를 한 차
례 둘러보았다. 동생의 말대로 산소는 지금까지 변한 게 없었다.
굳이 변한 걸 들자면 봉분을 덮은 잔디가 지나간 세월만큼 더 두
터워졌다는 것과 주변에 심은 향나무와 사철나무가 굵어졌다는
것뿐이었다.

성묘 시간은 짧았다. 산소를 내려온 나는 곧바로 관리사무소
로 향했다. 내가 들어서자 관리사무소 직원은 누군가, 하는 눈빛
이었다. 그러나 내가 곧 고 장준석 님의 아들 장영근입니다, 7-2
구역에 있는, 하고 말을 건네자 비로소 알겠다는 듯 얼굴을 활짝
폈다. 아, 며칠 전에 저와 통화하셨지요? 그래, 의논은 하셨어요?
그는 빠르게 물으며 명함을 내밀었다. 나는 머리를 주억거리며
데스크 앞에 놓인 플라스틱 의자에 앉았다.

그래, 결론은 어떻게 내리셨습니까?

말씀하신 대로 연장할까, 하는데요.

나는 주저하지 않았다. 그것은 지난밤 내가 잠을 이루지 못하
고 뒤척이면서 내린 결정이었다. 그럴 수는 없었다. 내가 숨을 쉬

고 있는 동안에는. 나는 잠시나마 흔들렸던 자신이 부끄러웠다. 그것은 스스로 약속을 깨는 일이었다. 그러자 그는 그럴 줄 알았다는 듯 얼굴 가득 미소를 머금은 채 역시 빠르게 말했다.

잘하셨어요. 연고자들 대부분이 다 그렇게들 합니다. 말이 그렇지, 이장이 그렇게 쉬운 것은 아니지 않습니까. 그래, 몇 년 연장하실 건가요?

나는 잠시 대답을 미루었다. 어젯밤에는 분명히 20년으로 하자고 정했지만, 갑자기 욕심이 아닐까 하는 마음이 솟구친 까닭이었다. 20년이라면 내 나이가 100살이 되지 않는가. 그때까지 내가 과연 생존할 수 있을까. 그러나 그뿐, 나는 다시 마음을 다잡았다.

이십 년.

아, 이십 년이요? 알겠습니다.

빠르게 말을 마친 그는 곧바로 일어나 책상 뒤에 있는 서랍장에서 용지 몇 장을 꺼내왔다.

연장 신청은 아주 간단합니다. 먼저 여기에 서명해 주시면 나머지는 제가 알아서 기록하겠습니다. 주민등록증은 가지고 오셨지요? 복사가 필요해서요. 그리고 참, 오늘 연장에 필요한 관리비를 가지고 오지 않으셨으면 모레까지 계좌 이체해 주시면 됩니다. 금액과 계좌번호는 안내장에 기록되어 있으니까 참고하시면 되고요. 서류가 다 끝나면 한 부는 댁으로 우송해 드리겠습니다.

나는 그가 사무적으로 내뱉는 소리를 들으며 잠자코 서명한 뒤 서류를 건넸다. 그는 그것을 한번 살피고 결재함에 올리며 또 얼굴 가득 미소를 띠었다. 그러고는 늘 그랬다는 듯이 공원묘지에 대한 자랑을 늘어놓기 시작했다.

성묘를 다녀오셨다니까, 그럼 보셨겠네요. 깨끗하게 정돈이 잘 되어 있지요? 저희 공원묘지는 고인의 산소 하나하나를 자신의 부모님 유택처럼 정성을 다해 관리하고 있습니다.

나는 그의 말을 등 뒤로 받으며 일어섰다. 마음이 바빴다. 20년, 그러니까 아버지는 앞으로 20년 동안은 여기 더 머무를 수 있게 된 셈이었다. 물론 그때까지 내가 생존한다는 보장은 없었다. 그렇다면 아버지는 나보다 더 오래 여기 머무를 수도 있었다. 그러나 나는 어젯밤 내가 죽으면 누가 아버지 산소를 맡을까 따위의 걱정은 하지 않기로 했다. 물론 그 안에 통일이 된다면 더 바랄 나위가 없을 터이지만 그렇지 않더라도 상관하지 않기로 했다. 거기부터는 내 몫이 아니니까……

바깥으로 나오자 5월의 밝은 햇살이 침침한 내 눈을 따갑게 찔러댔다.

차에서 기다리던 동생은 궁금하다는 얼굴로 내가 운전석에 오르자마자 물었다.

이장한다고 말했어요?

아니.

그럼요?

연장하기로 했어, 이십 년.

나는 간단히, 그러나 단호하게 잘라 말하고 시동을 걸었다. 아니, 그럼? 아내가 그게 무슨 소리냐는 얼굴로 눈을 크게 떴으나 나는 쳐다보지 않은 채 출구를 향해 힘있게 액셀러레이터를 밟았다. 삭신이 쑤시고, 머리가 다시 어지러워지기 시작했으나 개의치 않았다.

*　　*

저물녘, 나는 아들에게 할아버지 산소에 다녀왔다는 것과 관리를 20년 연장했다는 것을 문자로 알렸다. 답신은 곧 오지 않았다. 아들이 답신을 보낸 시각은 그로부터 한참이 지나 내가 또 북이 미사일을 동해로 시험 발사했다는 소식을 티브이를 통해 보고 들으면서 미간을 찌푸리고 있을 때였다. 아들은 벌써 유미에게 들었다면서 어제 그 이야기를 간략하게 되새기고는 산소 문제는 아버지 마음대로 하셔도 상관없지만 제사는 지금 당장 자신이 맡기 곤란하다고 잘라 말했다. 딸이 우려하던 대로였다. 그러나 마음이란 수시로 변할 수 있으니까 뒤는 어찌 될지 자신도 모르겠다고 하고는 나에게 할아버지와의 약속에 너무 매달리지 말라고 당부했다. 아들은 또 나처럼 자기 안에 자신을 가두고 살고 싶지 않다고도 했다. 한 가지 나를 위로한 것은 혹시라도 이장하게 된다면 그곳을 알려달라는 것이었다.

그러니까 아버지도 이젠 그만 훌훌 털어버리세요. 자신에게 좀 자유를 주면서 사세요. 약속이라는 망령이 뭐가 그렇게 중요해요. 통일이요? 지금 누가 그런 걸 중요하게 여기기나 한대요? 아버지 같은 사람이 아니고는……. 나는 이해해달라는 아들에게 답신을 보내지 않았다. 아프다는 건 좀 나았는지, 궁금했으나 묻지 않았다. 비로소 아들의 본심을 읽은 것 같았다. 요약하면 아들은 할아버지와 나처럼 걱정하며 세상을 살지 않고 자신의 길만을 가겠다는 것이었다. 아들은 언제부터 그런 생각을 가졌을까. 왜, 무엇 때문에……. 아쉽기는 하지만 나는 굳이 따지거나 강요할 필요는 없다고 생각했다.

그렇지만 나는 아들이 아니었다. 아들이 그렇게 생각한다고 나까지 흔들려서는 아니 될 일이었다. 아들이 걸어갈 길과 내가 걸어온 길은 다르지 않은가. 나는 입술을 깨물었다. 내가 잠시 답신을 보내지 못하고 머뭇거리자 아들이 다시 문자를 보냈다.

─근데, 아버지. 우린 정말, 왜 이렇게 살아야 해요?

정상청은 죽었다

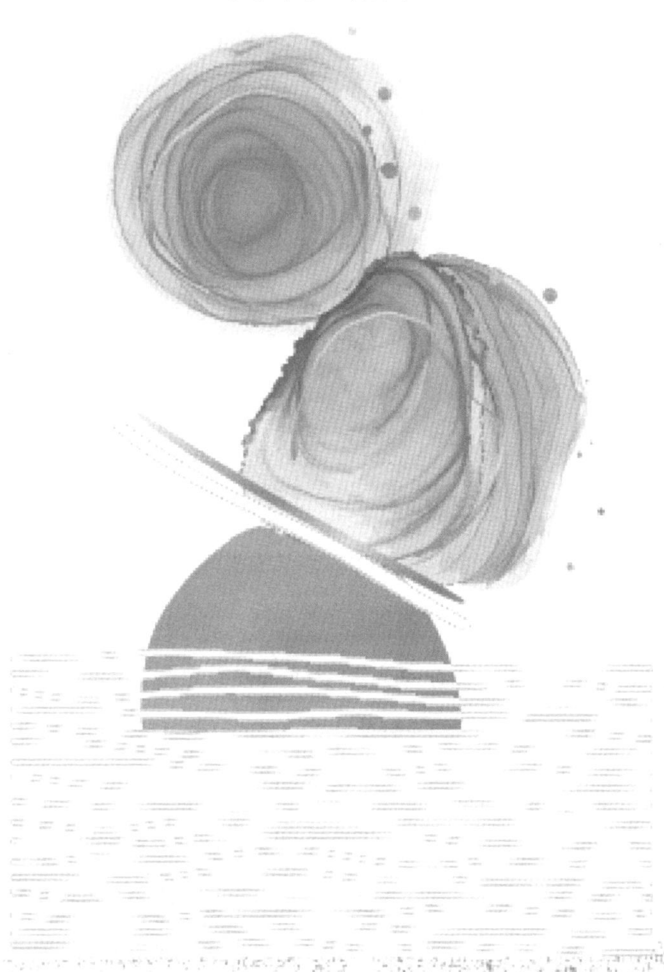

1

정상청이 죽었다.

새벽 핸드폰에 찍힌 문자는 정상청이 명성병원 중환자실에서 2023년 7월 11일 오전 4시 42분 운명했다는 것과 빈소는 그 병원 장례식장 지하 6호실에 차렸다는 부고였다. 그리고 그 밑에는 외아들인 상주 정건혁 이름의 국민은행 계좌번호가 찍혀 있었다. 880601-01-013562. 부음과 함께 계좌번호를 알리는 것이야 요즘 흔한 일이어서 하등 이상할 게 없었으나 그의 부고 밑에 그게 적혀 있다는 게 왠지 낯설게 느껴졌다.

그의 부고를 받고 사람이 죽는 것은 재산이 많고 적은 것과 관계가 없다는 것을 새삼 깨닫게 되었다. 죽음이란 또 나이와도 상관이 없었다. 그렇게 보면 정말 사람이란 존재는 한낱 피조물에 불과하다는 성경 말씀이 진리라고 할 수 있었다. 그런데도 한 치 앞을 내다보지 못하고, 우쭐대며 찧고 까부는 사람들이라니……

돌아보면 정상청도 그런 사람 가운데 한 명이나 다름없었다.

부음을 받은 나는 부랴부랴 동창들에게 문자를 돌렸다. 요추관 협착증으로 인해 왼쪽 다리가 끊어질 듯 아팠으나 나는 주저하지 않았다.

2

하필이면 다른 날 다 놔두고, 더위가 기승을 부리는 이런 날 골라서 갈 건 뭐냐, 죽으면서까지 우리를 고생시키려고 작정한 거 아니냐, 카페에 모인 친구들은 너나없이 만나자마자 볼멘소리부터 뱉어냈다. 그들도 새벽에 카톡으로 부음을 모두 받았다고 했다. 그래도 창원, 용길, 정택, 준기, 민구 등 다섯 명의 얼굴은 보이지 않았다. 연락받지 못한 두 명을 뺀 세 명은 나중에 장례식장으로 직접 올 거라고 성현이가 전했다.

그 많은 재산 다 놔두고, 그 자식 어떻게 눈을 감았대?

약속 시간보다 조금 늦게 도착한 종태가 미안하다는 기색도 없이 앉자마자 한마디 던졌다. 그러자 그의 말을 받아 기다렸다는 듯 여기저기서 비슷한 말들이 쏟아졌다.

마누라 좋은 일 시킨 거지, 뭐.

마누라뿐이겠어? 아들은 어떻고? 지금이야 상주 노릇 하느라고 웃음을 참고 있겠지만, 그 녀석 속으로는 완전 로또 당첨된 기분일 거야. 아비라고, 언제 상청이가 아들 취급해줬어?

누가 아니래, 그렇게 갈 걸, 자린고비처럼 왜 인색하게 굴었는지 몰라.

병호가 한마디 내뱉자 친구들 모두가 하나같이 혀를 찼다. 그래도 동창이 죽었다는데 마지막 가는 길에 문상은 가봐야 하는 거 아니냐는 물음엔 모두 동의하는 얼굴빛이었다. 그래도 친구들은 금방 일어나지 않았다. 오랜만에 한데 모인 탓일까. 이번엔 지선빌딩 관리소장을 누가 맡을 것인가, 하는 데 관심을 쏟았다. 물론 그거야 유가족들이 알아서 할 터이지만 누가 맡든 죽은 정상청보다는 한결 부드럽지 않겠느냐 데는 누구도 이의를 달지 않았다.

세입자들이 이제야 허리 좀 펴겠구먼.

하긴, 관리실이 없어지면 주차장도 한결 시원해 보이겠군.

그럴 테지. 세입자들 주차하는 데도 불편하지 않을 테고.

친구들이 내 이야기를 꺼낸 것은 그다음이었다. 그 말을 처음 입에 올린 친구는 종태인데, 그는 입을 열 때부터 빈정거리는 투로, 너는 예수 믿으라고 그렇게 매일 쫓아다니더니 이젠 종 쳤네, 했다. 그러자 친구들의 시선이 모두 나에게 쏠렸다. 누군가가 그렇게 믿으라고 내가 쫓아다녔는데도 끝까지 믿지 않은 상청이 놈은 지금쯤 지옥에 떨어졌을 거라고 중얼거렸다. 그러나 그게 끝이 아니었다. 잠시 뒤 그 화살은 내가 무능하다는 데로 모였다. 아무리 협착증으로 다리가 아파도 그렇지, 그놈 하나 전도하지 못하면서 무슨 목사라고 껍죽대고 다니느냐는 말투가 조금 불편했지만 나는 친구들이 한꺼번에 떠들어도 대꾸하지 않았다. 머리를 숙인 채 얼음이 담긴 아이스아메리카노 컵을 흔들고 있었다. 친구들의 말은 하나도 틀린 데가 없었다. 척추 신경이 눌려 다리가 마비된 것처럼 저리고 아파도 3년 넘도록 성경을 옆구리에 끼고 드나든 게 말짱 도루묵이 되었다는 낭패감이 엄습했으나 그들 앞에서는 내색조차 할 수 없었다. 하긴, 한 영혼을 구원의 반열로 인도한다는 게 그렇게 쉬운 일은 아니지 않은가.

따지고 보면 그의 죽음은 이미 예견된 일이나 다름없었다. 3년 전 발병한 폐암이 재발, 전이되었다는 소식을 들은 친구들은 곧 죽겠구먼, 하는 말을 직접 꺼내지는 않았지만 모두 그의 죽음이 임박했다는 것을 예견하고 있었다. 다만 언제쯤 죽을 것인가에 대해서는 예측들이 분분했다. 두 달을 보는 측도 있었고, 길게는 팔구 개월을 내다보는 측도 있었다. 그럴수록 나는 그를 더 자주 찾아갔다. 찾아가서는 성경 구절을 읽어주며 지금도 늦지 않았다는 말을 녹음기처럼 반복했다. 누구든지 주의 이름을 부르는 자는 구원을 다 받을 수 있어. 그러나 그는 번번이 머리를 흔들었다. 어느 때는 버럭, 소리까지 지르면서 그런 말 하려거든 앞으로는 지선빌딩에 발그림자도 들여놓지 말라고 엄포를 놓기도 했다.

3년 전 폐암에 걸린 그가 수술하고 퇴원했다는 소식을 접했을 때 나는 반신반의했다. 과연 그게 사실일까 싶었다. 물론 흠이야 많았지만 그만큼 씨름으로 다져진 그는 체구가 건장했고, 늘 자신만만하던 까닭이었다. 그때 나를 일깨운 게 전도였다. 저렇게 내버려 두면 분명 지옥으로 떨어질 텐데……. 생각이 거기에 미치자 나는 성경이 든 손가방을 들고 일어났다. 허방을 짚은 듯 다리가 휘청거렸으나 나는 개의치 않았다. 그러나 예수를 구주로 영접하고 가까운 교회에 나가 예배를 드리라는 내 말을 그는 한마디로 잘랐다. 세상 사람들이면 누구나 다 아는 사실, 즉 폐암이란 암 가운데에서도 악질로, 걸리면 아무리 수술이 잘 되었다고 하더라도 재발할 확률이 높다는 것을 그는 모르는 듯했다. 시시각각 다가오는 죽음의 그림자를 눈치채지 못하고 내가 찾아갔을 적에도 그는 수술받고 나온 사람답잖게 건강하다는 것을 과시했다. 어디서 들었는지는 몰라도 잘 먹고, 잘 싸고, 열심히 일하면 암세포도 함부로 범접하지 못한다고 장담했다. 그가 그것을 무엇보다 신봉하고 있었다는 사실은 그 뒤 암이 재발해 병원에 들어가기 직전까지도 일손을 놓지 않았다는 것으로도 알 수 있는 일이었다.

입원하기 전전 날에도 그는 관리실로 쓰고 있는 컨테이너 출입 문턱에 엉덩이를 걸치고 앉아 아들과 함께 어디에서 주어왔는지 모를 전선 한 묶음을 내려놓고는 껍질을 한 줄 한 줄 벗기고 있었다. 내가 묻자 그는 자랑하듯 이웃한 장미 아파트 6단지 폐품처리장에서 주워왔다면서 요즘 사람들은 도무지 물건 아낄 줄을 모른다고 투덜거렸다. 그리고는 그것에서 동선을 뽑아 팔면 얼마나 버는 줄 아느냐고 물었다. 나는 건성으로 얼마나 되는데, 되묻곤 컨테이너 안을 기웃거렸다. 며칠 전 내가 건네준 구원에 관한 소책자를 읽었는지 살피기 위해서였다. 그러나 내 기대와는 달리 책자는 내가 놓았던 그 자리에 그대로 덮인 채 놓여 있었다.

책 읽어 봤어?

내가 묻자 그는 그것 때문에 또 왔느냐고 나를 힐끗 올려다보았다.

내가 그렇게 할 일이 없는 줄 아냐? 여기 봐라, 지금 내가 얼마나 바쁘냐?

작업 장갑도 끼지 않은 그는 엄지와 검지 손톱이 새까매졌는데도 전선을 열심히 벗기고 있었다. 손이 굼뜬 아들에게 잔소리를 늘어놓는 것 역시 여전했다. 나는 그가 안타까웠다. 죽음에 대한 공포 따위를 전혀 의식하지 못하고 있는 그가 한없이 미련스러워 보였다.

예수님을 믿어. 그래야 천국에 갈 수 있어.

성경을 꺼내놓고 내가 뒷말을 이으려고 하자 그는 크게 손사래를 쳤다.

예수, 좋아하네! 야, 인마. 이 세상에서 누굴 믿어? 자식새끼는 물론이고, 마누라도 못 믿는 판국인데……. 국회의원? 대통령? 눈에 보이는 그놈들도 못 믿는데 나에게 이천 년 전에 죽은 예수를 믿으라고? 그딴 소리 하려거든 여기 오지도 말라니까 왜 와서 자꾸 귀찮게 해, 인마. 내가 믿는 건 돈밖에 없어. 돈만큼은 내가 믿을 수 있지.

그는 내 아래위를 훑어보며 키득거렸다. 그리고는 이어서 다시 그의 외삼촌 이야기를 장황하게 늘어놓기 시작했다. 또 그 이야기인가. 나는 머리를 흔들었다.

그의 말에 의하면 그의 집안이 한동안 끼니를 걱정할 만큼 어려움에 빠지게 된 것은 순전히 그의 외삼촌 탓이라고 했다. 그 이야기를 그는 틈만 나면 녹음기 틀 듯 되풀이한 탓에 이젠 나도 어렴풋하게나마 그 외삼촌이 어떻게 생겼다는 것까지 짐작할 수 있을 정도였다. 장동건은 저리 가라고 할 만큼 잘 생겼고, 머리 또한 빼어나 학교에서는 수석 자리를 놓친 적이 없다는 것도……. 그런 만큼 집안에서 장차 크게 될 인물이라고 기대한 것은 어찌 보면 당연한 일이었다. 그 또한 어렸을 때부터 자신이 그렇게 될 줄 알고 있은 듯했다. 그러나 아니었다. 명문대학 졸업 후 정치마당에 발을 디딘 게 잘못이었다. 그냥 국회의원 보좌관으로 만족하면 될 것을 욕심이 발동(정상청의 표현이었다)하여 그 자리를 걷어차고 '금뺏찌' 달아 보겠다고 출마한 게 사단이었다. 또한 그것도 한 번 낙마했으면 그만 포기하고 다른 길을 모색하면 되었을 터인데 세 번씩이나 출마하는 통에 어머니의 친정은 물론, 그동안 먹을 것도 안 먹고 장만한 아버지의 전답까지 몽땅 거덜을 냈다는 것이었다. 그리고는 젊은 나이에 자살로 생을 마감했다고 했다. 죽기는 왜 죽냐. 그게 자기 하나 죽는다고 해결될 문제냐. 그건 책임 회피야. 죽을힘이 있으면 어떻게든 살아서 갚을 생각을 해야지, 안 그래? 그 뒤 다시 전답을 장만하여 정상청에게 물려주기까지 아버지를 비롯한 가족의 고생은 이루 말할 수 없었다고 했다. 하긴, 고등학교 시절 그의 도시락 반찬은 늘 김치 아니면 깍두기가 전부였다. 당시 아이들이 흔히 싸 오던 멸치볶음이나 콩자반 따위도 찾아볼 수 없었다. 짝꿍이었던 까닭에 나는 그것을 누구보다 잘 알고 있었다.

그는 외삼촌 이야기를 꺼낼 때마다 그를 가리켜 '그 자식' 또는 '그놈'이라고 불렀다. 그러다가 목소리가 조금 커지거나 빨라지면 거침없이 '개 같은 자식'이라고 부르기까지 했다. 한번 시작하면 그의 이야기는 끝날 기미를 보이지 않기 일쑤였다. 그만큼 그의 가슴 속에 응어리진 게 크다는 것은 알 수 있었으나 그때마다 나는 그의 말을 끊곤 하였다. 그날도 그랬다.

그럼, 넌 돈을 벌어서 어디다 쓰냐?

쓰긴 왜 써, 인마. 잘 보관해 둬야지.

그는 자신 있다는 듯 눈을 가늘게 뜨고 웃었다.

은행에?

넌 은행을 믿냐? 난 은행도 믿지 않아. 금융사고 나는 거, 너도 종종 들었잖아?

그럼?

그래서 난 나만 아는 비밀 장소에 잘 보관해 둬, 반드시 현금으로.

어디, 금고?

야, 인마. 그게 비밀 장소가 되겠냐? 나, 돈 여기 두었소, 하고 광고 치는 거나 마찬가지이지.

그렇다면 그 비밀 장소란 데가 어디일까. 나는 궁금했으나 더 묻지 않았다. 내가 참을 수 없었던 것은 그보다 그가 너무 돈, 돈 하는 것이었다. 그래서 돈은 돌기 위해 존재하는 거라고, 주장했다. 그러자 그는 나를 경멸하듯 쏘아보았다.

그건 돈 쓰기 좋아하는 미친놈들이 자기를 정당화하기 위해서 만들어놓은 말일 뿐이야. 그렇다면 저축이란 단어는 애당초 없어야 하는 거 아니야?

그는 어디서 들었는지는 몰라도 말끝에 일본 속담이라고 하면서, 돈을 버는 것은 바늘로 땅을 파는 것과 같지만 돈을 쓰는 것은 모래에 스며드는 물과 다름없다는 말까지 덧붙였다.

지선빌딩은 그의 소유였다. 그 땅은 처음엔 논밭이었는데 그의 아버지가 죽으면서 물려준 뒤 얼마 지나지 않아 신도시 상업지구로 개발이 되자 그가 재빨리 건물을 올리고 지선빌딩이라는 이름을 붙인 것이다. 지하 1층을 비롯해 지상 6층, 연면적이 5,068 평방미터인 그곳엔 그러나 변변한 관리실이 없었다. 관리실이 없으므로 당연히 관리소장도 없었다. 다시 말하면 그가 건물주이자 관리소장을 겸하고 있는 셈이었다. 그러니까 건물 뒤편 주차장 한 귀퉁이에 번듯한 건물과는 어울리지 않게 앉아 있는 적은 면적의 낡은 컨테이너가 명패는 붙이지 않았으나 관리실인 셈이었다.

방문한 첫날 그것을 보고 이상하게 여긴 내가 관리실이 왜 컨테이너이냐고 묻자 그는 키득거리면서 대수롭지 않다는 투로 대꾸했다. 관리실이라고 건물 안에 한 자리 떡, 차지하고 있어 봐라. 모양이야 그럴듯하겠지. 그런데 그렇게 있는 대로 똥폼 잡고 있으면 누가 돈 주냐. 그 자릴 세 놔봐라, 월세가 얼마나 들어오는데. 그는 그래서 관리소장도 두지 않고 자신이 직접 맡아 하는 거라고 자랑스레 떠벌렸다. 사람 하나 채용한다는 게 얼마나 힘든 건지 너 아냐? 요즘은 맘에 들지 않는다고 맘대로 자르지도 못해. 법이라고 만들어놓은 게 모두 그쪽 편이거든.

그렇다고 그가 처음부터 나를 박대한 건 아니었다. 처음 만났을 때는 웃으면서 반갑게 맞이하기도 했다. 그러나 나는 곧 친구들이 머리를 설레설레 흔들면서 입버릇처럼 지껄이던 노랑이, 구두쇠, 자린고비라는, 그의 실상을 실감하게 되었다. 그것을 처음 느낀 것은 점심때가 되어 들어간 인근 식당에서였다. 식당에 들어서자마자 그는 나에게 물어보지도 않고 순대국밥 보통, 둘을 호기롭게 주문했다. 이 집은 이게 맛있어. 그때까지만 해도 나는 그가 점심 한 끼 살 생각이 있는 것으로 간주했다. 들깨와 부추, 그리고 거기에 깍두기 국물까지 부은 그는 정말 맛있다는 듯 국물까지 남기지 않고 한 그릇을 금세 비웠다. 내가 절반쯤 먹을 사이에 벌써 숟가락을 내려놓은 그가 생수로 입안을 헹구면서 물었다.

목사는 한 달에 얼마나 버냐?

깍두기를 씹던 나는 목회자 사례비란 일반인들이 얘기하는 경제개념, 즉 번다는 의미와는 다르다고 설명했다. 그러자 그는 목사도 어쨌든 밥은 먹어야 살 것 아니냐고 반문하면서 같은 말을 다시 물었다. 결국 대꾸가 난처해진 나는 반대로 그렇다면 너는 얼마나 버느냐고 되물었다. 그러자 그는 잠시 머릿속으로 계산을 하는 듯 큰 눈을 끔벅이다가 한 달에 고정 수입이 대충 칠천만 원쯤 된다고 나지막하게 말했다. 물론 자신 소유의 빌딩이 있으니까 고수익은 어느 정도 예상했으나 그의 입을 통해 수입액을 직접 듣게 되자 나는 놀라움을 금할 수가 없었다. 목회자로는 엄두도 내지 못할 만큼의 큰 금액이었다. 그러나 내가 더 놀란 것은 그의 수입이 그게 전부가 아니라는 사실이었다. 그것은 단지 지선빌딩 하나에 국한되었을 뿐, 그 외로도 그가 수입을 올리는 곳은 여러 군데 더 있었다. 사직동의 한옥에서도 또박또박 월세가 들어왔고, 법원리 물류센터에서도, 또 주말농장으로 세놓고 있는 고양동 절대 농지에서도 적잖은 수입을 보태고 있었다. 묻지 않았는데도 주저리주저리 입을 열던 그는 보증금보다 월세를 자신은 더 선호한다고 덧붙였다.

보증금은 올려봤자 결국 다시 내줘야 하는 빚이잖아. 잠시 가지고 있다는 것밖에 더 돼? 그런데 월세는 그렇지 않잖아. 그래서 계약을 다시 할 때가 되면 나는 세입자들에게 보증금 대신 월세를 올려달라고 통지하지. 그래야 내 알짜 수입금이 오르거든. 그런데 사람들은 대부분 그걸 더 좋아해, 바보같이.

그는 이쑤시개로 잇속을 파내며 웃었다. 키득거리는 그의 웃음소리를 들으며 이번엔 내가 물었다.

그렇다면 지금 사는 집 평수는 꽤 넓겠네?

무슨 소리야? 요 앞 스물한 평짜리에 살아. 마누라하고 아들 하나 데리고 사는데 왜 큰 평수 차지하고 살아야 하냐? 큰 데 살아봐라, 관리비만 많이 나가. 근데 거기도 관리비가 제법이야. 그래서 아들놈 장가가게 되면 더 적은 데로 옮길까, 궁리 중이야. 근데 그 자식이 도통 여자 하나도 후리지 못하고 늘 붙어서 식량만 축내고 있으니, 원.

그는 그 흔한 자동차도 소유하고 있지 않았다. 지선빌딩과 가까운 곳에 아파트를 장만한 것도 그 때문이라고 했다. 두 다리가 멀쩡한 데 왜 기름값 없애가면서 그걸 타고 다녀야 하느냐고, 오히려 반문하면서 그는 꼭 필요할 때는 세입자들의 차를 잠시 빌려 탄다고 했다.

그래도 세입자들이 불평하지 않아?

불평하긴, 인마. 칼자루는 누가 쥐고 있는데…….

사람들은 흔히 목사를 가리켜 요리사라고 부른다. 이는 성경 말씀을 통해 영적 양식을 요리해서 사람들에게 먹인다는 의미를 담고 있다. 결국 순댓국 절반을 남기고 숟가락을 내려놓은 나는 그러나 그에게는 지금 어떤 음식을 요리해 코앞에 디밀어도 먹지 않을 것 같다는 느낌이 들었다. 그렇다면 어떤 요리를 만들어야 그가 입맛을 다실까. 나는 입을 닦으며 한숨을 길게 내쉬었다. 그렇다고 포기할 수는 없었다. 내가 누구인가. 남들은 다 은퇴할 시기에 신학 공부를 시작해서 목사 안수까지 받은, 끈질긴 것 하나만큼은 누구에게도 지지 않는다고 자부하고 있는 사람 아닌가.

결국 그날 순댓국은 내가 샀다. 이쑤시개를 물고 먼저 일어선 사람은 그였으나 그는 늘 그래왔다는 투로 아무렇지도 않게 출입문을 밀고 나갔다. 카드로 계산을 마치고 절뚝거리며 부랴부랴 따라붙은 나에게 그는 그러나 그것 또한 늘 그래왔다는 듯 잘 먹었다는 말 한마디도 건네지 않았다. 그뿐만이 아니었다. 그 뒤부터 성경책을 끼고 그의 협소한 관리실을 찾을 적마다 때가 되면 응당 점심값은 나의 몫이 되곤 하였다. 교회에 나가자는 말에는 대꾸하지 않다가도 때가 되면 그는 제가 사는 것도 아니면서 따라오려면 오고, 싫으면 말라는 식으로 늘 먼저 자리를 털고 일어나 식당을 향해 앞장섰다. 나는 친구들이 왜 그를 기피하는지 비로소 알게 되었다.

3

명성병원 장례식장에 우리가 도착한 시간은 오후 5시가 다 되어갈 무렵이었다. 몇 명은 밤에 개별적으로 문상하겠다고 카페를 나서면서 가버렸고, 함께 간 친구는 4명이 전부였다. 장례식장은 지하실이지만 늘 그렇듯이 대낮처럼 밝았고, 시원했다. 후덥지근한 바깥과는 다른 세상 같았다. 다만 복도마다 검은 글씨의 이름표를 붙이고 길게 줄지어 선 하얀 조화들과 복도에서 맴도는 향 타는 냄새가 장례식장이라는 것을 실감케 할 따름이었다. 입구에 들어서면서부터 친구들은 모두 숙연해진 모습이었다. 부의금을 가지고 웃고 떠들던 조금 전과는 다른 얼굴들이었다.

차 안에서 종태는 부의금으로 5만 원을 준비했다면서 정상청이 여태까지 베푼 것에 비하면 그것도 많은 거라고 했다. 그래도 요즘 세상에 10만 원은 해야 하는 거 아니냐고, 병호가 곁에서 통을 주자 그는 버럭 목소리를 높였다. 그게 적어? 상청이 놈이라면 어떻게 할 것 같아? 그놈은 아마 단돈 10원도 하지 않을 거다. 숫제 문상도 오지 않을지 몰라. 너희들 가운데 상청이가 문상가는 거 본 사람 있으면 나와봐. 없지? 거봐, 인마. 그러니까 이것도 내가 명색이 친구니까 마지막 가는 길에 노잣돈에 보태쓰라고, 큰맘 먹고 선심 쓰는 거야.

그 말에 토를 다는 친구들은 아무도 없었다. 병호가 무슨 말을 할 듯 입을 우물거렸으나 그도 곧 닫고 말았다. 조수석에 앉았던 나는 잠시 생각을 모아 보았다. 그가 정말 이런 경우를 당했다면 문상간다고 했을까. 그건 알 수 없었다, 그만이 알 뿐. 하지만 하나는 분명히 알고 있었다. 이태 전 요양병원에 있던 그의 고모가 죽었을 때 그는 문상가지 않았다. 그때도 그는 그것을 자랑스럽게 나에게 떠벌렸다. 사람은 죽으면 그뿐이야. 죽은 사람 앞에 가서 절하면 뭐 하나. 죽은 사람이 그걸 알아? 알고, 고맙다고 할 것 같아? 더구나 돈은 왜 줘? 우리 고모는 치매였어. 요양병원에 7년 넘도록 있었지. 고모는 살아생전에도 자기를 찾아오는 사람이 누군지 알아보지 못했어. 근데 돈 준다고 알아보겠어, 죽은 사람이? 그러니까 그건 다 산 사람들이 자기를 스스로 위로하기 위해서 만든 짓거리에 불과한 거야.

6호실은 계단을 다 내려와서도 한참을 더 걸어가야 했다. 빈소는 한산했다. 조문객들로 북적거리는 다른 데와는 달랐다. 우리가 들어서자 빈소에 앉아 있던 아들이 일어났다. 백자 항아리에 담겨 있는 국화 한 송이씩 영정 앞에 올리고 단체로 조문을 마친 우리는 아들의 안내를 받아 식당으로 자리를 옮겼다. 우리 가운데 어떻게 갔느냐, 갑자기 이게 무슨 변고냐는 따위의 인사치레 질문을 하는 친구는 아무도 없었다. 왜냐하면 그의 죽음이란 이미 모두 예견하고 있던 터이니까…….

빈소 앞에 딸린 식당 역시 한산하기는 마찬가지였다. 테이블이 모자랄 정도로 끼리끼리 모여앉아 먹고, 마시며, 웃고, 떠드는 소리가 왁자한 다른 빈소의 식당과는 달리 식탁에 앉은 조문객도 우리밖에는 없었다. 종태는 그것까지 예상했다는 듯 앉자마자 빈정거리듯 입을 열었다.

세상인심은 다 주는 만큼 받는 거야. 살아있을 때 베푼 게 없는데 죽었다고 누가 찾아오겠냐? 가는 정이 있어야 오는 정도 있는 법이지. 안 그래? 아마 모르긴 몰라도 지금쯤 부고장 받은 사람들 모두가 잘 갔네, 하고 있을지도 몰라.

식탁엔 우리가 앉기 전부터 떡과 편육, 가자미 회무침, 대구전 따위가 이미 가지런히 놓여 있었다. 상조회에서 나온 도우미 여자들이 육개장을 놓고 가자 병호가 음료수병과 함께 곁에 있던 소주병을 집어 들고 마개를 비틀었다.

야, 그래도 이건 상청이가 주는 거니까 감사한 마음으로 음복

해야 하지 않겠어?

종이컵을 집어 든 그는 먼저 종태에게, 다음은 성현이에게, 그리고는 나를 힐끔 건너다보다가 아, 참 목사는 술 마시지 않지, 하고는 자신의 컵에 술을 따랐다. 목이 마른 듯 친구들은 종이컵을 단숨에 비우고는 얼굴을 찡그리며 육개장 국물, 또는 편육이나 대구전 따위를 입에 넣고 우물우물 씹었다. 친구들이 술을 마시는 동안 나는 육개장 한 그릇을 비웠다. 물론 저녁밥을 먹어야할 시간인 탓도 있었지만, 육개장은 그런대로 맛이 있었다. 소주가 몇 병 비워가자 목소리가 커진 친구들의 눈길이 다시 나에게 쏠렸다. 제일 먼저 말을 걸어온 사람은 역시 종태였다.

어이, 나 목사. 떠난 상청이 영혼을 위해 기도 좀 해줬어?

내가 대꾸하지 않자 이번엔 성현이가 거들고 나섰다.

불쌍한 영혼이잖아. 기도해줘야지.

나는 잠자코 있었다. 문득 불쌍한 영혼은 비단 죽은 정상청만이 아니라는 생각이 들었다. 따지고 보면 아직 예수를 모르는 친구들 역시 모두 불쌍한 영혼 아니겠는가. 정상청 가족들의 영혼도……. 내가 입을 다물고 있자 종태가 목소리를 높였다.

돈에 걸신들린 상청이는 평생 그것만 붙들고 살다가 갔다고 치자. 그럼 나 목사, 너는 그걸 보면서 뭐 했냐? 네 협착증 때문에 그 자식 하나 구원하지 못했냐? 바짓가랑이를 붙들고서라도 예수, 천당, 부르짖었어야 하는 게, 네 직업이잖아.

나는 왠지 모르게 목이 말랐다. 사이다 한 모금을 마셨다. 그러나 그때뿐 갈증은 쉽사리 가라앉지 않았다. 지금쯤 그의 영혼은 어디를 떠돌고 있을까. 그곳에서도 그는 여전히 돈, 돈, 하면서 믿을 건 돈밖에 없다고 큰소리치고 있을까.

갑자기 다리가 찌르는 듯 아팠다. 협착증으로 인한 고통은 사전 예고 없이 찾아오곤 했다. 내가 잠시 방심하면 곧 자신의 존재를 무겁게 알리곤 했다. 진료 후 의사는 그것을 척추 안 신경이 지나가는 통로가 좁아지는 현상 때문에 눌려서 일어나는 여러 가지 증상 가운데 하나라고 하면서 먼저 보존적 치료부터 받아 보자고 권했다. 오래 서 있거나 걸으면 다리가 무거워지고, 저리고 당기는 듯한 통증이 있다고 말하자 그는 그게 다 그런 거라고 하면서 대수롭지 않다는 투로 말했다. 나이 칠십이면 한두 가지 지병은 친구처럼 안고 살아가야 하는 것 아니냐고도 했다. 그리고는 되도록 무거운 물건은 들지 말고, 허리를 비틀고 구부리는 동작을 삼가라고 일러주었다. 보존적 치료로 그는 약물치료와 함께 물리치료를 병행하도록 권했다.

얼마나 지났을까. 친구들의 취기가 어느 정도 올랐다고 느꼈을 때 정상청의 아내가 식당에 들어왔다. 미망인이 된 그녀는 그러나 우리를 보고도 슬픈 기색 없이 흰 이빨까지 드러내며 환하게 웃었다. 병호가 장지는 어디로 정했느냐고 묻자 그녀는 벌써 몇 해 전 분당에 있는 메모리얼 파크에 한 자리 예약해 두었다고 말했다. 나는 그 몇 해가 언제인지 알고 싶었다. 폐암이 재발 되었을 때 장만한 것인지, 아니면 처음 발견되었을 때 장만한 건지, 또 그걸 정상청이 허락한 것인지 궁금했다. 그러나 그것을 묻는 친구는 아무도 없었다. 결국 그 질문은 왼쪽 다리를 상 아래로 뻗고 있던 내가 던질 수밖에 없었다.

그게 언제예요?

처음 발견되었을 때니까, 삼 년 되었나…….

상청이도 그걸 알고 있었나요?

내가 눈을 동그랗게 뜨자 그녀는 갑자기 까르르 소리를 내며 웃었다.

알다니요? 저 사람이 그걸 알았다면 큰일 났을 거라는 건 친구 분들이 더 잘 아시잖아요. 그러니 어떻게 하겠어요. 준비는 해야 겠고, 몸은 점점 더 나빠지는 것 같고. 그래서 생각 끝에 제가 결단을 내린 거예요.

그렇다면 비용은?

저 사람이 어디 돈 달란다고 줄 사람이에요? 할 수 없이 제가 그동안 몰래 모아두었던 쌈짓돈을 털어서 예약했지요, 뭐. 상조 회도 마찬가지예요. 그래도 예상보다는 오래 버텼어요, 저 사람.

그녀는 마치 동네 이웃 사람이 죽은 것처럼 서슴없이 말했다.

그 말을 듣자 친구들은 술이 확, 깨는 모양이었다. 등잔 밑이

어둡다고, 돈만큼은 그렇듯 철저히 관리한 그에게도 빈 구멍은 있었구나, 그렇게 생각하는 것 같았다. 그러나 나는 아니었다. 그 말을 들으니까 미련을 떨다가 간 그가 갑자기 더 불쌍하게 느껴졌다.

이번엔 병호가 큰 눈을 두리번거리면서 물었다.

문상을 오는 사람이 별로 없는 것 같아요?

그러자 그녀는 다시 소리 내어 웃었다.

당연하잖겠어요? 저 사람이 평생 한 짓이 그렇잖아요. 그게 어디 조문객뿐이겠어요? 다 알렸는데도 일가친척까지 오지 않는 마당인데……

아, 정말 그러네요.

내가 고개를 끄덕거리자 그녀는 이번에도 서슴없이 말을 이었다.

저 사람 성미 아시잖아요, 누구를 도와줄 줄 모르는……. 일가친척 가운데 초상이 났다는 기별이 와도 생전 가본 적 없고, 누구네 아들이 대학교 들어갔는데 등록금이 조금 모자라니 보태달라고 해도 딱, 잘라 거절하던 사람이거든요. 일가친척과도 평생 척지고 산 사람이 저 사람이에요. 물론 그럴만한 곡절이 있다고는 하더라도 그건 다 과거지사인데……

그녀는 아쉽다는 얼굴이었다.

뒤이어 그녀는 발인은 내일 새벽 6시이고, 장례는 화장장으로

하기로 했다는 말을 덧붙이고 일어섰다. 오시면 저희야 고맙지만, 오지 않으셔도 괜찮아요. 그녀의 어조는 우리가 참석하지 않을 것을 이미 예견하고 있다는 투였다.

그녀가 일어나자 친구들의 관심은 다시 평생 모은 정상청의 재산이 과연 얼마나 될까, 하는 데 다시 쏠렸다. 그건 장례식장에 오기 전부터 중구난방 떠들던 것이었으나 결말을 짓지 못한 것이었다. 성현이는 300억은 넘을 것이라고 주장했고, 종태는 1,000억도 넘을 거라고 했다. 그것에 대한 결론은 여전히 쉽게 나지 않았다. 또 하나는 그 많은 재산을 과연 누가 차지할 것이고, 또 차지한 사람이 어떻게 관리할 것인가, 하는 것인데 그 부분 역시 의견만 분분할 뿐 누구도 양보할 기색을 보이지 않았다. 종태는 상청이 아내가 하는 품을 볼 때 아들에게 모두 넘길 것 같지는 않다고 했고, 병호와 성현이는 아들이 조금 모자란 건 분명하지만 모두 상속받아 상청이처럼 구두쇠로 살아가지 않겠느냐고 했다.

부전자전이라는 말 있잖아. 아비한테 하루에도 몇 차례씩 온갖 욕은 다 들어가면서 그 까만 플라스틱 의자에 앉아 배운 게 그것뿐인데, 그 머리에 다른 거 생각할 수 있겠어?

그게 아니지. 너희도 조금 전에 상청이놈 여편네 웃음 짓는 꼴 봤잖아. 눈화장까지 하고 지분 냄새 풀풀 풍기고 다니는 게 보통 여자로 보이지는 않았지? 고린 동전 하나도 함부로 쓰지 않던 상청이 놈 몰래 납골당까지 예약했다잖아. 여기가 지금 어디냐? 미망인이 웃고 다닐 자리냐? 눈이 퉁퉁 붓도록 울어도 시원찮을 자리 아니냐. 더구나 그 여잔 아직 젊어. 이제 겨우 육십 초반이야. 그런데도 아들한테 다 넘길 거라고? 어림 반 푼어치도 없는 소리 말아.

종태는 두고 보라며 만약 다 넘겼다는 소식이 들리면 검지에 장을 지지겠다고 선언했다.

성현이가 바쁘다면서 먼저 일어난 뒤 얼마 지나지 않아 이번 엔 상주인 아들이 식당에 들어왔다. 그는 목이 마른 듯 들어서자 마자 생수병부터 찾았다. 상조회 도우미 여자가 건네준 생수병을 든 그는 우리와 눈길이 마주쳤으나 가까이 다가올 생각이 없는 듯했다. 결국 돌아서는 그를 불러 세운 사람은 종태였다.

어이 상주, 이쪽으로 좀 와봐.

종태가 손짓하자 그는 마지못한 듯 떨떠름한 얼굴을 한 채 다 가왔다.

나는 그와도 안면이 있었다. 비좁은 관리실을 찾을 적마다 그 는 아버지와 함께 전선을 벗기거나 낡은 선풍기를 주워다가 수 리하고 있었다. 어디에서 가져왔는지는 몰라도 손가락이 새카매 진 채 땀을 흘리며 일하다가도 나를 보면 반갑게 인사를 건네곤 했다. 덩치는 정상청을 닮아 남산만 했으나 말수는 자신의 아버 지와는 달리 적은 편이었다. 왜 그렇게 손이 굼뜨냐, 너는 도대체 어느 년 밑구멍에서 삐져나왔길래 그 모양이냐는 둥, 상청이가 된소리를 해댈 적에도 그는 군말 한마디 하지 않았다.

다가온 그가 멋쩍은 듯 서성거리자 종태가 그를 잡아 앉혔다.

자네는 아버지 재산이 얼마나 되는지 정확히 파악하고 있나?

종태는 궁금한 것은 에둘러가지 않는 성미였다. 순간, 나와 병호의 눈길이 그에게 쏠렸다. 그러나 그는 그 말의 뜻이 무엇인지 금방 이해되지 못하는 모양이었다. 그가 입을 열지 않자 이번엔 병호가 조금 더 구체적으로 물었다.

알고 있지? 아버지가 남긴 재산이 어디 어디에 있다는 것을? 그것도 모르면 아들이 아니지. 안 그래?

그러자 비로소 그가 무슨 말인 줄 알았다는 듯 웃으면서 머리를 세게 흔들었다.

그럼, 엄마는 알고 있겠네?

종태는 그것 보라는 투로 손뼉을 쳤다.

그때 내가 만약 아들의 등을 쳐 일으켜 세우지 않았다면 그는 아마 더 친구들에게 붙들려 시달림을 당했을 게 틀림없었다. 그래도 종태는 더 캐묻지 못한 게 못내 아쉬운 듯 잔을 비우면서 나를 질책했다.

왜 일으켜 세웠어? 이제 막 털어놓으려는 판국인데.

사람이 죽는다는 것은 무엇일까. 죽었다고 모두 사라지는 것은 아니었다. 이 세상에서 실체는 사라지지만 살아 있는 사람들의 입에서는 계속 그 허상의 이름이 실체처럼 오르내리게 마련이

었다. 정상청이 그럴 것이었다. 죽은 그는 분명 없어진 게 사실이
지만 그의 이름 석 자는 앞으로도 두고두고 친구들이 술을 마시
는 동안 계속 살아나 안주처럼 씹힐 게 틀림없었다.

4

　내가 다시 지선빌딩을 찾은 것은 정상청이 죽은 지 6개월이 지
나갈 무렵이었다. 그동안 나는 예수가 구주라는 것을 모르고 죽
은 그를 구원하지 못했다는 자괴감에 빠진 채 자신의 무능을 스
스로 꾸짖고 있었다. 그것 또한 어쩜 하나님의 뜻일지 모른다고
자위하려 하였으나 그런 사람 하나 구원하지 못하면서 과연 목
사라고 할 수 있을까, 하는 부정적 의문이 저린 다리처럼 가끔 떠
올라 나를 괴롭혔다. 그날도 그런 셈이었다. 조반을 먹고 무력증
에 빠져있던 내 머리에 문득 떠오른 것은 정상청 대신 이번엔 그
의 아들을 전도해야겠다는 생각이었다. 생각이 거기에 미치자 그
사이 지선빌딩이 어떻게 변했는지 궁금증이 일기도 했다. 쇠뿔도
단김에 빼랬다고, 나는 곧장 성경 가방을 들고 집을 나섰다. 저릿
저릿한 다리가 발길을 붙잡았으나 나는 개의치 않았다. 이번만큼
은 결단코 실패하지 않으리라. 지선빌딩을 향해 가면서 나는 다
짐하고 또 다짐했다. 자기의 육체를 위하여 심는 자는 육체로부
터 썩어질 것을 거두고, 성령을 위하여 심는 자는 성령으로부터

영생을 거두리라…….

지선知善. 정상청은 그게 무슨 뜻이냐고 묻자 커다란 목소리로 자랑스럽게 말했다. 알 지에 착할 선. 착한 것을 안다. 다시 말하면 이 빌딩에 들어오는 사람들은 착하지 않아도 모두 곧 착한 게 뭔지 깨닫게 된다는 뜻이야. 너는 목사라면서 그것도 모르냐? 모르면 좀 배워라. 그는 마치 나를 능멸하듯 키득키득 웃었다. 내가 그걸 왜 모를까. 그러나 내가 알고 싶은 것은 그게 아니었다. 그가 분명히 그걸 알고 작명했다면 먼저 그에 버금가는 실천을 보이는 게 마땅하지 않은가. 나는 그것을 듣고 싶었던 것이었다. 가을이 되면 늘 가로수로 심은 은행나무에서 은행과 노란 이파리가 빌딩 주변에 수북이 쌓여 지저분했다. 퀴퀴하고 구릿한 냄새가 사방에 진동했다. 그러나 나는 그가 그것을 치우는 것을 한 번도 본 적이 없었다. 그는 구청이나 행복복지센터에 민원을 넣어 환경녹지과의 직원이 나와 치우도록 했다. 그래도 고맙다는 인사 한마디 건네지 않는 그를 향해 내가 물으면 그는 걔들은 응당 해야 할 일을 한 거야, 이딴 거 하지 않으면 누가 월급 그냥 주겠냐, 하면서 오히려 나에게 눈총을 주었다. 그런 뜻에서 보면 나도 결국 그의 입에서 죽을 때까지 고맙다, 감사하다고 하는 말은 듣지 못한 셈이었다.

입춘이 지났으나 옷깃을 파고드는 바람은 여전히 한겨울처럼 차가웠다. 그 사이 지선빌딩은 변한 게 하나도 없었다. 컨테이너 관리실도 6개월 전과 다름없이 주차장 한구석을 여전히 차지한 채 앉아 있었고, 회색 페인트가 벗겨져 녹슨 출입문도, 지붕 위에 올려놓은 깨진 슬레이트와 피브이시 파이프 조각도 모두 그대로 있었다. 달라졌다는 것은 출입문 앞에 검은 플라스틱 의자를 꺼내놓고 앉아 날마다 드나드는 세입자들의 차량을 관리하며 전선을 벗기던 정상청 대신 그 자리에 그의 아들이 앉아 있다는 것뿐이었다. 아들은 그사이에 살이 더 찐 듯했다. 면장갑을 끼고 톱으로 각목을 자르던 그는 내 얼굴을 보자 반갑게 웃었다.

어쩐 일이세요?

자네 얼굴 보려고 왔지.

나는 확인하지 않았으나 그가 죽은 정상청 대신 지선 빌딩의 관리소장을 승계받은 것이라고 직감했다. 그럼 그렇지. 그렇다면 종태의 호언장담은 물 건너간 게 틀림없었다. 내가 관리실 문턱에 엉덩이를 걸치자 그는 비로소 작업을 중단하고 일어섰다.

커피 한 잔 드려요?

톱을 거두면서 그가 나를 힐끗 돌아보았다. 나는 깜짝 놀랐다. 커피라니……. 그 소리는 이 빌딩에 발을 디딘 이후 처음 듣는 말이었다. 정상청이라면 내가 왔다고 자신이 하던 일을 중단하지도 않을 뿐만 아니라 언감생심 커피 같은 말은 입에도 올리지 않을 터이었다.

나는 그가 건네주는 종이컵을 받아들고 그를 자세히 살펴보았다. 덩치는 아버지를 닮았으나 늘 핀잔받던 것처럼 마음은 어딘지 모르게 여려 보였다. 그러나 지능지수가 떨어진다고 정상청이 입버릇처럼 내뱉던 것은 전혀 느껴지지 않았다.

커피 맛이 어떠세요?

좋은데.

나는 종이컵을 두 손으로 감쌌다. 날씨가 차가운 탓일까, 종이컵은 물론 커피도 따듯했다. 인스턴트커피야 그 맛이 어디나 다 비슷할 터이지만 그가 건네준 커피라서 그럴까, 유별나게 달착지근하게 느껴졌다.

그 뒤로 납골당은 가끔 찾아가나?

내가 종이컵을 든 채 묻자 그는 잠시 생각하는 듯하더니 이내 머리를 흔들었다. 장례 뒤로는 가보지 않았다고 했다. 나는 그러나 왜, 라고 묻지 않았다. 물어볼 필요가 없었다. 무슨 이유가 있겠지, 잠시 뒤 빈 종이컵을 구겨 버린 나는 이윽고 가방에서 『4영리』에 관한 소책자를 꺼냈다.

이런 책 본 적 있나?

내가 건네준 책자를 받아든 그는 어리둥절한 표정이었다. 이게 뭐죠, 하는 얼굴이 처음 정상청을 만나러 왔을 때와 조금도 다르지 않았다. 이 책은……. 나는 그의 얼굴을 찬찬히 뜯어보며 4영리에 대하여 자세히 설명하기 시작했다. 결론은 하나님이 우리를 사랑한다는 거야. 끝까지 사랑하는 하나님은 그래서 에덴에

서 쫓겨난 아담과 이브의 후손들인 우리가 죄에 의해 지옥에 빠
질 수밖에 없는 게 안타까워 이 땅에 외아들인 예수 그리스도를
보내주셨어. 그리고 우리를 구원하기 위하여 십자가에서 못 박혀
돌아가시게 하셨지. 그러니까 우리가 그분을 믿고 구주로 영접하
기만 하면 그분이 흘린 피로 죄 사함을 받고 천국 백성이 되는 거
야……. 나는 혹시라도 드나드는 차량이 말을 끊을 거 같아 비교
적 빨리 말했다. 그러나 그는 거부하지 않았다. 끝까지 듣고도 무
덤덤한 표정이긴 하였지만. 알아들었는지 못 알아들었는지 식별
할 수는 없었으나 어쨌든 그가 거부하지 않았다는 것만으로도 나
는 다행이라고 여겼다. 그렇다면 일차는 성공한 셈이었다. 전도
란 그렇게 쉬운 게 아니지 않은가. 항상 긴장해야 했다. 그래도
관계 전도는 좀 나은 편이었다. 노방 전도를 할 때는 말을 걸었다
가 인격적인 모욕을 당하는 경우도 허다했다. 하긴, 전도가 그렇
게 쉽다면 예수님이 땅끝까지 이르러 내 증인이 되라고 말씀하셨
겠는가.

　나는 속으로 쾌재를 부르며 시간이 될 때 천천히 읽어 보라고
이르고는 그 책을 건네주었다. 그때도 그는 뜨악한 얼굴을 하고
있을 뿐 대꾸하지 않았다. 그래도 정상청처럼 책상 위에 책을 던
지지 않은 것을 나는 다행으로 여겼다.

　아버지 친구인데 설마하니 내가 자네한테 나쁜 걸 가르쳐주러
왔겠어?

나는 그의 어깨를 토닥여 주었다. 잘 왔다고 생각했다. 물론 첫술에 배부를 수는 없을 터이지만 정상청이 때와는 달리 몇 번 방문을 거듭하면 열매를 맺을 수 있겠다고 생각했다. 하긴, 나는 다만 씨만 뿌릴 뿐, 이를 가꾸고 키우고 열매 맺게 하는 일은 하나님께서 하신다고 하였으니 걱정할 필요는 없었다.

그때였다. 주차장에 하얀 K5 승용차가 미끄러지듯 들어왔다. 그것을 목격하자 그가 용수철처럼 뛰어나갔다. 나는 처음엔 외부 차량이 잠시 주차하기 위해 들어온 모양이라고 생각했다. 그러나 그게 아니었다. 사납게 뛰어나갔던 그가 승용차에서 내리는 서너 명의 사람들을 보자 머쓱한 얼굴로 돌아서는 것을 보고 안면 있는 차량이라는 것을 금방 알 수 있었다. 그들은 내리자마자 그를 무시하듯 고개만 한번 까딱하고는 빌딩 안으로 곧장 들어갔다. 나는 문득 그들이 누구인지 궁금했다.

누구야?

그는 대답하지 않은 채 입술에 웃음만 물었다.

누군데, 말없이 돌아왔어?

내가 다시 묻자 그는 마지못한 듯 나를 한번 흘끔 돌아보고는 그냥 부동산업자라고 간단하게 대꾸했다. 나는 부동산업자들이 웬일일까 하다가 곧 빌딩에 들어 있는 스물여섯 개 업체 가운데 어느 한 곳이 또 이사 가기 위해 불렀을 것이라고 짐작했다. 정상청이가 살아 있을 적에도 그런 일은 종종 있었으니까.

그런 경우 정상청은 그것을 기회로 삼곤 했다. 대개 이사 가는 경우는 다른 빌딩으로 이전하거나 아니면 아예 문을 닫는 경우인데, 그러기 위해서는 어쨌든 집기들이 엘리베이터를 타고 내려오게 마련이었다. 그런 날이 되면 정상청은 누가 시키지 않아도 어김없이 그 앞에 다가가 이러쿵저러쿵 큰 소리로 간섭하면서 쓸만한 집기들을 자기 물건처럼 챙겨 관리실 뒤에 쌓아놓았다. 어디에 쓰려고 쟁여두느냐고 물으면 이게 다 돈이라고 하면서 키득거렸다. 그래도 어떻게 돈이 된다는 것은 알려주지 않았다. 하지만 그런 일이 정상청의 뜻대로 되지 않는 때도 있었다. 간혹 이사 가는 업체가 다른 곳으로 그 집기를 그대로 옮긴다거나 아니면 철거업자한테 일괄해서 넘기는 경우가 그런 셈인데, 그런 날엔 얼굴이 붉으락푸르락해져서 사사건건 시비를 걸기 일쑤였다. 그러다가 정말 실수로 엘리베이터 벽에 조그만 흠집이라도 냈다 하면 사생결단할 것처럼 덤비는 통에 이사 가는 업체나 일꾼들은 날벼락 맞듯 하기 십상이었다. 그뿐만이 아니었다. 새로 입주한 세입자가 옥외 간판을 달고자 하면 외벽에 대못 하나 박는 것까지 간섭했다. 특히 돌출 간판은 더 그러했다. 그러다가도 화장실 수도 꼭지가 고장 나거나 하수구 배관이 막혔다 하면 그건 세입자들의 몫이라고 우겼다. 건물주가 하는 것 아니냐고 세입자들이 볼멘소리로 따져도 소용이 없었다. 내가 곁에서 그거 갑질 아니냐, 그러다가 고발당하면 곤욕 치를 수 있다고, 한마디 거들면 그는 누구

편드냐고 오히려 역정을 내며, 그럴 거면 앞으로 찾아오지도 말라고 으름장을 놓았다.

어디가 또 이사 가는 모양이군.

나는 더 묻지 않았다. 물어도 대답할 것 같지 않았고, 또 거기까지 내가 굳이 알 필요가 없기 때문이었다. 그보다는 그들의 출현으로 인해 잠시 중단되었던 전도를 마저 하는 게 나에게는 더 시급한 과제였다.

그 뒤로도 나는 정상청이 살아있을 때처럼 일주일에 한두 번은 꼬박꼬박 지선빌딩을 찾았다. 물론 목적을 가지고 들르는 것이기는 하였지만 아들은 그때마다 웃는 얼굴로 나를 맞았다. 영접 기도를 받겠다거나 교회에 나가겠다는 말은 하지 않았으나 그래도 고마운 것은 정상청처럼 '예수' 말을 꺼내도 손사래 치지 않는다는 사실이었다. 이제나저제나 고대했으나 길거리에 피었던 진달래꽃이 다 질 때까지도 전도는 이렇다 할 진전이 없었다. 뜨거워질 때가 되었는데 미지근해지지도 않는 것을 보면서 나는 목이 말랐다.

오늘은 또 무슨 일로?

궁금해서 들렀지, 지난번 내가 준 책은 읽어봤나 하고.

내 입에서 그 말이 나오면 그는 입을 헤 벌리고 웃다가도 금세 얼굴이 굳어졌다. 큰 눈을 슴벅거리며 주차장을 주시하다가 차량이 들어오거나 나가면 덩치에 어울리지 않게 나를 피하듯 재빨리 뛰어나갔다. 그래도 그는 정상청처럼 세입자들과 필요 없이 마찰을 빚는 것 같지는 않았다. 정상청이 같으면 바짝 붙여라, 왜 삐딱하게 대느냐, 운전 실력이 그 정도밖에 되지 않느냐는 등, 온갖 간섭을 까탈스럽게 했을 터인데 그는 그렇지 않았다. 수더분하고 고분고분한 편이었다. 그런 면에서 보면 친구들 말대로 세입자들의 숨통이 이제는 조금쯤 트였다고 봐도 될 것 같았다.

꼭 읽어봐. 세상이 다르게 보일 거야.

…….

천국이 어떤 곳이라는 것은 이야기 많이 들었지? 그런데 그 천국을 어떻게 가는지는 모르잖아. 그 길이 그 책에 기록되어 있어. 그러니까 말하자면 그 책은 천국 가는 안내서야.

…….

그는 내가 입이 마르도록 설명해도 이렇다 할 반응을 보이지 않았다. 다만 얘기를 흘려듣고 있지 않다는 것만큼은 분명했다. 내가 설명하면 머리를 주억거렸다. 그래도 나는 만족스럽지 않았다. 정상청처럼 실패할 수는 없기 때문이었다. 정상청은 내가 이 같은 말을 건네면 나를 보험사 취급하기 일쑤였다. 머리를 설레설레 흔들며 손사래부터 쳤다.

그러니까 결론은 나더러 또 천국 가는 보험 들라고 온 거잖아?

너는 어떻게 복음을 보험이라고 표현하냐.

인마, 그게 그거지, 뭐가 달라. 교회엔 그냥 가냐, 가면 돈 내야 할 거 아니냐고? 그래, 말은 그럴듯해, 헌금. 스스로 드리는 돈, 강제성이 없다 이거지. 그렇다고 그게 보험금과 다른 게 뭐가 있어?

그는 내가 복음이란 그게 아니라고 설명해도 들으려 하지 않았다. 성령에 대한 모독이라고 으름장을 놓아도 콧방귀를 뀌었다. 그런 까닭에 나는 더욱 그의 아들이 예수를 구주로 영접하는, 거룩한 현장을 내 눈으로 꼭 목격하고 싶었다.

5

장마가 시작되었다. 며칠째 비가 찔끔찔끔 내리고 있었다. 햇빛 보는 날이 드문 탓인지 집안이 온통 끈끈한 습기로 가득 차 있었다. 결국 병원에 들어가 요추관 협착증 수술받고 퇴원한 나는 일주일 동안 집에서 무더위와 습기를 쫓으며 쉬고 있었다. 한 달 가까이 보지 못한 정상청의 아들이 궁금했으나 당분간 바깥나들이는 삼가라는 의사의 지시사항도 있었고, 또 몸을 움직일 때는 아직도 불편을 느꼈기 때문이다.

수술은 다행히 잘 되었다고 했다. 의사의 말대로 협착증은 그러다가 낫겠지, 하는 건 미련을 떠는 행위가 틀림없었다. 약물치료나 물리치료란 결국 임시방편에 지나지 않았다. 그동안 걷기가 불편하거나 다리가 저리고 유난히 무겁다고 느껴질 적마다 그와 같은 보존적 치료를 받은 게 어디 한두 번인가. 물론 수술 후 마취가 깨어났을 때는 많이 고통스러웠다. 또 한 달여 동안 몸이 묶인 듯 자유롭게 움직이지 못하는 데에서 오는 스트레스 또한 참기 어려웠다. 그렇지만 어차피 할 수술이라면 왜 여태 미루었나, 하는 후회가 들기도 했다.

얼마나 지났을까. 거실 밖에 떨어지는 빗소리를 들으면서 소파에 누운 채 설핏 잠이 든 모양이었다. 요란하게 울려대는 핸드폰 소리에 눈을 떴다. 내 낮잠을 깨운 건 종태였다. 그는 내가 입원해 있을 적에도 음료수를 사 들고 한 번 다녀간 적이 있었다. 수술 경과부터 물은 그는 내가 아직 불편하긴 하지만 곧 좋아지지 않겠느냐고 대꾸해 주자, 암 그래야지, 하면서 하나님이 돕지 않겠느냐고 낄낄거렸다.

그러나 나는 그가 그것을 묻기 위해 전화한 게 아니라는 걸 금방 알게 되었다. 낄낄대던 그는 지나가는 말투로 지선빌딩의 관리실이 없어졌다는 것을 일러주었다. 우연히 그 앞을 지나다가 갑자기 상청이 생각이 나는 거야. 그래서 없다는 건 뻔히 알면서도 옛 생각이 나서 한번 찾아가 봤지. 근데 그 자식이 늘 앉아서 뭔가를 가지고 주물럭거리던 그 관리실이 눈에 띄지 않는 거야. 얼마나 허망하던지……. 그 말을 듣는 순간, 나는 숨이 턱 막혔다. 쇠뭉치로 뒤통수를 한 대 세게 얻어맞은 느낌이었다. 뭐야,

그럼 그 아들은……. 그는 아무렇지 않게 말했지만 나는 아무렇치가 않았다. 그 소리를 듣는 순간, 소파에서 벌떡 일어났다. 왼쪽 다리가 다시 저리고 당기듯 켕겼으나 나는 상관하지 않았다.

그가 다시 말을 이었다.

관리실이 있던 자리에 검은색 신형 제니시스 팔십이 마치 그 자리가 옛날부터 제자리였다는 것처럼 주차해 있더라고. 그걸 보는 순간, 얼마나 황당하던지…….

나는 목소리를 높였다.

아들은 어떻게 되었대?

그건 내가 모르지. 구태여 알 필요도 없잖아?

그래서?

그래서는 뭐가 그래서야? 조금 황당했지만 그런가보다, 하고 그냥 돌아섰지.

아니, 넌 궁금하지도 않냐? 상청이가 그 빌딩을 얼마만큼 아꼈는데.

야, 인마. 그게 어디 아긴 거냐? 위세 부린 거지.

그는 다시 낄낄거렸다.

그럼 팔았나?

그럴지도 모르지. 상청이 장례 때 내가 그랬잖아. 그 마누라 살살 웃고 다니는 본새가 예사롭지 않다고.

그는 그걸 알려주려고 전화했다면서 상청이 놈 지금쯤 저세상에서 땅을 치고 있을 거라는 말을 끝으로 전화를 끊었다. 나는 잠시 넋이 나간 사람처럼 거실 밖을 내다보았다. 잠시 그쳤던 빗줄기가 다시 내리기 시작했다. 이번엔 찔끔거리는 게 아니라 소나기 내리듯 장대비가 마구 퍼부어대고 있었다. 바람 때문인지 빗줄기는 사선을 긋고 있었다.

소파에서 일어서던 나는 다시 허리를 붙잡고 주저앉았다. 종태의 입을 통해 지선빌딩 관리실이 사라졌다는 것은 알았으나 내 눈으로 확인하기 전에는 믿을 수가 없었다. 그렇다고 꼭 팔았다고 단정할 수 있는 것도 아니지 않는가. 불법이라는 행정당국의 명령을 어길 수 없어 아들이 스스로 관리실을 폐쇄하고 빌딩 안으로 들어갔을 수도 있는 일 아니겠는가. 그와 같은 철거 공문이 날아오고, 공무원들이 떼거리로 조사를 나오면 마음 약한 그가 정상청처럼 버티지 못할 건 불을 보듯 뻔했다. 그는 정상청의 아들일 뿐, 정상청은 아니지 않는가. 거기까지 생각하던 나는 나도 모르게 한숨을 길게 뱉어냈다. 오, 하나님!

뜬 눈으로 잠을 설친 나는 다음 날 아침 일찍 그 문제를 직접 확인하기 위해 지선빌딩으로 향했다. 아직 정상이라고 할 수 없는 다리가 걸을 적마다 불편했으나 궁금증이 일어 가만히 있을 수가 없었다. 지팡이를 짚고 조심조심 길거리로 나섰다. 다행히 밤새 퍼붓던 빗줄기는 조금 가늘어져 있었다.

종태의 말은 사실이었다. 컨테이너 관리실이 보이지 않았다. 그 곁에 늘 쌓여있던 지저분한 재활용품도, 피브이시관도, 낡은 전선 다발도, 검은색 플라스틱 둥근 의자도 눈에 띄지 않았다. 관리실이 있던 자리에는 낯선 에스유브이 회색 차량이 주차해 있었다. 모두 어디로 갔지? 내 눈에는 그 모든 게 낯설었다. 관리실이 있었다는 사실이 마치 먼 옛날의 기억처럼 어렴풋하게 느껴졌다.

그렇다면 아들은 어디로 갔을까. 한동안 넋을 놓고 있던 나는 잠시 뒤 아들의 행방을 알아보기 위해 건물 안으로 걸음을 옮겼다. 건물 안은 변한 게 하나도 없었다. 지하층의 '알파' 문구 할인점도 그대로였으며, '김밥천국'과 '폰싸다구' 핸드폰대리점, '모야모야' 커피점이 문을 열고 있는 1층도 성업 중이었고, 단과 입시 전문학원이 여럿 들어 있는 2층과 3층, 4층, 그리고 5층의 '창조' 미술학원을 비롯해 6층의 '르하임' 스터디카페까지 모두가 그대로 문을 활짝 열고 있었다. 엘리베이터 앞은 오전인데도 오르내리는 학생들로 문전성시를 이루고 있었다. 학생들의 틈에 끼어 잠시 로비에서 머뭇거리던 나는 곧 한 손에 우산을 든 채 종종걸음으로 들어서는 이층 '마티체' 수학 전문학원의 송 원장을 만날 수 있었다. 잠시 머뭇거리던 그는 바쁜 듯 엘리베이터가 금세 내려오지 않자 비상계단 쪽으로 몸을 돌렸다. 나는 계단을 오르려는 그를 서둘러 붙잡았다. 그는 내가 누군지 처음엔 기억하지 못하는 듯했다. 하지만 내가 정상청을 끄집어내자 그는 곧 굳었던 얼굴을 풀었다. 다행히 그는 2년 전 겨울 주차 문제로 정상청과 다툴 때 내가 나서서 말려준 것을 기억하고 있었다.

나는 머뭇거리지 않았다.

관리실이 없어졌던데, 혹시 어찌 된 일인지 아세요?

그는 머리를 끄덕거렸다. 근데 그걸 왜 자기에게 묻느냐는 듯 나를 쳐다보았다. 저린 다리 때문에 나는 약간 몸통을 왼쪽으로 기울인 채 다시 물었다.

무슨 일이 있었나요?

그러자 그는 아직 그것도 몰랐냐는 투로 짧게 대꾸했다.

팔렸어요.

예에?

얼마 전 세입자들이 새 건물주와 임대차계약서를 모두 다시 작성했으니까요. 다행스러운 점은 새 건물주가 보증금이나 임차료를 인상하지 않았다는 거예요. 전 건물주 같았으면 또 올려달라고 했을 게 뻔한데…….

그럼, 혹시 전 건물주가 죽은 다음 관리실을 지키던 그 아들 행방은 아세요?

그것까지는 제가 알 수 없죠.

그는 아무렇지 않게 대꾸하고 바쁘다는 듯 계단을 뛰어 올라갔다.

나는 갑자기 심장이 멎는 것 같았다. 그렇다면 수술하기 전 내가 목격했던 그 부동산업자들은 그 일 때문에 나타난 것일까. 나는 비로소 그 당시 그걸 묻지 않은 것을 후회했다. 물론 그런다고 사실대로 말해주었을까 싶기도 했지만…….

나는 다시 주차장으로 발길을 돌렸다. 언제 빠져나갔는지 회색 에스유브이 차량은 보이지 않고 그 자리에는 어느새 빨간 소나타가 제 자리인 양 들어와 있었다.

지선빌딩에서 관리실이 없어졌다는 것은 정상청이 영원히 사라졌다는 것을 의미했다. 그런데 웬일일까. 내 귀에는 아직도 관리실이 있던 곳에서 정상청의 거쿨진 생소리와 함께 키득거리던 웃음소리가 환청처럼 들려오는 것 같았다. 야, 인마, 나더러 예수를 믿으라고? 그럴 바엔 차라리 천국 가는 티켓을 사라고 해라.

정상청은 목사끼리 이야기할 때 일컫는 소위 생고구마였다. 생고구마였기에 내가 더욱 열심히 찾아다녔는지도 모를 일이었다. 성경 말씀을 입이 아프도록 떠들어도 소귀에 경 읽기였던 그를 놓고 나는 나름대로 찔까, 삶을까, 구울까, 혼자 상상하며 즐거워했던 것도 사실이었다. 그리고 그것은 그 아들도 마찬가지였다. 그렇다면 그것이 잘못된 것일까. 나는 나도 모르게 목을 움츠렸다.

주차장에서 걸음을 옮기지 못한 채 나는 한동안 그곳에서 머뭇거리고 있었다. 장맛비 때문만은 아니었다. 분명 갈 곳이 있을 것 같은데, 그곳이 어딘지 금방 떠오르지 않았다. 문득 정상청이 죽은 지 어느덧 일 년이 지났다는 생각이 뇌리를 스쳤다. 일 년이 지났는데도 그가 이처럼 문득문득 떠오르는 것을 보면 죽어 이미 실체가 없는 그와의 관계를 이어주는 것은 기억인 듯했다. 그리고 그 기억이 내 머릿속에서 지워지지 않는 이상 정상청은 죽은 게 아니라 아직 살아 있다는 느낌이었다.

그때였다. 핸드폰 신호음이 울렸다. 병호였다. 어디냐고 물은 그는 내가 대답할 틈도 주지 않고 숨 가쁜 말투로 지선빌딩이 팔렸다는 소식을 알렸다. 나도 알고 있어, 했으나 그는 말을 끊지 않았다. 짜아식, 그렇게 될 걸 왜 그렇게 억척은 떨어댔는지 모르겠다. 죽어서도 돈을 이고 갈 줄 알았나. 그러고 보니까, 종태 그 자식이 점장이네, 점장이야. 마누라 좋은 일 시킬 거라는 말 너도 들었지? 어쩜 그렇게 딱 맞힐 수가 있냐? 나는 혀끝을 차는 그의 소리를 들으면서 핸드폰을 닫았다.

빗물을 튕기며 골목을 잰걸음으로 빠져나가는 학생들의 경쾌한 발소리가 들려왔다. 조잘거리는 그들의 말소리와 웃음소리가 골목을 가득 메우고 있었다.

잠시 가늘어졌던 장맛비는 다시 세차게 내리고 있었다.

미혹

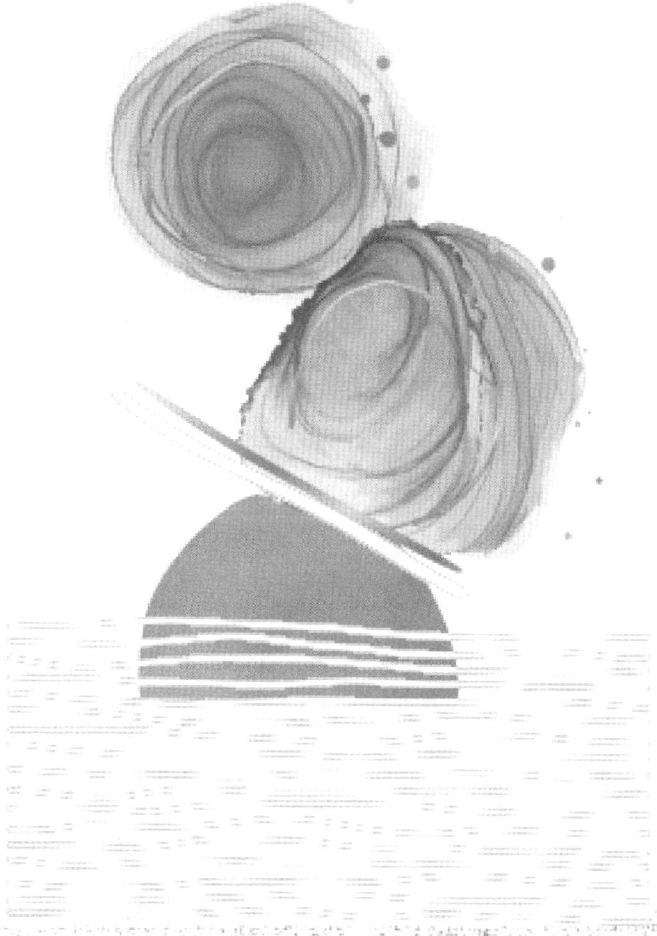

누이동생의 전화를 받은 아침에는 지각하는 경우가 종종 있었
다. 남편을 먼저 보내고 지적장애를 앓고 있는 아들과 단둘이 고
향 집을 지키며 사는 동생은 대화 상대가 없는 탓인지 한번 통화
가 연결되면 좀처럼 끊지 않았다. 그러니까 그날도 그런 셈이었
다. 내용은 어머니의 기일에 내려올 거냐는 간단한 것이었으나
그것으로 끝내지 않았다. 음력 삼월 초이틀. 어찌 내가 그날을 잊
겠는가. 내려가겠다는 다짐을 두 번씩이나 주었으나 동생은 이번
엔 녹슨 철 대문과 지난해 장마에 무너진 뒤란 축대도 손 봐야 한
다면서 수리할 곳을 하나하나 들추어가며 말을 이었다. 하긴, 칠
십 년이 넘은 집인데 오죽하겠는가. 더구나 지난겨울이 얼마나
추웠는가, 눈도 많이 내렸고. 통화를 빨리 끝내고 싶은 나는 내려
가는 대로 살펴보고 손 볼 데가 있으면 수리하자고 건성으로 대

192

답했다. 그러나 동생은 거기에서 말을 멈추지 않았다. 이번엔 또 텃밭으로 말꼬리를 넘겼다. 벌써 상추를 심었고, 고추와 토마토, 가지, 호박, 감자도 두렁마다 모종을 끝냈다고 했다. 내가 올 때쯤이면 삼겹살에 싱싱한 상추쌈을 먹을 수 있을 거라고도 했다. 좋지, 좋아. 상추에 된장을 발라 삼겹살 한 점 얹고 볼이 미어지도록 넣고 씹으면……. 입을 비죽 내밀고 있는 아내의 눈치를 살피며 나는 그쯤에서 끊으려고 했으나 그것을 알지 못하는 동생은 그래도 말을 이었다. 이번엔 순택이였다. 왜 꺼내지 않나 했는데 결국 동생은 그 아이가 이제는 정신이 조금 좋아졌는지, 밭농사도 도와준다고 자랑했다. 스무 살이 넘은 아들을 동생은 여전히 어린아이처럼 취급하고 있었다.

아침 근무는 언제나 전날 밤 근무자가 기록한 업무일지를 점검하는 것으로 시작했다. 그건 비단 나뿐만이 아닐 터였다. 경비원이라면 누구나 다 그렇게 할 것이었다. 그러나 그날은 지각한 탓에 관리소장에게 된소리를 듣고 내려오는 바람에 다른 날보다 조금 늦은 편이었다. 작은 글자가 칸을 메운 근무일지에는 별다른 사항이 없었다. 그렇다면 전날 밤에 특별할 일은 없었던 듯했다. 업무일지를 덮으며 나는 한숨을 길게 토해냈다. 왜, 관리소장은 예외가 존재한다는 것을 인정하려고 하지 않을까. 왜, 원리 원칙만을 고집할까. 나는 힘이 빠졌다.

그때였다. 후문 경비원 양 씨가 얼굴을 찡그린 채 잰걸음으로 뛰어 들어왔다. 맥없이 의자에 등을 기대고 앉아 있던 나는 양 씨의 긴장한 얼굴에서 단지 안에 또 심상찮은 일이 발생했다는 것을 직감할 수 있었다. 아니나 다를까. 그는 누군가가 작년처럼 또 '다'동과 '라'동 사이의 후미진 잔디밭에 고추와 상추를 심었다고 큰 소리로 떠들었다. 나는 잠시 머릿속이 혼란스러웠다. 뭐야, 이 건 또……. 가뜩이나 머릿속이 어지러운 판국인데 엎친 데 덮친 격이었다. 그러나 나는 잠시 뒤 그게 누구의 짓인지 금방 알 수 있었다. 또 그 할머니가 일을 저질렀군. 그래도 묻는 게 순서일 듯해서 턱짓으로 묻자 양 씨 역시 벌써 안다는 투로 자신 있게 대 답했다.

누군 누구겠어요. 보나 마나 그 할망구가 또 저지른 짓 아니겠습니까?

그는 당장 뽑아버리려다가 그래도 일단 반장한테 보고드리는 게 순서일 것 같아서 달려왔다고 덧붙였다. 나는 씩씩거리는 그의 얼굴을 쳐다보다가 나도 모르게 쿡, 웃음을 터트리고 말았다. 그가 확인을 이미 끝냈다면 일은 터진 게 틀림없었다. 그러나 관리소장에게 한 차례 된소리를 들은 후 이곳에 더 머물러야 할까, 고심하던 조금 전에 비하면 그것은 아무것도 아닌 셈이었다. 정리하면 그만인 일이었다.

우리의 대화는 '사'동 406호 여자가 어제 택배원이 맡긴 물품

을 찾으러 왔다가 양 씨를 보고 인사를 건네는 바람에 잠시 중단
되었다. 여자는 내가 물품을 찾아 건네주자 함박웃음을 지으며
돌아갔다.

어떻게 할까요?

여자가 돌아가자 양 씨가 나를 쳐다보며 다시 재촉했다.

다 뽑아버릴까요?

그는 당장 그렇게 하지 않으면 나중에 말썽이 생길 소지가 있
다는 것까지 들어가며 나를 다그쳤다. 특히 하루 한 번씩 정시에
단지를 순시하는 관리소장의 눈에 띨 경우, 경위서를 써야 하는
것은 물론이고 자칫하면 사직서까지 제출해야 하는 불상사가 생
길 수도 있다는 게 그의 주장이었다. 아시잖아요? 그 사람 성미.
그러나 나는 대꾸를 하지 않은 채 입을 다물었다.

내가 그걸 왜 모를까, 8년 넘게 이곳을 지키며 여러 차례 목격
한 사실인데……. 오늘도 당하지 않았는가. 그래도 내가 참을 수
있었던 것은 정년퇴직을 불과 몇 년 앞두고 교장에게 반기를 들
었다가 사표를 던진 뒤 지금까지 받는 아내의 싸늘한 눈총이 등
뒤를 찌른 탓이었다. 그 교장 역시 관리소장과 다를 바가 없었다.

양 씨가 다시 나를 쳐다보았다. 양 씨의 말은 하나도 틀린 데가
없었다. 누군가가 공유면적을 개인 목적으로 사용했다면 그건 공
동 주택법에 저촉되는 것이므로 경비원은 당연히 막아야 할 책무
가 있고, 또 필요하다면 그에 따르는 원상복구, 또는 보상까지 요

구할 수가 있었다. 또 그것을 적발하면 곧바로 관리소에 보고하는 게 경비원들에게 맡겨진 업무 가운데 하나였다. 관리소장이 날마다 입버릇처럼 우리를 불러세우고 주지시키는 것, 즉 원리원칙을 지키자는 것 역시 그것이었다.

정말 그 할머니란 말이죠?

출근하는 단지 내 청소 아주머니들과 눈인사를 나눈 나는 그에게 되물었다.

그럼 누구겠습니까?

면적은 얼마나 됩디까?

면적도 작년과 비슷해요. 어린아이들 서너 명이 소꿉장난할 것 같은 크기 정도나 될까. 그래도 어쨌든 공유지인 잔디밭을 훼손하고 상추와 고추 같은 작물을 심었다는 건 말이 되지 않는 짓거리 아닙니까?

그렇다면 어제오늘 심은 것이 아닐 텐데, 왜 내 눈에는 그게 여태 띄지 않았을까. 나는 몇 번 눈을 슴벅거렸다. 물론 양 씨가 지목한 '다'동과 '라'동 사이는 단지에서도 후미진 지역으로 사람들 발길도 뜸할 뿐 아니라 눈에도 잘 띄지 않는 곳이었다. 하지만 근무 날이면 나 역시 의무적으로 한두 차례는 반드시 지나다니는 곳이었다. 생각이 거기에 미치자 나는 또 요즘 들어와 더욱 나빠진 시력을 탓했다.

그렇다고 우리 맘대로 뽑아버릴 수는 없죠.

왜요?

그보다는 먼저 왜 그런 행위를 해마다 반복하는지 따져봐야 할 것 같은데요? 그래야 내년엔 하지 않을 것 아닙니까? 작년에도 그랬고, 금년에도 그랬다면 내년이라고 안 한다는 보장이 없잖아요?

그야 그렇지만…….

일단 가서 현장부터 확인해봅시다.

나는 일어나 모자를 깊숙이 눌러 썼다. 내가 먼저 출입문을 나서자 그가 뒤를 따라왔다. 출근 시간이어서 하루 가운데 가장 바쁠 때였으나 이럴 때는 자리를 지키는 것보다 현장을 확인하고 조치하는 게 먼저였다. 잠에서 깨어난 단지 안 주차장은 벌써 시동을 건 자동차들이 뿜어대는 매캐한 매연가스가 사방으로 퍼져 나가고 있었다.

누이동생에게 고향 집을 맡기기 전까지 집은 몇 년 사이 집이라고 할 수 없을 정도로 퇴락해 있었다. 폐가 수준에 가까울 정도였다. 지붕 어디가 새는지 안방과 건넛방, 마루 곳곳에는 빗물 자국이 군데군데 지도를 그리고 있었고, 회색 도배지를 발랐던 벽은 곰팡이가 푸르죽죽하게 슬어 있었다. 블록 담 역시 군데군데 허물어져 들고양이들이 마음대로 드나들었다. 어디 그뿐이랴. 아버지가 돌아가시기 전까지 외양간으로 사용하던 창고는 어느새 문짝이 떨어져 나갔고, 들쥐들의 안방이 되어 있었다. 더구나 어머니가 그토록 애지중지하던 밭이 잡초로 덮인 걸 볼 적에는 가슴이 무너지는 것 같았다. 일 년에 한두 번 내려갈 적마다 나는 마치 죄를 짓는 기분이었다. 그렇지만 그걸 목격하면서도 어디를 어떻게 손봐야 할지 엄두가 나지 않아 나는 끌탕하고 있었다. 어머니가 돌아가신 뒤 울산에 사는 남동생이 당장 처분하자고 했을 때 고개를 가로저은 것을 후회한 것도 그때였다.

버리지 않으려면 누군가 들어와 살면서 다시 집 모양을 갖춰야 할 것 같았다. 집도 사람의 온기를 먹고 산다고 하지 않는가. 하지만 나는 내려갈 처지가 아니었다. 아내의 극심한 반대 때문이었다. 만약 그 말을 꺼낸다면 두 눈에 쌍심지부터 켤 게 분명했다. 고심 끝에 나는 누이동생을 떠올렸다. 다행인지는 몰라도 어머니가 떠나기 한 해 전 남편을 교통사고로 먼저 보내고 그 보상금으로 차린 분식집이 잘되지 않아 골머리를 앓던 누이동생은 내가 그 말을 꺼내자 선뜻 응했다. 그렇지 않아도 순택이를 혼자 떨어트리고 나오는 게 늘 불안했다고 하였다. 그러나 그 집을 다시 꼴이 나도록 치우고, 정리하고, 수리하는 것은 내 몫이었다. 누이동생이 힘을 보탰으나 그것으로는 역부족이었다. 기와를 새로 얹고, 담장을 보수하고, 창고를 정비하기 위해서는 결국 일꾼을 부를 수밖에 없었다. 집만이 아니었다. 어머니가 가신 뒤 돌아보지 않던 묵정밭도 다시 갈아엎었다. 내친걸음이었다. 멀리 있다는 핑계로 남동생은 얼마간의 수리비만 보내왔다. 그래도 나는 감사했다. 무엇보다 어머니가 살 때처럼 집이 다시 제 모양을 갖췄다는 게 기뻤다. 그러나 거기까지였다. 득달같은 아내의 성화 때문에 며칠 더 묵어가라는 누이동생의 만류를 뿌리치고 나는 다음날 동이 트기 무섭게 도망치듯 올라와야 했다.

양 씨의 말은 사실이었다. 삭은 잔디를 걷어낸 자리에는 모종한 지 얼마 되지 않는 상추며 고추 등, 푸성귀들이 촘촘히 꽂혀 있었다. 서너 평밖에 되지 않는 적은 면적이었으나 그것들은 서로 어깨를 나란히 한 채 봄바람에도 아랑곳하지 않고 파릇파릇 자라고 있었다. 파란 하늘과 연초록 잎사귀. 그것을 보는 순간 나는 갑자기 눈이 부셨다.

보세요. 제 말이 맞죠?

양 씨가 의기양양한 얼굴로 나를 돌아보았다. 나는 머리를 주억거렸다. 규모도 작물도 작년과 엇비슷했다. 그렇다면 그 할머니가 더욱 틀림없었다. 한예분 씨. 금년 82세인 그녀는 남편을 먼저 하늘나라로 보낸 뒤 아들 내외를 따라 '다'동 201호에 3년 전 가을 입주한 노인이었다. 나도 몇 번 본 적이 있는데 허리가 많이 구부러졌고, 걸음마저 굼떠 겉으로 보기에는 도무지 이런 일을 벌일 노인네 같지 않았다. 그러나 아니었다. 작년 봄에도 이런 일을 벌여 아들 내외가 관리실에 불려와 손이 발이 되도록 빌게 만든 장본인이었다.

뭘 망설이세요? 얼른 뽑아버리자고요. 입주민들의 눈에 띄면 당장 관리실에 신고할 겁니다. 그렇게 되면 가뜩이나 까탈스러운 소장이 가만히 있겠어요?

양 씨가 다시 소장을 들먹였다. 나는 그의 눈길을 외면한 채 현장을 내려다보았다.

내가 소장을 모를 리 있겠는가. 원칙주의자. 오죽하면 내가 사직서까지 주머니에 넣고 다니겠는가. 그렇다고 내가 원칙을 중요하게 여기지 않는 것은 아니었다. 원칙이 없다면 가뜩이나 어지러운 세상이 얼마나 더 혼란스러울 것인가. 그러나 때로는 원칙에도 예외가 있어야 한다는 것을 그는 모르는 것 같았다. 판사도 검사도 경찰관도 때로는 정상을 참작하지 않는가. 나는 그가 누군가에게 곁을 내어주는 걸 본 적이 없었다. 혹시라도 그랬다가는 큰일이 날 것처럼 독사 같은 머리를 꼿꼿이 세우고 스스로 그 안에 자신을 가두었다.

현장을 내려다보면서 나는 잠시 망설였다. 연하고 파릇파릇한 그것들을 보자 문득 돌아가시기 전까지 혼자 고향을 지키며 텃밭을 가꾸던 어머니의 얼굴이 떠올랐기 때문이다.

아흔이 넘어 세상을 떠나기 직전까지 어머니는 누가 말려도 아랑곳하지 않았다. 그만 다 처분하고 쉬라고 해도 머리를 설레설레 흔들었다. 난 흙냄새가 좋아. 흙이 얼마나 좋은 줄 너희들은 모르냐. 모두 여기서 자랐는데, 그 냄새를 벌써 잊었니? 어머니는 유독 아파트를 싫어했다. 어딜 가나 시멘트로 덮여있어 흙냄새를 맡을 수 없는 게 꼭 감옥에 갇힌 기분이라고 했다. 그렇다고 옛날처럼 밭농사가 많은 것도 아니었다. 아버지가 일껏 일궈놓은 전답은 남동생 사업 자금으로 일찌감치 들어갔고, 이제는 겨우 사백여 평의 텃밭만 남았는데도 어머니는 손을 놀리지 않았다. 봄부터 가을까지 흙을 만지고, 또 만졌다. 그 덕분에 어쩌다 한 번 내려갈 때면 나는 자동차 뒤 트렁크에 푸성귀를 넘치도록 싣고 올 수 있었다.

현장은 확인이 되었네요.

나는 그의 재촉을 무시한 채 돌아서서 할머니 집을 향해 걸어갔다.

다행히 할머니는 집에 있었다. 초인종을 누르자 현관문을 열고 머리를 빼꼼히 내민 사람이 할머니라는 걸 첫눈에 알아본 나는 나도 모르게 안도의 한숨을 토해냈다. 할머니는 우리가 경비원 모자를 쓴 것을 보자 안심한 듯 선선히 문을 열어 주었다. 양 씨가 왜 찾아왔는지 아느냐고 으름장을 놓았으나 할머니는 영문을 모르겠다는 표정을 짓고 있었다. 그 모습 역시 작년과 변한 게 하나도 없었다.

할머니, 관리실에서 알게 되면 또 혼나요. 작년에도 그랬잖아요?

나는 되도록 말썽이 나기 전에 조용히 마무리를 짓고 싶었다. 그게 한예분 할머니나 그 아들을 돕는 길이라고 생각했다. 그래서 정 그렇게 기르고 싶으면 실내로 옮겨와서 기르라고, 방법까지 들어가며 가르쳐 주었다.

아셨어요? 실내에서 기르는 걸 간섭할 사람은 아무도 없어요.

사실 입주민들 가운데에는 그렇게 기르는 사람들이 여럿 있었다. 흙을 담은 플라스틱 상자나 큰 화분 몇 개에 푸성귀를 모종하고 베란다에 내놓으면 생각보다 잘 자랐다.

아셨어요? 그렇게 하세요.

나는 어머니에게 하듯 조곤조곤 설명했다. 그러나 할머니는 대꾸하지 않았다. 뚱한 표정으로 내 얼굴을 쳐다볼 뿐이었다. 나는 더 이상 할머니를 붙잡고 시간을 끌고 있을 수 없었다.

이번엔 관리실에 알리지 않을 테니까 제 말대로 하세요.

나는 다짐을 주듯 한마디 더 하고는 돌아섰다. 그러나 돌아서는 내 등 뒤에 떨어진 할머니의 대꾸는 뜻밖이었다. 할머니는 오히려 나를 나무라듯 혀끝을 찼다.

땅을 그냥 놀리믄 죄 받아유. 그렇게 놀리믄 쓰간디! 지금이 어느 때인 줄 아남유? 일 년 중 가장 바쁜 철이여유. 시방 우리 고향 같으믄 오줌 누구 뒤두 돌아볼 새 읎이 종종거릴 때구먼서두…….

할머니의 말에 의하면 잔디는 산소에 옷 입힐 때나 소용되는 것으로, 농사와는 전혀 무관한 잡풀에 불과하다는 것이었다. 또 상추와 고추, 가지, 토마토 등 텃밭에서 기르는 푸성귀는 지금 심어놔야 여름 내내 밥상에 올릴 수 있다고 했다. 그 말에 나는 눈을 크게 떴다. 그러니까 할머니가 저지른 행위는 할 일 없는 여자들이 실내에서 심심풀이 삼아 화초 가꾸듯 기르는 그런 것과는 차원이 다른 것이었다.

지 말이 뭔 말인중 알긋지유?

잠시 뒤 무슨 생각을 했는지, 할머니는 갑자기 입을 크게 벌리고 어린아이처럼 활짝 웃었다. 나는 비로소 할머니의 앞니가 모두 빠졌다는 것을 알았다. 가뜩이나 쪼글쪼글한 볼이 웃는 통에 골이 더 깊게 파였지만 할머니는 상관하지 않는 듯했다. 한참 후에야 나는 할머니가 왜 웃었는지 그 이유를 알게 되었다.

햇상추 잎사귀 두어 겔 한데 포개어 손바닥에 척 얹구, 그 위에 된장 한 숟갈 발라 볼때기가 메어 터지두룩 우겨넣구 한번 우적우적 씹어는 보셨시유?

할머니는 매일같이 경비실에 갇혀 지내는 우리가 그 맛을 알지 못할 거라고 여기는 것 같았다. 그러나 우리라고 어찌 그 맛을 모를까. 나도 고향에서 그걸 먹고 자랐는데. 더구나 아침에도 동생과 그 얘기를 하며 입맛을 다셨는데……. 그러니까 할머니는 한여름을 떠올리고 웃었던 것이었다.

할머니가 다시 우리를 쳐다보며 입을 열었다.

말은 못혀두 땅두 자길 위하는 사람은 알아유.

나는 깜짝 놀랐다.

어머니도 늘 그런 식이었다. 땅을 위할 줄 알아야 한다고 했
다. 하루가 다르게 커가는 그것들을 위해 다 내어주는 땅을 어떻
게 나 몰라라 하느냐고 오히려 역정을 냈다. 그러다가 정말 건강
에 문제가 생길 수 있다고 해도 귀를 막고 듣지 않았다. 내가 남
동생의 주장을 자르고, 고향 집을 처분하지 못한 것도 따지고 보
면 그것 때문이었다.

2층인 탓일까. 거실 밖을 막고 있는 높은 아파트들이 답답하게
느껴졌다. 병풍처럼 둘러싸고 있는 그것들이 너무 견고해서 햇빛
조차 비집고 들어올 틈이 없어 보였다. 그래서 그럴까. 각진 사이
로 보이는 하늘도 조그마했다.

입술을 다문 양 씨가 나를 돌아다보았다. 그의 표정엔 말로 해
결될 것 같지 않으니까 강제로 모두 정리하자고 쓰여있었다. 그
래도 내가 대꾸를 미루자 이번엔 뒤탈이 없도록 빨리 행동을 보
이자고 손짓까지 했다. 그러나 나는 그때까지도 쉽게 단안을 내
릴 수가 없었다.

어떡하실 거예요?

글쎄…….

양손을 들어 얼굴을 한 차례 쓸어내린 나는 나도 모르게 목이
말랐다. 아직 더운철이 아닌데도 웬일인지 등줄기에 땀이 맺혔다.

아시잖아요, 소장 성격?

그건 나도 알아요.

그렇다면…….

양 씨의 채근은 집요했다. 나를 압박하듯 몰아세웠다. 나는 나를 욱죄는 그가 못마땅했다. 지금은 건너편에 신축한 20층짜리 아파트 32평을 소유하고 있지만 이곳이 개발되기 전까지 그도 할머니처럼 땅을 일구던 사람 아닌가. 어느 날 예고 없이 나타난 불도저로 인해 벌겋게 뒤집힌 고구마와 뿌리째 뽑혀 하늘을 보고 누운 덜 여문 참깨 더미를 보며 가슴을 쳤다고 하지 않았는가. 요즘도 그는 가끔 술자리가 벌어지면 입버릇처럼 한 달만 지났어도 캐고 베어 말릴 수 있었다고 안타까워했다. 그런 그가 할머니를 이해하지 못하다니……. 나는 문득 그도 관리소장과 다르지 않다는 생각이 들었다.

우리 얼굴을 찬찬히 뜯어보던 할머니는 기왕 심은 것이니까 거둘 때까지만 참아달라고 말했다. 그 말에 나는 박절하게 토를 달 수가 없었다. 경비원의 업무가 중요한 건 사실이었다. 하지만 할머니의 말대로 얼마 있으면 다 자랄 그것들을 첫 이파리 따기도 전에 뽑아버린다는 게 꼭 죄짓는 것 같았다. 그때까지만이라도 기다려줄 수는 없을까. 마른침을 몇 번 삼키던 나는 결국 잠시 뒤 그냥 돌아서기로 마음을 굳혔다. 양 씨가 연신 볼멘소리를 내뱉었으나 나는 묵묵히 경비실로 발길을 돌렸다.

내일이면 당장 일이 터질 텐데, 괜찮겠어요?

…….

양 씨가 따라오면서 걱정스럽다는 듯이 몇 마디 더 투덜거렸
으나 나는 입을 다물었다. 관리소장이나 입주자대표가 뭐라고 하
면 그때는 할머니 대신 내가 나서서 사정해 볼 생각이었다. 기왕
심은 거 거둘 때까지만이라도 좀 봐줍시다. 그래도 법 운운하면
서 매몰차게 나온다면 그때는 정말 사직도 불사할 생각이었다.
그 정도도 이해하지 못하는 사람들과 어울려 한솥밥을 먹고 싶지
는 않았다. 아내의 눈총 따위도 무시할 작정이었다. 생각이 거기
에 미치자 갑자기 그 푸성귀가 이제는 할머니 것만이 아니라 내
것까지 되는 것처럼 느껴졌다.

아들이 경비실 문을 열고 들어선 것은 오후 6시가 넘어갈 무렵
이었다. 가쁜 숨을 몰아쉬며 들어선 그는 어머니로부터 소식을
전해 듣자마자 곧바로 달려왔다고 했다.

정말 미안합니다. 삼 년이 다 되어가는데도 아직 고향을 잊지
못하고 계시나 봐요. 작년에도 그랬는데, 이번에도 또 똑같은 일
을 저지른 것을 보면……. 이럴 줄 알았으면 모시고 오지 말 걸
그랬나 봐요. 정말 죄송합니다.

그는 머리를 숙였다. 나는 자신의 어머니를 이해하지 못하는
듯한 그가 오히려 안쓰럽게 느껴졌다.

크게 걱정하지 마세요. 물론 관리실에서 알게 되면 한바탕 또 난리를 칠 건 분명하지만 그땐 제가 나서보겠습니다. 잘 될지는 모르지만…….

하지만 나는 그에게 사직까지 각오하고 있다는 말은 꺼내지 않았다.

작년에 어찌나 혼이 났는지…….

너무 탓하지 마세요. 어머니는 자신이 해야 할 일을 한 것 아니겠습니까?

그야 물론 그렇다고 할 수도 있지만…….

그는 의외라는 얼굴로 나를 건너다보았다. 그러나 내 말에도 안심이 되지 않는다는 듯 같은 말을 몇 번 더 되물었다.

정말 괜찮을까요?

글쎄요, 잘 될지 안 될지는 부딪쳐 봐야죠.

나는 다시 한숨을 길게 내쉬었다. 정말 그랬다. 잘 되고 안 되고는 예측할 수 없는 일이었다. 소장이 누구인가. 그래도 내 말을 듣자 아들은 마음이 조금 놓이는 모양이었다. 뜻하지 않게 자기 편이 생겼다는 듯 비로소 찡그렸던 얼굴을 폈다. 잠시 뒤 야간 근무자가 출근하자 나는 주간 업무일지를 넘긴 뒤 그를 데리고 경비실을 나왔다.

술, 하세요?

잘은 못해요.

그럼 우리 길 건너에 가서 소주나 한 잔씩 나누고 헤어집시다.

그는 마다하지 않았다. 나는 그를 데리고 아파트 정문 건너편에 있는 '원조순대국'으로 들어갔다. 그 식당은 국물에서 돼지 냄새가 나지 않는다고 소문나 아파트 주민들이 자주 찾는 곳으로 우리가 들어섰을 때는 벌써 많은 손님이 테이블을 차지하고 있었다. 소주 한 병과 모듬순대 한 접시를 주문한 나는 구석 자리에 그와 마주 앉았다.

쓴소리 좀 퍼붓고 나오셨겠네요?

물론이지요. 이게 처음도 아니고.

그러니까 어머니가 뭐라고 하시던가요?

주문한 순대와 술이 나오자 나는 그의 잔에 소주를 따라주며 물었다.

다 뽑아버리겠다고 하니까 사생결단할 기세로 가로막고 나서는 거예요. 처음 봤어요, 그런 어머니의 모습. 순간, 어찌나 놀랐는지…….

그래서요?

어찌나 기세가 등등한지, 뽑기는커녕 그냥 도망치듯 나오고 말았습니다.

잔을 단숨에 비운 그는 또 미안하다는 말을 되뇌었다. 나는 순대 하나를 집어 입에 넣었다. 채소와 당면, 돼지 피 등으로 속을 채운 미지근한 순대가 찰지게 씹혔다.

주말농장을 생각해 보신 적은 없으셨어요?

내가 묻자 그는 잠시 그게 무슨 말인가 생각하는 눈빛이었다.

어머니한테는 그것도 괜찮은 방법일 것 같아서요.

아, 그거요?

잠시 뒤 그가 알아들었다는 듯 되물었다.

생각해 보지 않은 건 아니지만, 지금은…….

그는 머리를 흔들었다. 나는 그를 건너다보며 잔을 비웠다. 목구멍을 타고 내려가는 소주 맛이 그날따라 더 쓰게 느껴졌다. 나는 관리소장이 할머니를 이해해 주기를 바랐다. 자기도 더운 피가 흐르는 사람인데, 설마하니……. 그래도 여의찮으면 정말 그만둘 생각이었다. 그러자 문득 아내의 얼굴이 떠올랐다. 아내는 과연 뭐라고 할까. 이번에도 그때처럼 또 미친 듯 소리소리 지를까. 내가 잔을 비우자 이번엔 그가 내 잔을 채워주었다.

잘했어요.

그는 잔을 잡은 채 나를 다시 건너다보았다. 뜬금없이 던진 잘했다는, 내 말의 진의를 머릿속으로 계산해보는 것 같았다. 하긴, 그 말이 주말농장을 뜻하는 건지, 아니면 뛰어나왔다는 것을 뜻하는 건지, 나도 구분이 되지 않기는 마찬가지였다. 아니 어쩌면 그 말은 두려움에서 벗어나기 위해 내가 나에게 스스로 던진 것인지도 알 수 없었다.

관리실에서 강행하면 그때는 어쩔 수 없겠죠. 하지만 심은 사람의 아들이 그걸 뽑아버린다면 얼마나 허망하겠어요. 그거야말로 어머니의 가슴에 대못을 박는 짓 아니겠어요?

나는 그의 얼굴을 뚫어져라 쳐다보다가 내 어머니의 이야기를 꺼냈다. 왜 초면이나 다름없는 그에게 누구에게도 꺼내지 않던 이야기를 꺼냈는지는 나도 알 수 없었다. 그러나 그게 술기운 탓이 아니라는 건 분명했다.

나는 밭에서 일하는 어머니를 늘 보아왔다. 볼 적마다 어머니는 호미를 들고 흙과 하나가 된 듯 두렁이나 고랑에 납작 엎드려 있었다. 아버지가 돌아가신 이후 어머니는 골걷이도 갈이질도 혼자 했다. 여름엔 고추와 토마토가 쓰러지지 않도록 지지대를 세우고 잡초를 뽑았고, 감자를 캐고 옥수수를 따왔으며, 가을걷이도 혼자 해냈다. 겨울에도 어머니는 쉬지 않았다. 두엄더미를 마련했다. 냄새나는 것을 왜 그렇게 애지중지하느냐고 물으면 어머니는 늘 이렇게 대답하곤 하였다. 흙도 밥을 줘야 하지 않겠니? 밥 주지 않으면 얼마나 배고프겠니. 너희들은 한 끼만 굶어도 배고프다고, 울며불며 야단을 떨잖니.

나는 그래도 뜻을 이룰 수 없다면 이참에 그만둘 생각이라고 선언하듯 실토했다. 묵묵히 듣고 있던 그는 내가 그 말을 꺼내자 손사래를 쳤다. 그렇게까지 확대되는 건 원치 않는다고 했다. 나는 그게 꼭 그의 어머니 때문만은 아니라고 말했다. 세상은 무엇보다 사람이 먼저가 되어야 하잖아요. 그런데 그게 그렇지 않아요. 언제부턴가 원칙이 사람보다 우위에 섰어요. 나는 그런 것 때문에 오래전부터 회의를 느끼고 있었다고 했다. 그러나 그는 여전히 걱정스러운 눈빛이었다.

소주 한 병을 시켰던 우리는 결국 세 병을 비운 뒤에야 일어났다. 아파트단지 서쪽에 걸린 해는 그때까지도 한 뼘이나 남아 있었다.

누이동생은 밤늦은 시각에 또 전화했다. 왜 또 했느냐고 묻자 동생은 그냥 했다고 대답했다.

왜, 힘드냐?

힘들긴, 순택이가 있는데…….

그럼?

그냥 했다니까.

그래, 걔는 요즘 상태가 많이 좋아졌다면서?

문답은 거기까지였다. 그 아이에 대해 말을 꺼낸 것은 분명 내 잘못이었다. 동생은 내가 순택에게 관심을 보이는 낌새를 보이자 기회를 잡았다는 듯 그 아이 이야기를 시시콜콜 끝도 없이 풀어냈다. 내가 끼어들 틈도 주지 않았다. 내용은 간단했다. 그 아이가 이제는 밭일을 도울 정도로 말귀를 알아듣는 것은 물론이고 외발 수레까지 끈다는 것으로, 결론은 그 아이가 사랑스럽다는 것이었는데, 누이동생은 결론을 말하지 않고 에둘러 갔다. 지난번에 들어 이미 다 알고 있는 것이었으나 나는 중단시키지 않았다. 누이동생의 목소리는 내가 건성으로 추렴을 넣듯 가끔 '그랬어', 또는 '그랬구나' 해주자 더 커지고 빨라졌다. 이번엔 사흘이 멀다고 시커멓게 자라는 콧수염까지 꼭 죽은 제 아버지를 닮았다는 것을 자랑했다. 누이동생이 쥐고 있는 실타래는 과연 얼마쯤 지나야 그 끝을 볼 수 있을까. 티브이 연속극을 보던 아내가 사납게 눈을 흘겼으나 그렇다고 나는 쉽게 끊을 수가 없었다. 그때에야 동생의 가슴 속에 묻어둔 뇌관이 무엇인지 조금 알 것 같았다.

삼월 초이틀. 누이동생은 결국 어머니의 기일에 아내와 함께 꼭 내려오라는 말을 끝으로 전화를 끊었다. 그러나 나는 그 뒤에도 한참 동안 핸드폰을 손에서 내려놓지 못했다. 과연 올해는 아내가 순순히 따라나설까. 어머니가 가신 뒤 일이 년은 따라다녔으나 그 뒤부터 아내는 고향 집에 내려간 적이 없었다. 이번에도 마찬가지일 게 뻔했다.

관리소장이 나를 호출한 것은 다음 날 점심 무렵이었다. 인터폰을 통해 호출이 떨어지자 나는 주머니 속에 넣어둔 사직서를 확인하고 일어섰다. 그러나 이상스럽게도 마음은 홀가분했다.

관리소장이 부른 이유는 내가 예상한 그대로였다. 그는 내가 들어서자 앉으라는 말도 없이 대뜸 형사가 심문하듯 따져 묻기 시작했다.

212

어제 '다'동과 '라'동 사이에 발생한 공유지 훼손 부분을 확인
하셨다고요?

예에, 확인했습니다.

후문 주간 경비원 양성출 씨와 함께 '다'동 이백일 호에 올라가
훼손한 장본인 한예분 씨도 직접 만났고요?

예에, 그랬습니다.

나는 머리를 끄덕거렸다. 강철을 긁는 것 같은 소장의 목소리
가 조금씩 격앙되고 있었다. 어제 양 씨와 나눈 대화의 내용까지
그가 모두 알고 있다는 게 놀라웠으나 나는 모른 척했다. 그가 먼
저 현장을 확인한 뒤에 들었는지, 아니면 확인하기 전에 들었는
지는 알 수 없지만 나는 양 씨가 먼저 찾아와 이실직고했다고 해
도 굳이 그를 탓하고 싶지는 않았다. 그것 또한 그가 세상을 살아
가는 방법일 뿐이니까.

그런데 왜 보고, 보고나 원상복구 시키지 않았지요?

이윽고 목을 꼿꼿이 세운 관리소장이 뱀눈으로 나를 노려보았
다. 나는 잠시 입을 다물었다.

무엇 때문이냐고요?

내가 대답하지 않자 그는 신경질적으로 다그치듯 같은 질문을
반복했다. 육중한 몸통을 움직일 적마다 그가 앉은 회전의자가
곧 부서질 듯 삐걱거렸다.

왜 그랬느냐고요?

노인네의 말이 맞는 것 같아서…….

강 반장님은 이 단지에 몇 세대가 함께 공동생활을 하는지 알고 계세요?

나는 다시 입을 다물었다. 내가 뭐라고 하든지 그의 입에서 그 말이 나왔다는 것은 이미 그의 머릿속에는 이번 일을 어떻게 처리하겠다는, 계산이 서 있다고 봐야 했다. 그가 누구인가. 지난겨울 '아'동 주차장에 쌓인 눈을 일찍 치우지 않았다는 이유로 경비원 손 씨로부터 경위서를 받았고, 그 뒤 독감에 걸린 그가 분리수거 기구를 제시간에 비치하지 않았다는 이유로 사직서를 받은 사람 아닌가. 오직 시간 하나 어겼다는 이유로…….

작년에도 제가 말씀드렸던 것으로 아는데, 다시 한번 알려 드리죠. 경비원이 그와 같은 현장을 확인하고도 보고를 기피, 또는 회피하거나 이를 원상 복구하지 않을 시에는 공동주택법에 의거…….

그는 결국 작년 손 씨에게 했던 것과 똑같은 말을 꺼냈다. 그의 입에서 그 말이 떨어지자 나는 마침내 올 것이 왔다고 직감했다. 피도 눈물도 없는 사람. 그렇다면 그가 더 말을 잇기 전에 이제는 내가 주장을 펼칠 차례였다. 설득은 미지수였다. 그러나 어쨌든 부딪쳐 보기로 작정한 나는 머리를 바짝 치켜들고 달려들 듯 말문을 열었다.

소장님은 흙을 어떻게 생각하십니까?

내 질문을 받자 그는 잠시 얼굴을 찡그렸다. 그러나 그것은 정말 잠깐이었다.

뭡니까? 지금 나에게 그것에 대해 답변하라는 겁니까?

치켜뜬 그의 뱀눈이 더욱 사납게 올라갔다.

그렇습니다. 제가 그곳을 바로 회복시키지 않은 것은 흙의 소중함을 알고 있는 그 노인네가 할 도리를 한 것으로 판단했기 때문입니다.

곧이어 나는 할머니의 입장이 되어 때로는 강경하게, 또는 사정하듯 장황하게 설명을 늘어놓았다. 고향을 떠났지만 잊을 수 없었던 흙에 대한 향수와 그곳에 심은 푸성귀가 자라는 것을 바라보는 재미 등을 섞어서……. 그렇지만 나는 어제 할머니가 했던 말, 즉 땅을 그냥 놀리면 죄짓는다는 말은 꺼내지 않았다. 그 말은 해봤자 그가 이해하지 못할 게 뻔하기 때문이었다.

그래서 드리는 말씀인데, 기왕 나이 든 노인네가 심은 건데 첫 이파리 딸 때까지만이라도 우리가 한번 눈감아 줄 수는 없을까요?

나는 주머니 속의 사직서를 만지작거렸다. 거기까지 가지 않으면 물론 다행이겠지만 가더라도 그 파릇파릇한 것들만큼은 꼭 지켜주고 싶었다.

뭐요? 그걸 지금 말이라고 하는 겁니까? 정말 본인이 꼭 그걸 원한다면 아파트 생활을 청산하면 될 일 아닙니까. 우리나라에 그런 것 심을 땅은 얼마든지 있어요.

그의 목소리가 갑자기 높아졌다. 입술이 파르르 떨렸다. 그러나 나는 놀라지 않았다. 계속 말을 이어갔다.

소장님도 상추와 고추 먹지 않습니까? 그러니까…….

강 반장님, 지금 나를 교육 시키는 겁니까?

그가 주먹을 들어 책상을 힘있게 쳤다. 쾅, 하는 소리가 나자 관리소에 있던 직원들의 눈길이 모두 나에게 쏠렸다.

소장과의 대화는 거기까지였다. 몇 번 더 사정을 거듭했으나 그는 내 말을 들으려고도 하지 않았다. 그렇다면 나도 구차스럽게 설명을 더 늘어놓고 싶지 않았다. 나는 그의 앞에 사직서를 조용히 내려놓았다. 순간, 아내의 사나운 눈총과 지난 8년의 세월이 나를 붙잡았으나 나는 더 이상 그로부터 흙의 소중함을 무시당하는 것을 지켜보고 싶지 않았다. 다만 내 사직서가 뒷날에라도 그에게 어떤 깨달음을 주기 바랄 뿐이었다. 그만큼 그것은 내 자존감이나 다름없었다. 그는 이게 뭐냐, 또는 도로 집어넣으라는 등의 인사치레 같은 뒷말도 내뱉지 않았다. 나는 사직서를 펼쳐 든 그의 목젖이 잠깐 아래위로 움직이는 것을 보고 돌아섰다.

두어 평짜리 경비실은 여전히 낯설지 않았다. 어디를 둘러봐도 낯선 것은 아무 데도 없었다. 오른쪽에 흠집이 난 철제책상과 책꽂이에 꽂힌 서류철, 그리고 혼자 눕기에도 빠듯한 갈색 간이소파, 월별 행사 계획이 기록된 게시판, 인터폰, 각 라인 출입구

열쇠가 주렁주렁 매달려 있는 목판 등등……. 그런데 내 눈에는 그 모든 게 갑자기 낯설 게 느껴졌다. 사물함을 정리하던 나는 문득 그동안 내가 다른 사람의 삶을 살아온 것 같다는 느낌이 들었다. 여태껏 나 아닌, 다른 사람의 옷을 내 것인 양 입고 우쭐대며 다닌 것 같은…….

정문을 나서면서 이번엔 내가 먼저 누이동생에게 전화를 걸었다. 그러나 동생과의 통화는 연결이 금방 되지 않았다. 몇 번 더 시도했으나 번번이 실패였다. 밭에 나갔나……. 결국 동생과의 통화는 내가 버스정류장에 도착할 무렵이 되어서야 이루어졌다. 예상했던 대로 동생은 밭에 나가 모종에 물을 주고 왔다고 했다. 정성스럽게 물을 주지 않으면 이 녀석들은 금방 시들어버려요, 오빠. 그러나 이번엔 내가 동생이 말할 틈을 주지 않았다. 나는 거두절미하고, 내가 기거할 방 하나를 마련하라고 말했다. 며칠이나 묵어갈 거냐는 동생의 물음에 나는 오래, 아니 어쩌면 너무 오래어서 네가 지겨워할 때까지 살게 될지도 모르겠다고 일러주었다. 말끝에 그곳에서 어머니 냄새, 어머니처럼 흙냄새를 맡으면서 살고 싶다고 덧붙이자 동생은 뭐가 좋은지 깔깔거렸다. 알았어, 오빠. 오빠가 온다면 나는 대환영이야. 순택이 쟤도 큰외삼촌이 온다고 하면 무척 좋아할 거야.

다행히 동생은 아내에 대해서는 묻지 않았다.

전광 안내판은 089 마을버스가 도착하려면 8분 더 기다려야 한다고 가리키고 있었다. 바쁜 시간대가 아닌 탓일까, 버스를 기다리는 사람들은 많지 않았다. 길 건너편으로 낯익은 간판들이 보였다. 행복미용실, 파리바케트, 노랑통닭, 김밥천국, 권약국…… 나는 그것을 훑어보면서 언제 다시 이 거리를 지날 수 있게 될까, 생각했다. 그때였다. 소방차 몇 대가 요란한 소리를 내면서 줄지어 도로를 빠르게 지나갔다. 그러자 그 뒤를 이어서 어디선가 봄바람이 살랑살랑 불어왔다. 아직은 이른 계절이지만 바람에서는 차가운 기운이 조금도 느껴지지 않았다. 그보다는 오히려 따뜻하고 부드러운 기운이 돌았다. 정류장에 서서 버스를 기다리는 동안 그 바람은 계속 내 등을 어딘가로 자꾸 떠미는 것 같았다.

부끄럽지 않은 사랑

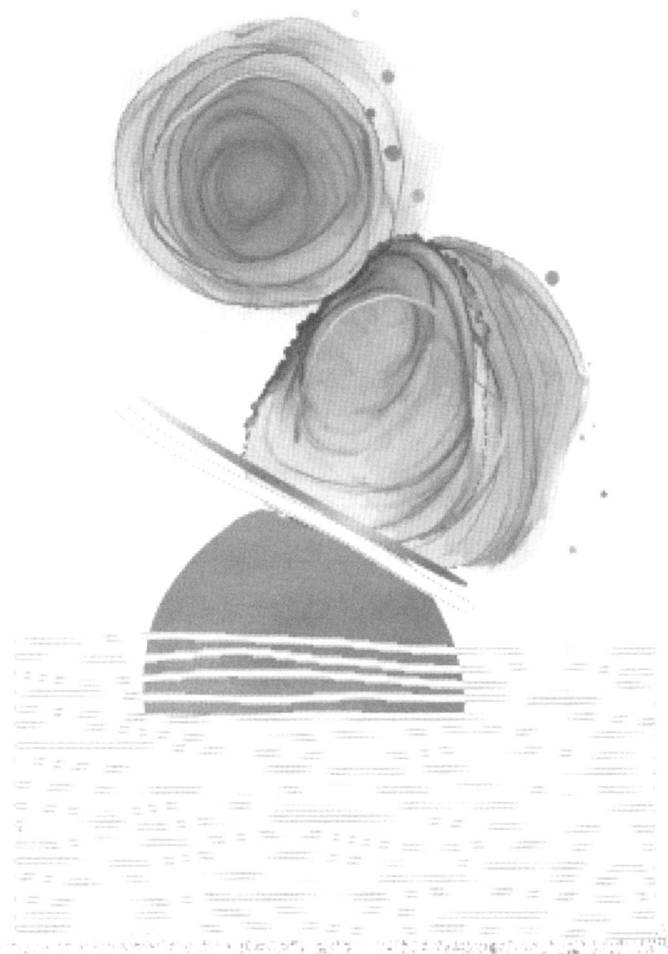

1

아들은 에둘러가지 않았다. 1,300여 명의 종업원을 거느리고 있는 기업체 대표답게 식탁에 앉자마자 어젯밤 내가 전화로 통보한 것을 곧바로 끄집어내었다.

아무래도 다른 사람들의 이목도 있고, 또 아버님 체면을 생각해서라도 그건 좀 다시 생각하시는 게…….

커피 한 모금으로 입술을 축인 나는 아들의 얼굴을 찬찬히 뜯어보았다. 그래서 그럴까. 아들은 잠도 제대로 자지 못한 듯했다. 밤새 그 문제를 놓고 혼자 씨름한 듯 가뜩이나 마른 얼굴이 더 꺼칠해 보였다. 하긴, 아닌 밤중에 홍두깨라고 몇 달 만에 전화를 걸어 뜬금없이 이제부터 그 여자와 사귀기로 했다고 통보했으니 아들로서는 그럴 만도 했다.

그러니까 그걸 말리려고 이 식전에 찾아온 거냐?

말하자면 그렇지요…….

넌 아직도 이 아비가 늙어서 주책 떤다고 생각하냐?

나는 아들을 똑바로 쏘아보았다. 아들은 내 시선을 피한 채 고개를 돌렸다. 나는 아들의 얼굴에서 그 속내를 충분히 짐작할 수 있었다. 그는 만약 이 일을 처가 쪽이 알게 되면 얼굴을 어떻게 쳐들고 다닐까, 근심하고 있는 게 분명했다.

아들이 내 집을 찾은 것은 몇 달만이었다. 아내가 살아 있을 적에는 그래도 한 달에 한 번 정도 며느리와 함께 얼굴을 비추곤 하였으나 내가 혼자 살게 된 뒤부터는 그것조차 끊어진 상태였다. 어쩌다 꼭 필요할 때, 즉 생일이나 명절이 되어야 부부가 함께 얼굴을 내미는 게 고작이었다. 그러다 보니까 어쩌다 주고받게 되는 통화 또한 서로 필요할 때만 하게 되었고, 그럴 적에도 필요한 말만 하는 사이가 되어 있었다. 그래도 나는 아들을 원망하거나 질책하지 않았다. 바쁜 세상에서 바쁘게 살다 보면 그럴 수도 있다고 여겼다. 더구나 장인 소유의 회사이긴 하지만 대표인 만큼 다른 사람들의 눈도 의식해야 하지 않겠는가. 그런 까닭에 나는 다달이 보내주는 생활비만도 고맙게 여겼다.

잠시 뒤 아들이 다시 입을 열었다.

저희를 봐서라도…….

그게 너희한테 그렇게 흠이 되냐?

그럼요. 남들이 알면 뭐라고 하겠습니까. 더구나 처가 쪽에서 알게 되면…….

아들은 난감한 표정을 지었다. 하지만 아들은 하고 싶었던 본론을 어렵잖게 꺼냈다. 나도 그걸 우려하지 않은 것은 아니었다. 사돈뿐만이 아니라 문단도, 친지들도 이를 알게 되면 나를 어떻게 볼 것인가, 생각해 보았다. 왜 생각이 없었겠는가. 그러나 정작 아들의 입에서 그 말이 떨어지자 나는 갑자기 화가 치밀었다. 왜 자식들의 마음속에 나라는 존재란 없는 걸까.

하지만 나는 목소리를 높이지는 않았다. 목소리를 높이면 자칫 말싸움으로 번질 수도 있겠다고 판단한 탓이었다. 물론 이 문제는 그녀가 말한 대로 설득이 필요 없는 것이기는 하지만…….

그렇다면 십 년이 넘도록 혼자 사는 이 아비는 생각해 보지 않았냐?

내 물음에 아들은 대꾸하지 않고 머뭇거리다가 다시 엉뚱한 질문을 던졌다.

소아마비를 앓은 여자라면서요?

그래, 그건 내가 어제 얘기했잖아. 왼쪽 다리가 좀 불편하다고.

그래도 괜찮다는 말씀이세요?

그게 무슨 상관이냐. 그래도 그 사람 중학교 교사 생활을 모범적으로 마치고, 지금은 학원까지 운영하는 사회인이야. 아들 둘도 다 아주 훌륭하게 길렀어. 오히려 성한 사람들보다 더 건강해. 너, 몸뚱이만 건강하면 다 정상인이라고 생각하니? 그건 착각이야. 몸뚱이가 멀쩡해도 정신질환을 앓고 있는 현대인들이 이 세상에 얼마나 많냐. 더 말해 줄까?

나는 더 이야기하려다가 아들이 머리를 흔드는 것을 보고 입을 닫았다. 사실 그녀에 대해 자랑을 늘어놓자면 그것만이 아니었다.

너, 지금까지 그런 편견을 갖고 살았냐? 그렇다면 당장 버리도록 해라.

나는 아들의 얼굴을 건너다보다가 문득 소녀처럼 깔깔거리는 그녀의 얼굴이 떠올랐다. 그녀가 던져준 숙제를 풀기 위해 지금 내가 아들과 입씨름하고 있다는 걸 알면 뭐라고 할까. 초겨울에 접어들었다고는 하지만 맵찬 바람이 부는 날인데 원장실엔 난방이나 제대로 작동이 될까.

처음 만난 날, 그녀는 자신의 이름을 이영숙이라고 말하고는 픽, 웃었다. 나는 조금 뒤에야 그녀가 왜 웃었는지 알 수 있었다. 촌스럽지요, 이름. 그녀가 말하면서 나를 돌아보았지만 나는 웃지 않았다.

촌스럽기는, 예쁘기만 한데요. 옛날에는 다 이름 그렇게 지었잖아요?

나는 그러나 말은 그렇게 했어도 그녀가 자기 이름을 촌스럽게 여기지 않는다는 것을 곧 알게 되었다. 모자로 머리를 덮고 있었으나 다 가리지는 못해서 귀밑머리가 허옇게 드러난 그녀는 자신을 가리켜 자랑하듯 영숙이라고 불렀다. 이영숙, 이영숙이가 할게, 그건. 그녀가 그럴 적마다 동석했던 다른 수강생들이 모두 이상하다는 듯 입을 크게 벌리고 웃었으나 그녀는 상관하지 않았다. 한 가지 이상한 점은 그런데도 불구하고 한 학기가 다 지나가는 동안 내가 어떻게 그녀의 이름 석 자를 몰랐을까 하는 것이었는데, 물론 6개월이 지나는 동안 그녀의 이름을 몰랐다는 것은 순전히 내 책임이라고 할 수 있었다. 그러나 한편으로는 그녀가 그만큼 내 눈에는 띄지 않았다는 것도 되었다.

H 문화센터의 소설 창작 교실은 봄 학기를 시작할 때는 모두 40여 명이 조금 넘었다. 그러나 중도에 그만둔 사람이 늘어나 종강 때까지 완주한 사람은 겨우 20여 명 남짓밖에 되지 않았다. 그러니까 그날은 완주한 수강생들이 모여 서로 자축하는 쫑파티 자리였다.

장소는 인근의 한식당이었는데 내가 들어섰을 적에는 몇 개의 4인용 식탁을 길게 붙인 자리에 수강생들이 벌써 자유롭게 앉아 사담을 나누고 있었다. 나보다 조금 늦게 도착한 그녀는 내 옆자리가 비었다는 것을 알고는 주저하지 않고 앉았다. 나중에 물었을 때 그녀는 비어있는 곳이 그곳밖에 없어 앉게 되었다는 것으로, 그건 정말 우연이었다고 했다. 그러나 내 귀에는 꼭 그렇게 들리지 않았다. 딱 부러질 만큼 매사에 당당한 그녀의 성격상 작심한 것 같기도 했다.

아무튼 그날 나는 처음으로 그녀를 자세히 살펴볼 수 있었다. 첫눈에 비친 그녀는 모든 게 작았다. 키도 작았고, 반무테안경을 낀 얼굴도 작았으며, 젓가락을 집은 손도 어린아이처럼 작았다. 작지 않은 것은 목소리 하나였다. 40년 가깝게 교사로 재직한 탓일까, 뱉어내는 말 한마디 한마디가 강하고 컸다. 끊고 맺음도 분명했다. 그렇지만 수인사만 건넸을 뿐, 그곳에서는 앞에 앉은 다른 수강생의 질문에 답해 주느라 그녀와는 정작 이렇다 할 만한 대화를 나누지는 못했다.

그날 나는 조금 취했다. 맥주 세 병이 넘으면 손사래를 칠 정도의 주량인데 수강생들이 따라주는 대로 받아 마시다 보니까 그날은 나도 모르게 그 정도를 넘기고 말았다. 그렇지만 정신을 가누지 못할 만큼 취한 것은 아니어서 택시를 타면 집에 갈 수는 되었다. 그래서 그녀가 집에 데려다주겠다고 나섰을 적에도 처음엔 마다했다. 하지만 그녀는 고집을 꺾지 않았다. 그러니까 정작 그녀와 단둘이 이야기를 나눌 수 있게 된 것은 그녀의 차에 오른 뒤부터였다.

처음엔 소설 창작에 관한 것으로 시작되었다. 그것 역시 대부분 그녀가 물으면 내가 대답하는 형식으로 진행되었는데, 그녀는 소설 창작을 배우겠다고 작심하게 된 게 자신이 걸어온 삶을 소설로 써보고 싶었기 때문이라고 했다. 그러다 보니까 우리는 어느새 그녀가 살아온 개인적 삶과 내가 처한 현재의 입장까지 주고받게 되었다. 왜 그랬는지는 나도 알 수 없었다. 지금 생각하면 문학의 자양분이 체험이라는 것을 강조한 게 잘못이라고 할 수 있는데, 그것 역시 술 탓인지도 모를 일이었다.

그렇게 보니까 우리 두 사람은 공통점이 많네요.

아니요, 달라요. 선생님은 사모님과 사별했지만 저는 이혼했으니까요.

그건 그렇지만, 혼자 산다는 것만 놓고 본다면…….

그래도 그녀는 동의하지 않았다. 10여 년과 30여 년의 시간적 차이는 엄연히 다르다는 것이었다. 그녀가 머리를 흔들 적마다 상긋한 샴푸 향기가 콧속으로 스며들었다. 나는 오랜만에 맡아보는 그 냄새가 싫지 않았다.

내가 완강히 버티자 아들은 더 할 말이 없는 듯 자신의 가정과 회사 이야기로 말머리를 돌렸다. 수입 원가가 올라서 큰일이라는 것과 소비 패턴이 바뀌어 가는 만큼 시급한 게 신상품 개발인데 따라가지 못한다는 것, 유학에서 돌아온 손자 이야기, 병원에 입원해 있는 장인의 병세가 갈수록 더 나빠진다는 것 등등…….나는 잠자코 듣고 있었다. 그것쯤이야 이미 다 아는 사실 아닌가.

나는 그녀에 대한 것이 아니라면 구태여 대꾸할 필요가 없다고 생각했다. 내가 대꾸하지 않자 아들은 식은 커피를 마저 비우고는 일어섰다.

왜, 벌써 가게?

예, 출근 시간이 되어서요. 자칫하면 길이 막히거든요.

아들의 회사는 수원 쪽에 있었다. 가려면 승용차로도 족히 한 시간은 넘게 걸리는 거리였다. 나는 말리지 않았다. 아들이 현관을 빠져나가자 나는 나도 모르게 안도의 한숨을 길게 내쉬었다. 그러나 시간이 될 때 다시 얘기하자는 아들의 뒷말이 앙금처럼 남아 마음을 무겁게 눌렀다.

2

소설가들이란 모두 그런가. 전 선생은 그날도 체크무늬 난방, 깃이 구겨지고 끝이 말려 올라간 것을 그대로 입고 나왔다. 면도하지 않아 텁수룩한 얼굴에 끼고 있는 까만 뿔테 안경이 유난히 커 보이는 그는 그러나 아무렇지 않은 듯 구석 자리에 앉은 영숙을 발견하자 성큼성큼 다가왔다. 학원 근처까지 오게 해서 미안했던 영숙은 그의 발걸음이 가볍다는 것을 느끼자 마음이 조금 놓였다. 초겨울 날씨인데도 그는 앉자마자 아이스아메리카노가 어떠냐고 물었다. 영숙은 내키지 않았으나 머리를 끄덕거렸다.

아이스아메리카노. 그는 언제나 그것을 주문하고 즐겨 마셨다. 그런데 이상스러운 것은 그렇듯 나이에 어울리지 않게 천진해 보이는 선생이 그녀는 싫지 않았다. 그럴수록 오히려 더 사랑을 느꼈다. 노인답지 않게 쏟아내는 그의 작품들이란 모두 그런 속에서 나오는 것 아니겠는가.

잘 지냈어요?

전 선생이 웃으면서 묻자 영숙도 전염이 된 듯 따라 웃었다. 이제 겨우 사흘밖에 지나지 않았는데 무슨 일이 있었겠느냐고 되묻고 싶었으나 꾹, 눌렀다. 그것보다 그녀는 그날 던져준 숙제에 대한 대답이 더 궁금했다.

제가 드린 말씀, 결과 어떻게 되었어요?

반란이요?

왜 반란이라고 자꾸 그러세요? 반란이 아니라니까요.

영숙은 선생을 건너다보며 눈을 찡그렸다. 그날도 맥주 서너 병 마시고는 사랑을 남발하더니, 혹시 그걸 잊은 것은 아닐까. 그녀는 내려앉는 가슴을 진정시키기 위해 빨대가 꽂혀있는 투명플라스틱 컵을 들고 아이스아메리카노를 한 모금 힘껏 빨았다. 그러자 우려하던 대로 찬 게 닿은 어금니가 다시 쑤시기 시작했다.

그런데 왜 선생은 그것을 지금도 반란이라고 말할까. 그게 어째서 반란이란 말인가. 그녀는 가슴이 답답했다. 그녀는 숨는 게 싫었다. 누구 앞에서나 당당하고 싶었다. 31년 전 남편과 이혼한 뒤부터 그녀는 늘 그것을 가슴에 새기고 살아왔다. 그러나 아니었다. 그날도 그녀가 그 말을 꺼냈을 때 선생은 헤실헤실 웃으면서 그것을 농담으로 받으려고 했다. 영숙은 그날처럼 정색을 한 채 다시 설명했다.

반란은 내란을 의미해요. 그런데 우리 사이는 정상이잖아요. 다만 세상이 우리 같은 사람들의 사랑을 그렇게 인식하지 않는다는 것이 문제지요. 왜, 젊은이들은 보란 듯 떳떳이 사랑해도 되고, 우리는 그렇게 하면 안 되죠?

그녀의 목소리가 조금 높아졌다. 그러자 선생도 얼굴에서 웃음기를 거두었다.

내가 그걸 잊어버렸을 것 같아요? 말씀대로 숙제 다 했으니까 걱정 내려놓아요.

선생은 자랑하듯 자신이 그것 때문에 며칠 바빴다는 것까지 덧붙였다. 그래서 들어서는 발걸음이 가벼웠는가, 영숙은 비로소 찡그렸던 얼굴을 풀었다. 그러면 그렇지, 그가 누구인가. 소설가 아닌가. 그것도 문단에서 행동거지가 바르기로 소문난……. 그녀는 그가 갑자기 자랑스러웠다. 카페에 사람들이 없다면 젊은이들처럼 당장 달려들어 뺨에 한바탕 뽀뽀라도 해주고 싶었다.

아이스아메리카노 몇 모금을 빨대로 급히 빨던 선생이 이윽고 그동안 있었던 일들을 학생이 숙제를 보고하듯 소상히 설명하기 시작했다.

의외로 딸아이는 잘 알아듣더라고요. 사실 내심 제일 걱정했는데……. 축하한다는 말까지는 못 하지만, 아빠도 이젠 아빠의 삶을 찾을 때가 되었다고 하던데요? 근데 아들은 달랐어요. 어찌나 꼬치꼬치 따지고 캐묻던지, 한참 진땀을 뺐어요.

그쯤은 우리가 이미 예상했던 거 아니에요?

영숙은 다시 쿡쿡, 쑤시는 어금니 탓에 자신도 모르게 왼손을 턱밑으로 가져갔다. 치과에 가지 못한 게 후회스러웠다. 내일은 꼭 예약하리라, 그녀는 눈을 크게 떴다.

아들은 자기 입장만 고집하더라고요.

그래서요?

그래서 제가 따졌죠. 십 년 넘게 혼자 사는 아비는 생각해 보지 않았느냐고.

선생은 머리를 긁적거렸다.

영숙은 귀를 쫑긋 세웠다. 여기저기에서 들려오는 와자한 소리와 콩콩 뛰어다니는 비트 음악이 가뜩이나 나지막하고 느린 그의 말을 가로막곤 하였다. 그녀는 그것 또한 학원 앞이라는 편의성만 생각하고, 다른 점은 고려하지 않은 자신 잘못이라고 생각했다.

그래서요?

그랬더니 어제는 아침 일찍 기별도 없이 찾아왔더라니까요.

선생님 댁으로요?

아마 제 딴에는 담판을 짓겠다고 찾아온 것 같아요. 그렇지만 그게 어디 될 법이나 한 소리입니까? 공연히 헛수고만 하고 돌아갔지요.

통보인데, 선생은 혼잣말처럼 같은 말을 몇 번 반복하며 아이스아메리카노가 반쯤 담겨있는 투명플라스틱 컵을 들었다. 영숙은 비로소 가슴을 쓸어내렸다. 쑤시던 어금니도 어느새 가라앉은 것 같았다.

다음에 또 아드님이 그렇게 반대할 땐 제가 나서서 도와드릴게요.

그녀는 정말 그럴 생각도 하고 있었다. 자신이 숙제를 던졌을 때 선생의 성격상 정말 그것을 완수할 수 있을까, 의구심이 일었던 것도 사실이니까.

전 선생이 더듬거리면서, "대화 상대가 필요하거나 울고 싶거나 외로울 때는 저를 부르세요. 그러면 제가 곧바로 달려갈게요. 우리 서로 그렇게 해요"라고 말했을 때 영숙은 잠시 망설였다. 혹시 과음한 탓에 즉흥적으로 뱉어내는 말은 아닐까, 생각했다. 그러나 그의 강렬한 눈빛을 보고는 머리를 끄덕거리고 말았다.

쫑파티가 끝나고 데려다주는 길에 그녀는 전 선생에게 다음 강의는 신청하지 않겠다고 선언했다. 그 말을 듣자 선생은 술이 많이 취했으나 서운한 기색을 감추지 않았다. 하지만 곧이어 그

녀가 그 대신 혼자 배우고 싶은데 가르쳐줄 수 있겠느냐고, 조심
스럽게 입을 열자 선생의 얼굴은 다시 펴졌다. 그녀는 그의 솔직
한 감정 표현이 마음에 들었다.

재능은 있는 것 같다면서요?

그야 물론……

왜, 싫으세요?

그녀가 되묻자 선생은 머리를 흔들었다.

왜 갑자기 그런 생각을 했는지는 그녀 자신도 모를 일이었다.
그러나 그렇게 내뱉고 나자 정말 잘했다는 생각이 들었다. 소뿔
도 단김에 빼랬다고, 선생이 머리를 주억거리자 이번엔 요일과
시간까지 아퀴를 지었다. 일주일에 한 번, 금요일 오후 7시. 장소
는 카페에서 만나 지도받기로 했다. 학원에도 공실은 있었으나
다른 사람들의 이목과 또 선생이 유독 낯을 가린다는 점을 고려
한 까닭이었다.

하지만 그때에도 영숙은 선생과의 사이가 이렇게 진전될 것이
라고는 상상하지 못했다. 수업은 그녀가 써온 작품을 선생이 첨
삭 지도하면서 덧붙여 이론 등을 가르치는 형식으로 진행되었는
데, 어느 때는 한 시간, 또는 그보다 더 짧게 끝나기도 하였다. 그
다음에는 식당으로 자리를 옮겨 식사와 함께 그가 즐기는 술을
곁들이는 게 순서였다. 그의 주량은 대략 맥주 세 병이었다. 거기
까지는 괜찮았다. 그러나 그 정도가 넘으면 눈이 풀리고 혀가 꼬

였다. 어느 때는 몸도 제대로 가누지 못했다. 나이 탓일까. 그것을 간파한 그녀는 그 이상 넘어갈 적에는 양팔을 벌려 말렸다. 그러나 소용이 없었다. 선생은 일단 발동이 걸리면 다섯 병이고, 여섯 병이고 막무가내로 마셔댔다. 마치 외로움을 잊기라도 하겠다는 듯이. 그렇지만 그녀는 선생이 술 마시는 게 딱히 싫은 건 아니었다. 취중에 내뱉는 그의 지난날의 궤적을 듣는 게 좋았다. 그래서 어떤 때는 먼저 술을 주문하기도 하였다. 죽은 아내와의 연애 이야기, 문학을 공부하던 시절의 치열함. 그녀는 그의 이야기를 듣는 중간중간에 자신이 걸어온 삶도 후렴처럼 늘어놓았다. 이십 대 후반 무렵 한눈에 반해 결혼한 사람과 5년도 살지 못하고 헤어진 뒤 남은 두 아들을 혼자 키우면서 버둥대던 나날들……. 눈물겨운 날들이었으나 시간이 지나니까 그것도 웃으면서 풀어놓을 수 있었다. 선생은 그 이야기를 들으면서 그녀보다 더 가슴을 두드렸다. 그랬군요. 그렇게 어려운 시절을 용케도 흔들리지 않고 잘 견디어 내셨군요. 영숙은 지난했던 그녀의 삶을 들어주고 이해해주는 사람이 존재한다는 게 눈물이 날 만큼 고맙고 반가웠다.

그러니까 그날도 그런 셈이었다. 선생이 어눌하게 입을 열자 그녀는 다음 날 다시 이야기하자고 처음엔 미루었다. 하지만 그는 그녀의 말을 귓등으로도 듣지 않으려고 했다. 어린아이처럼 당장 대답해 달라고 떼를 썼다. 예스냐, 노냐……. 결국 그의 떼

거지에 진 그녀는 단서 하나를 달고는 끄떡거리고 말았다.

그렇다면 부끄럽지 않게 가족들에게 공개해요, 우리 사이를.

그녀가 말하자 그는 뛸 듯이 기뻐했다. 거절하면 어떡하나, 걱정했다는 것까지 토로했다. 그리고는 그녀가 제시한 것을 가감 없이 그대로 받아들였다.

정말 할 수 있겠어요?

물론이에요.

그가 기뻐하니까 그녀도 덩달아 기뻤다. 갑자기 하늘을 둥둥 떠다니는 것 같은 기분이었다. 이게 얼마 만에 느끼는 감정인가. 그녀는 갑자기 눈물이 났다. 30여 년 전에 모두 빠져나간 줄만 알았던 핑크빛 감정이 아직 가슴안에 남아있었다는 게 놀라웠다. 도대체 그게 어디 숨어 있었을까.

선생님, 그럼 이제부터 우리 떳떳하게 사귀어요. 후회 없이요.

그럼요, 그럼요.

나이가 있으니까 더욱 아낌없이, 아셨죠?

그는 머리를 크게 끄덕였다.

그것은 사실이었다. 아무리 백세시대라고는 하지만 일흔여덟이면 결코 적은 나이가 아니었다. 예순넷인 자신의 나이도 적은 게 아니지 않는가. 누가 들으면 주책이라고, 노망이 들었다고 할 수도 있었다. 그러나 그녀는 머리를 흔들었다. 어렵게 찾아온 선생과의 관계를 사회적 통념으로 비난받을 수는 없다고 생각했다.

이건 부끄러운 게 아니에요. 그러니까 누구의 허락을 받을 필요도 없어요. 그냥 일방적으로 알리기만 하면 돼요. 이제부터 우린 이렇게 사귀기로 했다, 하고요.

알았어요.

우리의 사이를 부끄럽게 여기는 사람들의 사고가 오히려 부끄러운 거예요.

그날 그녀는 지금까지 마음에 두고 있던 말들을 꺼내놓으며 선생의 손을 꼭 잡았다. 선생의 손은 의외로 크고 따듯했다.

저녁 늦게 학원을 끝낸 영숙은 파리바케트에서 초코케이크를 하나 사 들고 집으로 향했다. 둘째 아들의 서른세 번째 생일인 까닭이었다. 아들은 벌써 퇴근한 뒤 기다리고 있었다. 직장 관계로 외국에 출장 간 첫째 아들이 함께 자리하지 못하는 게 불만이었으나 아들은 개의치 않는 얼굴로 반겼다.

엄마가 좀 늦었지?

아니에요.

케이크에 촛불을 꽂으며 묻는 영숙을 향해 아들은 머리를 흔들며 웃었다. 생일 축하해. 정말 어려운 시절을 잘 견디어줘서 고마워. 생일 축하 노래는 다 같이 불렀다. 케이크를 잘라 접시에 담아주자 아들은 기다렸다는 듯 포크를 들었다. 한동안 게걸스러울 정도로 케이크를 먹던 아들이 물었다. "근데, 엄마는 그 어른의 어디가 그렇게 맘에 들었어요?” 영숙은 아들로부터 그 질문을 받자 문득 정말 어디가 그렇게 좋았을까 따져보았다. 그러자 딱히 꼭 집어 이거다 할 점이 없다는 것을 깨달았다. 그냥 모든 게 다 좋았다. 텁수룩한 생김새나 털털한 옷차림은 늘 괴죄죄해 보여도 그 속에는 일평생 쌓아온 작가 정신이 올곧게 꽉 들어차 있었다. 또한 거기에서 탄생하곤 하는 작품은 더 말할 나위도 없었다.

답해 주지 않으실 거예요?

입 주변에 허옇게 묻은 케이크 자국을 냅킨으로 닦으며 아들이 재촉했다.

글쎄…….

그게 뭐예요?

뭐랄까. 아, 그래. 그 사람은 늘 겸손해. 나하고는 나이 차이가 많은 데도 언제나 존댓말을 써. 나지막한 목소리도 늘 숨처럼 부드러워. 나처럼 소리 내어 웃지도 않고…….

그렇담 엄마하고는 정반대네요?

영숙은 부정하지 않았다. 그리고 보니까 정말 그렇다는 걸 처음 깨달았다. 티브이에서는 내일 날씨가 영하 20도에 육박할 것이라고 예보하고 있었다. 그녀는 문득 아들이 태어나던 날을 떠올렸다. 그날도 몹시 추웠다. 산고 끝에 분만하고 지쳐 누워있었으나 남편은 다음날까지도 모습을 드러내지 않았다. 그런데도 그녀는 야속하다는 생각보다는 날씨가 몹시 추운데 어디에 있나, 걱정하고 있었다.

우리한테는 언제 인사할 기회를 주실 거예요?

글쎄…….

또, 글쎄예요?

영숙은 웃음으로 대답했다. 즉답을 피했으나 큰아들이 돌아오는 대로 선생을 한번 집으로 초대하여 아들들에게 인사를 시킬 생각은 하고 있었다. 다만 그것을 아들에게도 선생에게도 아직 밝히지 않았을 따름이었다.

3

요즘 들어 청탁받은 원고를 쓸 적마다 나이가 들었다는 게 절실하게 느껴졌다. 칠십이 넘은 우리나라 소설가들의 작품 발표가 뜸한 이유를 비로소 알 것 같았다. 그런 현상은 원고 마감 날이 가까워질수록 더욱 두드러졌다. 그날도 그랬다. 단편소설 한 편을 쓰기 위해 사흘 동안 거의 날밤을 새우다시피 했는데도 절반 분량을 넘기지 못한 상태였다.

커피포트에 물을 올린 뒤 식탁 의자에 앉아 훤히 밝은 바깥을 내다보며 잠시 혼미한 정신을 수습하고 있을 무렵이었다. 진동으로 장치해둔 핸드폰이 푸르르, 떨어댔다. 설마하니 이 시간에 편집장이 독촉 전화를 할 리는 없을 터이고, 그럼 누굴까. 혹시 그녀일까? 긴장한 채 폴더를 연 나는 뜻밖에도 발신인이 며느리라는 것을 알고 깜짝 놀랐다. 며느리로부터 문자 메시지를 받아본 게 도대체 몇 년 만인가. 그러나 기쁜 것은 잠깐이었다. 오늘 10시쯤 찾아뵈어도 되겠느냐는 문자는 가뜩이나 잠을 자지 못해 침침해진 눈을 크게 뜨게 했다. 찾아오겠다는 목적이 무엇일까. 잠시 골똘히 생각하던 나는 문득 며칠 전 아들이 다녀가면서 던진 말이 떠올랐다. 뒷날 다시 이야기하자는……. 그렇다면 그것에 대한 연장선상으로 봐야 하지 않을까. 그렇다면 그녀와의 교제를 막기 위해 이번엔 아들이 며느리를 부추겨 대타로 내세운 것이라고 할 수 있었다.

용의주도한 녀석, 그쯤 이야기했으면 이해할 일이지, 며느리까지 내세워? 나는 입맛이 썼다. 그렇다고 찾아오겠다는 며느리를 박절하게 거절할 수도 없는 일이었다. 아침 식사를 거르지 말라는 그녀의 말도 잊은 채 나는 부랴부랴 샤워부터 서둘렀다.

며느리는 평소 깔끔한 성품대로 시간도 잘 지켰다. 정확히 10시에 초인종을 눌렀다. 그런데 아파트 현관을 들어선 사람은 며느리 혼자만이 아니었다. 미국에 유학 갔다가 올해 초 귀국한 손자도 함께 들어섰다. 나는 먼저 오랜만에 보는 손자가 반가웠다. 그의 얼굴을 보자 조금 전까지 머리를 어지럽게 하던 걱정은 온데간데가 없었다.

그러나 며느리는 차분하고 냉정했다. 들고 온 밑반찬 몇 개를 냉장고에 넣은 며느리는 손자와 함께 소파에 앉으며 미처 반가움이 가시기도 전에 아들과 똑같이 찾아온 목적을 털어놓았다.

올봄에 애를 결혼시키려고 해요. 신부 될 아이는 미국에서 사귀던 앤데, 만나보니까 제법 똑똑도 하고 참해서 그냥 허락했어요. 집안 형편이 조금 기운다는 게 내키지는 않지만, 어쩌겠어요, 자기들이 좋다고 야단들인데……. 아버님께는 나중에 별도로 인사드리도록 할게요. 그래서 아버님께 그 소식도 알릴 겸 또 간곡히 드릴 말씀도 있고 해서…….

며느리의 나지막한 어조는 걸치고 온 은빛 밍크코트만큼 부드러웠다. 그러나 나는 그 속에서 맵고 차갑게 부는 한겨울철의 바람 소리를 들었다.

그래서 드리는 말씀인데요. 며느리는 티브이가 놓인 가구 윗벽에 걸려 있는 아내의 사진을 올려다보면서 차분하게 말을 이어갔다.

그 여자와의 관계를 정리하면 안 되겠어요?

나는 손자를 돌아보았다. 손자는 탁자 위에 놓인 감귤을 까서 입안에 털어 넣고 있었다.

왜, 그게 너희 사는 데 걸림돌이 되냐?

그럼요, 아버님.

민망스럽냐?

그렇지요.

며느리가 머리를 돌렸다.

애 아빠의 사회적 체면도 그렇고, 곧 사돈이 될 이 아이 처가도 그렇고, 또 저희 친정에도 그렇잖아요. 걸리는 데가 어디 한두 군데라야 말이지요. 물론 아버님의 처지가 외롭다는 것은 잘 알아요. 모두가 저희 불찰이에요. 죄송해요. 그렇지만 지금까지 혼자서 잘 해오셨잖아요. 저희는 아버님이 쌓아오신 작가로서의 명망을 늘 자랑하며 살거든요.

며느리의 말을 한 귀로 흘리면서 나는 문득 그녀를 떠올렸다. 그녀라면 지금의 이런 상황을 어떻게 풀어낼까. 감기 기운이 있다면서도 아침부터 학원연합회 모임 때문에 서울에 나가야 한다고 했는데, 잘 갔나……. 나는 나도 모르게 한숨을 길게 내쉬었다.

같이 살림을 합치겠다는 게 아니잖니, 그런데도 아니 된다는 거냐?

처음엔 다 그렇게들 말해요. 그렇지만 그게 어디 말처럼 간단해요? 시간이 지나면 결국은 다들 그렇게 되잖아요?

며느리는 그게 당연한 귀결 아니냐고 했다.

나는 머리를 흔들었다. 잠을 자지 못한 탓일까, 거실 밖 유리창 너머로 보이는 앙상한 나뭇가지가 흐릿했다. 그뿐만이 아니었다. 감귤 껍질을 내려놓고 핸드폰을 들여다보는 손자의 얼굴 윤곽도 이중으로 겹쳐 보였다. 손자는 나와 자기 어머니와의 대화에는 관심이 없는 듯했다.

그러니까 저희 입장을 봐서라도 이번 일은 없던 걸로 해주세요. 앞으로는 정말 저희가 잘 모실게요, 아버님.

며느리는 정색한 채 나를 쳐다보았다. 나는 잠시 며느리가 한 말을 새겨보았다. 잘 모시겠다는 말은 생활비를 조금 더 올려주겠다는 뜻인가. 그렇다면 며느리는 지금 그것을 무기로 삼겠다는 것인가. 나는 갑자기 가슴이 답답했다. 마치 무거운 바위에 가슴이 눌린 느낌이었다. 슬펐다. 가슴 밑바닥에서 시작된 그 슬픔은 곧 온몸으로 퍼져갔다. 왜 이 아이들에게는 자기의 입장만 있고, 내 입장은 없는 것일까. 아직 내 몸에도 자기들처럼 뜨거운 피가 끓고 있다는 것을 이 아이들은 왜 모를까.

며느리가 다시 입을 열었다.

다음 달 칠 일이 어머님 기일이잖아요? 가신 지가 벌써 십일 년이 되었어요. 정말 빠르죠? 그래서 이번엔 추운 때지만 묘소를 찾아가자고 애 아빠랑 약속했어요. 아버님도 가시겠다면 저희가 모실게요.

나는 깜짝 놀랐다. 벌써 그렇게 되었나? 그런데 왜 며느리는 그 얘기를 이 시간에 꺼내는 것일까. 혹시 쐐기를 박기 위한 것은 아닐까. 내가 말이 없자 며느리가 다시 나지막하게 물었다.

아버님이 묘소에 가보신 게 언제지요?

나는 눈을 감은 채 잠시 속으로 셈해보았다. 6년이 넘는 것 같
았다. 처음엔 그래도 생각날 적마다 혼자 휘적휘적 찾아가곤 하
였으나 시간이 지나자 그나마도 발걸음이 뜸해졌다. 죽은 사람
생각하면서 과거에 빠져 헤매는 게 현실적이지 않다고 판단되었
다. 살아 숨을 쉬고 있다는 건 어쨌든 과거에 머문다는 게 아니라
미래를 향해 나가고 있다는 것 아니겠는가.

잠시 뒤 손자가 며느리를 돌아보며 가자고 눈짓했다. 그러자
미적거리던 며느리도 마지못한 듯 소파에서 일어났다. 그러나 며
느리는 이 문제를 아주 손 놓은 건 아니었다. 일어서면서도 오금
을 박듯 한마디를 덧붙였다.

죄송해요, 버릇없이 함부로 떠들어서. 그래도 오늘 저는 아버
님이 저희 마음을 이해하셨다고 믿고 싶어요. 그래도 되겠죠?

나는 다시 눈을 감았다. 며느리와 손자가 인사를 하고 현관을
빠져나간 뒤에야 비로소 눈을 떴다. 그러자 집안이 갑자기 무덤
속처럼 고요해졌다. 우우, 우우우우우……. 베란다 유리창을 할
퀴고 있는 바람 소리가 사납게 들렸다. 이제 정말 본격적으로 겨
울 추위가 시작될 모양이었다.

그녀와 핸드폰으로 통화한 것은 주위가 어두워진 오후 무렵이
었다. 아무래도 그날 소설 수업은 감기 때문에 못 나갈 것 같다면
서, 그녀는 안타깝긴 하지만 며칠 뒤에 만나자고 했다. 그까짓 감

기가 뭔데 우리 만남을 훼방 놓느냐고, 내가 따지듯 물었으나 그녀는 옮기면 큰일이라면서 콜록거렸다. 얼마나 센데요, 요즘 감기가……. 나는 콜록거리는 소리를 안쓰럽게 들으며 그녀에게 아침에 며느리와 손자가 다녀갔다는 걸 알렸다. 그들이 가뜩이나 소설 쓰느라고 힘이 빠져 있던 내 기력을 더 빼놓고 갔다고 하자 그녀는 그런 일도 예상하지 못했느냐면서 또 콜록거렸다. 그리고는 수동적인 자세를 벗어나기 위해서는 우리도 어떤 방법을 강구해야 할 것 같다고 말했다. 대꾸 대신 나는 콜록거리는 그녀가 애처롭게 느껴져 사랑해, 하고는 얼른 화장실로 뛰어 들어가 갑자기 달아오른 얼굴을 찬물로 식혔다.

4

　해가 바뀌면서 선생과의 만남은 더욱 잦아졌다. 강추위로 몇 날 동안 세상이 온통 얼어붙었을 적에도 영숙은 상관하지 않았다. 천천히, 그렇게 생각하다가도 하루가 지나면 선생의 얼굴이 눈앞에 어른거려 자신도 모르게 핸드폰을 들곤 하였다. 소설 공부라는 핑계를 대면 선생도 마다하지는 않았다. 그날도 그녀는 먼저 핸드폰으로 사인을 보냈다. 그러나 그날은 다른 날과 달랐다. 약속이 있다고 했다. 무슨 약속이냐고 묻자 선생은 친구의 사진 작품전에 가봐야 한다고 말했다. 사진작가 송수원 씨. 카메라 하나 둘러메고 바람처럼 구름처럼 떠돌아다니는 사람. 그가 선생과 막역한 사이라는 것은 이미 선생에게 익히 들어 그녀도 잘 알고 있었다. 그녀는 그렇다면 오히려 잘되었다고 손뼉을 쳤다.

그럼, 같이 가요.

이렇게 추운데요?

추운 게 뭐 대순가요.

감기도 아직 나가지 않았잖아요. 더구나 어금니도 그렇고…….

그러나 영숙은 뒤로 물러서지 않았다. 그곳에서 친구들 몇 명이 모여 저녁 식사까지 하기로 했다는 선생의 말을 한마디로 잘랐다.

그건 걱정하지 마세요. 제가 알아서 할게요. 그렇다면 더더욱 잘된 일 아니에요? 한분 한분 찾아다닐 필요 없이 한꺼번에 선생님 친구분들께 인사를 드릴 기회이니 얼마나 좋아요. 안 그래요?

영숙은 큰 소리로 웃었다. 선생은 잠시 생각하는 듯 말을 끊었다. 그러나 곧 결심이 선 듯 그럼 그렇게 하자고 했다.

사실 영숙이 갤러리를 찾는 것은 몇 년 만이었다. 그만큼 그쪽에는 관심이 없었고 또 신경이 갈 만큼 한가하지도 않았던 까닭이다.

간밤에 내린 눈이 얼어붙은 길은 생각보다 훨씬 더 미끄러웠다. 안국역에서 내려 조심스럽게 계단을 올라온 영숙은 인사동 길로 접어들자 자신도 모르게 선생의 팔짱을 꼈다. 키가 큰 선생과 보폭을 맞추기 위해서는 걸음을 빨리해야 했으나 그녀는 상관하지 않았다. 미끄러져 넘어지는 것보다는 낫다고 생각했다. 다행히 선생은 걸음을 늦춰주었다. 그뿐만이 아니었다. 오가는 사람들이 많았으나 그는 절룩거리며 조심스럽게 발을 옮기는 그녀의 팔을 더욱 힘주어 꼭 잡아 주었다.

불균형으로 인해 걸음이 자연스럽지 못하다는 것을 인식하게 된 것은 어렸을 때부터였다. 그러나 그녀는 그것을 한 번도 절망해 본 적이 없었다. 오히려 친구들이 놀리면 그녀는 어금니를 깨물었다. 계단을 오를 때에도 마찬가지였다. 다른 아이들은 한 발로 한 계단씩, 또는 앙감질로 두세 계단씩 뛰어 올라갔으나 그녀는 절룩이면서 겨우겨우 두 발로 한 계단씩 올라갈 수밖에 없었다. 하지만 그녀는 그걸 부끄럽게 여기지 않았다. 그럴 적에도 자신이 이 세상에서 못 할 것은 하나도 없다고 생각하며 어금니를 꽉, 깨물었다. 운동회날, 달리기에서 배제되었을 때도 그랬다. 그것만이 아니었다. 정년퇴직할 때까지 중학교에서 교사로 재직하면서도 그녀는 늘 그렇게 다짐하며 이 악물고 살았다. 내가 이 세상에서 하지 못할 게 뭐 있지?

'송수원 작가 특별사진 초대전'에 전시된 작품의 전체 주제는 포스터에 인쇄되어있는 것처럼 '사랑의 힘'이었다. 선생의 친구들은 벌써 도착해 있었다. 선생이 들어서자 주최자인 송수원 씨는 물론, 그의 친구들이 모두 이구동성으로 반겼다. 그들과 인사를 나눈 영숙은 선생이 한담을 나누는 사이 전시된 작품을 감상하기 시작했다. 해가 뜨는 시간과 해가 지는 시간에 바다와 하늘이 와인 색깔로 붉게 타오르는 순수함, 한 점의 부끄러움도 없이 눈 내린 벌판에서 벌이는 황새들의 본능적 짝짓기 동작, 곧 씨앗을 날려 보낼 것 같은 민들레의 솜털 같은 홀씨, 모래사장에 누군가 두 줄로 발자국을 남긴 '흔적'이란 작품 등등……. 영숙은 작품을 감상하는 동안 이를 완성하기 위해 정말 선생의 말처럼 많은 날 세상을 떠돌아다녔을 작가의 숨결을 느꼈다. 아, 예술이란 이런 것이구나. 비로소 뭔가를 깨닫는 것 같았다. 그렇게 보면 자신은 아직 걸음마 단계인 게 분명했다.

그녀는 선생이 어깨를 가볍게 두드릴 때까지 한시도 작품에서 눈길을 떼지 못하고 있었다.

자, 나갑시다.

선생과 그 일행들은 식사할 곳을 이미 알고 있는 것 같았다. 어디라고 말하지 않고도 모두 우르르 몰려 나갔다. 영숙도 서둘러 선생의 뒤를 쫓았다. 바깥 날씨는 여전히 매서웠다. 칼바람이 모지락스럽게 인사동 골목을 휘젓고 있었다.

어디로 가는 거예요?

영숙이 묻자 선생은 대구 대신 그녀의 팔을 끌어당겼다.

그냥 따라와요, 오늘은.

영숙은 머리를 끄덕거렸다. 사랑이란 무엇일까. 가끔은 말없이 따라가는 것도 사랑 아닐까. 조금 전 보았던 작품들이 눈앞에 떠올랐다.

식당으로 들어서면서 영숙은 문득 선생의 친구들이 자신을 어떻게 보았을까, 걱정스러웠다. 그러나 그녀는 곧 머리를 설레설레 흔들었다. 걱정할 필요는 없다고 생각했다. 내 모습 그대로, 정직하고 당당하게……. 다행스러운 점은 식탁에서도 그들이 영숙을 이상스럽게 바라보지 않는다는 것이었다. 팔십 가까운 사람들이 어린아이처럼 자기들의 이야기에 팔려 큰 소리로 떠들며 웃고 있을 따름이었다.

그날 영숙은 선생에게 한 마디도 잔소리를 늘어놓지 않았다. 음식 몇 가지를 앞에 두고 친구들이 아내와 자식 자랑을 늘어놓으며 그걸 안주로 술을 마실 때 아무런 대꾸도 하지 않고 묵묵히 술잔을 비우는 선생이 왠지 애처롭게 보인 까닭이었다. 앞에 앉은 친구가 아내와 함께 등산 다니는 게 이젠 취미가 되었다고 할 적에도, 또 한 사람 그 옆에 앉은 배 나온 친구가 며칠 전 아내와 함께 골프를 치러 필리핀에 다녀왔다고 이야기할 적에도, 그리고 그 아들이 일제 골프채를 새로 사줬다고 할 적에도 선생은 아무 말 없이 술잔을 비웠다. 어쩌다가 친구들이 자넨 소설 써서 얼마나 벌어, 자네 아들이 기업체 대표로 있으니까 생활하기는 불편하지 않지, 하고 물었을 적에도 그는 그냥 대꾸 없이 씨익, 웃고는 술잔을 들었다. 영숙은 조마조마했다. 여섯 병이 넘었는데, 그러다가 쓰러지면 어쩌나 걱정이 되었다. 하지만 선생의 속사정을 잘 알고 있는 그녀는 말릴 엄두를 내지 못했다. 그러면서 자신이 따라오기 정말 잘했다고 생각했다. 만약 그렇게라도 따라붙지 않았다면 이 추운 날, 선생이 혼자 어떻게 귀가할 것인가.

5

그날도 만나자고 문자를 먼저 보낸 사람은 그녀였다. 그럴 적마다 나는, 왜 이렇게 굼뜬가, 가슴을 칠 수밖에 없었다. 누가 들으면 노망이라고 할지 몰라도 사랑이 절실한 사람은 그녀보다 나 아닌가. 젊은이처럼 뜨겁지는 못할지라도 나는 사랑할 상대가 절대적으로 필요했다. 밤마다 찾아오는 마음의 헛헛함과 외로움을 문학은 대신해주지 못했다. 그걸 자식들이 어떻게 이해해주겠는가.

시간에 맞춰 학원 근처로 달려간 나는 그녀가 며칠 전 아들과 며느리가 함께 또 그 일로 다녀간 것을 묻기 위해 만나자고 하는 줄 알았다. 그런 까닭에 들어서면서부터 나는 고개를 떨굴 수밖에 없었다. 아직도 그것 하나 제대로 해결하지 못하는 나 자신이 반편이 같아 보였다. 그러나 아니었다. 기우와는 달리 그녀는 활짝 웃으며 반갑게 나를 맞았다. 무슨 일이지, 나는 어리둥절한 얼굴로 자리에 앉았다.

날씨가 조금 풀렸죠?

그렇긴 하지만 아직 안심할 단계는 아니죠. 이제 겨우 입춘이 지났는데요, 뭐.

나는 들고 온 아이스아메리카노를 한 모금 빨았다. 차가운 커피가 이에 닿자 시렸으나 나는 내색하지 않았다. 시리니까 긴장이 되어서 오히려 좋았다.

오늘은 긴히 의논드릴 일이 있어서 오시라고 했어요.

그녀가 웃으면서 나를 빤히 쳐다보았다. 나는 그녀가 웃고는 있지만 가벼운 게 아니라는 걸 금세 짐작할 수 있었다.

그녀는 농담을 싫어했다. 내가 어쩌다 농담이라도 꺼내면 그녀는 안경을 치켜올리고 정색을 한 채 입술을 비죽 내밀었다. 이유는 이혼한 전 남편이 늘 그랬다는 것이었다. 그렇게 농담을 일삼다가 농담처럼 어느 날 회사 여직원과 짝짜꿍이 되어 이혼하자고 서류를 내밀더라고 했다. 신문지에 싸서 버리고 싶어요, 그때 그 기억. 그녀는 그 말을 한 그날도 깔깔거렸다.

웃음이 많은 여자. 그러나 그 웃음소리를 들을 적마다 나는 그 속에 묻혀 있는 그녀의 아픈 상처가 떠올라 젖어 있다는 느낌이 들곤 하였다.

뭔가 하면요, 말문을 열어놓고 그녀는 잠시 뜸을 들였다. 나는 긴장한 채 귀를 세웠다. 무슨 일일까, 다음 말이 궁금했다. 우리 여행 한번 다녀와요. 역시 그녀는 거침이 없었다. 그러나 그 말을 들은 나는 갑자기 맥이 풀렸다. 아들 내외 이야기가 아닌 것은 다행이었으나 여행이라니, 이 엄동설한에……. 그녀에게도 이런 엉뚱한 구석이 있었나, 놀랐다.

어디로요?

한참 후 내가 어눌하게 묻자 그녀가 기다렸다는 듯이 말했다.

그러니까 이제부터 그걸 의논하자는 거예요, 우리가.

글쎄요. 저는 도무지…….

나는 아이스아메리카노를 다시 빨았다. 찬 게 닿자 잠시 잊었던 이가 또 시렸다.

그러나 나는 그녀가 왜 그런 제의를 했는지 곧 알게 되었다. 일테면 그것은 아들과 며느리에게 우리의 의지를 행동으로 확실히 보여주자는 시위인 셈이었다. 그러면 아무리 막고 싶어도 더는 어쩔 수 없지 않겠느냐는 게 그녀의 생각이었다. 나도 그 말에는 이의를 달지 않았다. 묘안이 아닐 수 없었다. 그러니까 그녀는 이미 그와 같은 계획을 세워놓고 나에게 추인받기 위해 부른 셈이었다. 그래도 내가 머뭇거리자 그녀가 빠르게 다시 말을 이었다.

온천을 가려면 가까운 일본이 제격이고, 따듯한 곳을 원하신다면 베트남이나 태국, 어때요? 저는 아무 데나 상관없어요. 다만, 너무 멀리 갈 필요는 없다고 생각해요. 기왕이면 다홍치마라고, 여행이니까 우리가 즐기는 것도 목적은 되겠지만, 이번 여행은 그것보다 아드님 내외에게 확실하게 우리의 의지를 보여주자는 것이니까요.

말을 빠르게 마친 그녀는 목이 마른 듯 냉수가 담긴 유리컵을 들었다.

그럼, 언제쯤…….

내가 묻자 그녀는 냉수를 마시다가 말했다.

그건 선생님이 정하세요. 저는 아무 때라도 가능해요. 학원 수업이나 수강생 체크는 잠시 다른 선생들에게 맡기면 되니까요.

그럼, 며칠이나?

그것도 선생님이 정하세요. 이박삼일도 좋고, 삼박사일도 괜찮아요, 저는.

유리컵을 내려놓은 그녀는 다시 소녀처럼 깔깔거렸다. 나는 잠시 청탁받은 원고의 마감 일자를 머릿속으로 계산했다. 월간 문예지에 보낼 단편소설 원고가 하나 마음에 걸리기는 하였으나 그쯤은 다녀와서 부지런히 써도 큰 무리는 없을 듯하였다.

그럼, 삼박사일로 할까요?

나는 그 정도라면 아들 내외도 백기를 들 것 같았다. 그녀는 머리를 선선히 끄덕거렸다. 비로소 안심했다는 얼굴이었다.

그럼 장소는 어디로 할까요?

나는 기왕 간다면 베트남에 가고 싶었다. 베트남, 그곳이라면 전투병으로 젊은 시절 군화 신고 일 년간 누볐던 곳 아닌가. 물론, 그때는 다른 나라 전쟁에 용병으로 어쩔 수 없이 참전했지만……. 다낭, 사이공, 하노이. 그녀는 베트남에 대해서도 모르는 게 없었다. 벌써 모두 알아본 듯했다. 내 입에서 베트남이라는 말이 떨어지자 그녀는 예약은 자신이 맡겠다고 했다. 그럼 내가 준비할 건 무어냐고 묻자 그녀는 하나도 없다고 하면서 또 깔깔거렸다. 나는 그녀의 웃음소리를 들으면서 캐리어에 담을 것들을 머릿속으로 꺼내놓기 시작했다. 아무래도 잠옷과 속내의 몇 벌은 새것으로 장만해야 할 듯했다.

구름 한 점 없는 하늘은 잉크를 뿌려놓은 것처럼 파랗고 맑았다. 겨울이라고는 해도 우수를 앞둔 절기는 어쩔 수 없는 듯 옷깃을 파고드는 바람 또한 그 기세가 많이 누그러져 있었다. 나는 그녀가 일러준 대로 청바지를 입고 나섰다. 뻣뻣한 질감이 걷기에 조금 불편했지만 개의치 않았다. 오전 9시. 인천공항 제1 여객터미널 출국장에 들어서면서 나는 핸드폰을 들어 웃고 있는 그녀의 얼굴을 카메라에 담기 시작했다. 그러자 그녀도 내 모습을 서둘러 핸드폰에 담았다. 뿔테 안경을 끼고 있는 텁수룩한 나……. 그것은 내가 이번 여행의 목적을 극대화하기 위해 며칠 동안 고심 끝에 짜낸 방법이었다. 출국하면서부터 귀국할 때까지 계속 사진을 찍어 그 모습을 그대로 아들 내외에게 계속 보내자는 것. 그녀도 내 계획을 듣고는 크게 기뻐했다.

잠시 뒤 나는 그것만으로는 미흡하다는 생각이 들었다. 기왕이면 혼자보다는 둘이 있다는 것을 찍어서 보내는 게 더 효과적일 것 같았다. 나는 열심히 나를 찍고 있는 그녀를 불렀다. 이쪽으로 좀 가까이 와봐요. 그래야 우리가 다 한 앵글 안에 들어가지요. 나는 가까이 다가온 그녀의 어깨를 끌어당겼다. 그녀도 거절하지 않았다. 순간, 그녀가 곁에 서 있다는 것만으로는 그래도 뭔가 부족하다는 느낌이 들었다. 나는 그녀의 어깨를 힘껏 껴안았다. 마르고 작은 그녀의 몸은 삭정이처럼 가벼웠다. 출국장은 오가는 사람들로 장터처럼 북적거렸으나 나는 상관하지 않았다. 사진을 몇 컷 찍은 뒤에도 그녀를 껴안은 팔을 풀지 않았다.

서쪽 하늘, 붉은 노을

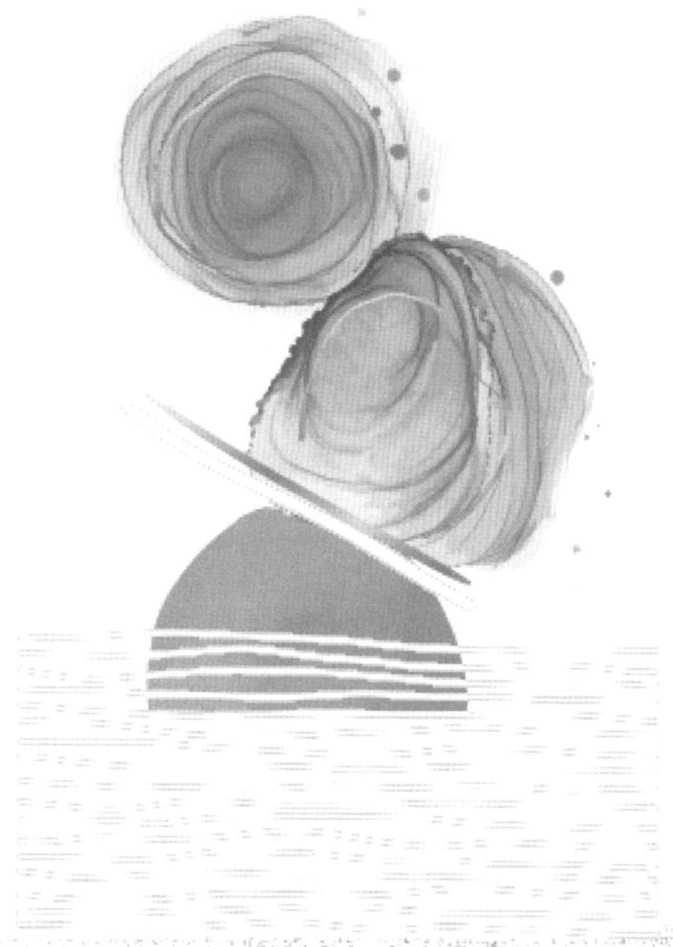

495, 496, 497, 498, 499······.

500, 나는 눈을 뜨고 모래시계를 바라보았다. 그러나 잘록한 허리 위에 남아 있는 핑크빛 모래는 그때까지도 홈을 타고 여전히 흘러내리고 있었다. 그럴 리가 없는데, 또 맞추지 못한 것이었다. 다른 때 같으면 아흔아홉, 일백아흔아홉, 이백아흔아홉, 삼백아흔아홉, 사백아흔아홉에서 잠시 머뭇거려 어쩔 수 없다고 할 수 있으나 이번은 아니었다. 500까지 세는 동안 나름대로 정신을 똑바로 차리고 그 숫자를 제대로 셌다고 할 수 있었다. 그런데도 내 예측은 이번에도 빗나갔다. 이는 내가 아무래도 다른 때보다 빨리 세었거나 아니면 그동안 습기를 많이 머금은 모래시계의 알맹이가 더디 내려갔다고 볼 수밖에 없었다.

비취이슬사우나실은 뜨거웠다. 더구나 습식이어서 물수건으로 얼굴을 가리지 않고서는 호흡조차 힘들었다. 그래서 웬만한 사람들은 모래시계가 한 번 다 떨어질 동안 견디다가 나가는 게 보통이었다. 그러나 그날 나는 세 번이나 모래시계를 뒤집었다. 온몸이 벌겋게 달아오르고 숨이 찼으나 개의치 않았다. 그래도 숫자는 맞지 않았다. 두 번은 아흔아홉에서 더듬거린 내 잘못이 분명했다. 그러나 마지막은 아니었는데도 결과는 실패였다.

바보 같은 짓거리 그만하고 어서 나와.

홍 영감이 보기 딱하다는 듯 혀끝을 차며 나무랐으나 나는 못 들은 척했다. 백 영감이라면 그렇게 윽박지르지는 않았을 것이다. 그런데 왜 그는 여태 나타나지 않는 것일까. 나는 다시 모래시계를 뒤집어놓고 입속으로 숫자를 세기 시작했다. 12, 13, 14, 15, 16, 17…….

하지만 결국 빼빼 청년이 허리를 숙인 채 엉거주춤 들어서며 인사를 건네자 나는 그만 일어서고 말았다. 삶아놓은 것 같은 내 몸통을 보면 그 또한 홍 영감 못잖게 잔사설을 늘어놓으며 또 씨도 먹히지 않는 말을 주저리주저리 풀어놓을 게 분명했기 때문이다.

냉탕에 들어가 뜨거워진 몸을 물줄기로 식히고 있는 등 뒤로 홍 영감의 핀잔이 다시 떨어졌다. 그게 뭐 그렇게 중요해? 늙은이 티 내는 거야? 공연히 그러다가 큰일 나, 이 사람아. 그의 호통을 귓등으로 흘리며 나는 주위를 두리번거렸다. 백 영감의 모습은 그때까지도 눈에 띄지 않았다. 아직 나타나지 않는 것을 보면 오늘도 오지 않을 것 같았다. 벌써 며칠째인가. 보지 못한 지 보름이 넘어가지 않는가. 나는 머리를 갸웃거렸다. 그럴 사람이 아니었다. 다른 날 같으면 오히려 우리보다 더 먼저 들어와 느리기는 하지만 다리를 절룩거리며 냉탕 온탕을 부지런히 오가고 있을 위인이었다. 정말 무슨 일이 생긴 건 아닐까. 나는 늘 보이던 늙은이가 며칠째 보이지 않으면 무슨 사단이 생긴 거라는 홍 영감의 말이 떠오르자 오늘은 꼭 그를 찾아가 봐야겠다고 생각했다. 당장 튀어 오를 것 같은 자세로 냉탕 중앙에 웅크리고 앉은 돌두꺼비를 올려다보던 나는 홍 영감이라면 혹시 그의 핸드폰 번호나 집을 알지도 모른다는 데 생각이 미치자 벌떡 일어났다. 돌두꺼비는 왕방울 같은 눈망울을 부릅뜨고 그날도 입에서 연신 찬물을 뿜어내고 있었다.

평일 2시쯤이 되면 실로암 대중 사우나는 늘 한산했다. 찜질방에서 마구 쏟아져 내려온 젊은 사람들로 300여 평의 넓은 공간이 장터를 이룬 것처럼 북적거리는 이른 시간대나 오후와는 달랐다. 그날도 마찬가지였다. 단골로 드나드는 동네 늙은이들 몇 명이 벌거벗은 채 뿌연 수증기 속에 들어앉아 느린 동작으로 물을 뒤집어쓰고 있을 뿐이었다. 물론, 그 가운데에는 간혹 젊은이가 끼어 있을 때도 있었다. 일테면 입만 열면 예수 운운하는 빼빼 청년 같은 부류가 거기에 속했으며, 또 가끔은 온몸에 문신을 새긴 스포츠형 머리의 건장한 청년들이 난데없이 들어와 제 세상인 양 휘젓다가 나가기도 하였다. 그런가 하면 늦게까지 찜질방에서 늦잠을 자다가 눈곱을 그대로 붙인 채 내려오는 사람들도 더러 있기는 했다. 그러나 대개 그때가 되면 세신사 송 씨도 일손을 놓고 출입구 왼쪽에 놓인 간이 칸막이 속 전용 매트리스 위에 앉아 길게 하품을 토해내기 마련이었다.

홍 영감의 말이 아주 틀린 것은 아니었다. 사실 숫자 맞추기 같은 것은 아무짝에도 쓸모없는 짓거리라고 할 수 있었다. 따지고 보면 그것은 가뜩이나 늙어 기운이 진한 몸의 물기를 비틀어 짜내는 것 같은 곤욕만 불러온다고 볼 수도 있었다. 그런데도 내가 올 때마다 그것을 꼭 하는 이유는 그마저도 하지 않으면 시시때때로 엄습하는 잊혀가는 기억에 대한 두려움을 떨쳐버릴 수가 없기 때문이었다. 더구나 아흔아홉이란 숫자가 갑자기 떠오르지 않을 때는 혹시 숫자를 모두 잊어버리지는 않을까, 하는 두려움까지 엄습했다. 그 두려움은 모양도 없었고, 예고도 없었다. 자신이 찾아오고 싶으면 언제든지 밀고 들어와 나를 일깨워놓고 괴롭혔다. 언제부터 그런 증상이 나타났는지는 나도 알 수 없었다. 그렇다고 대놓고 떠벌릴 일도 아니어서 나는 속으로 끙끙 앓고 있을 따름이었다.

냉탕에서 나온 나는 천연유황탕에 몸통을 반쯤 잠그고 반신욕하는 홍 영감 곁으로 바투 다가갔다. 눈을 지그시 감고 있던 그는 내가 가까이 다가가자 벗겨진 머리 위에 송골송골 맺혀있는 땀방울을 손바닥으로 훑어내며 무슨 일이냐는 듯 턱짓으로 물었다.

백 영감 핸드폰 번호 알아?

몰라.

그럼, 주소는?

그걸 내가 어떻게 알아?

홍 영감은 귀찮다는 듯 머리를 돌리고 눈을 감았다.

여기에 아파트 단지가 생기기 전부터 알던 사이라면서?

사람하고는. 아는 사이라면 그런 것까지 다 챙겨야 하는 거야? 내가 뭐 그 동네 통반장이야?

그는 그걸 왜 따지듯 묻느냐는 얼굴로 나를 힐끗 돌아보고는 다시 눈을 감았다.

혹시 누구 아는 사람 없을까? 오 단지에 산다는 말은 들었는데…….

누가 알겠어, 그 영감태기를.

나는 더 묻지 않았다. 어쩌면 그도 숫자를 세다가 까먹고는 지금 속으로 다시 세고 있는지 알 수 없는 일이었다. 그렇다면 어떻게 하지? 그의 벗겨진 뒤통수를 한동안 내려다보던 나는 3년 가까이 보아온 그가 문득 처음 보는 사람처럼 낯설게 느껴졌다.

약속한 적은 없지만 대개 월요일과 목요일 2시쯤이 되면 우리는 서로 앞서거니 뒤서거니 실로암 사우나에 모여들었다. 간혹 한두 사람이 빠질 때도 있고, 또 어떤 날은 혼자 땀 빼다 나오는 적도 있었지만 그런 때에도 며칠 지나면 만날 수 있다는 생각에 우리는 서로 신경을 크게 쓰지 않았다. 만나면 우리는 벌거벗은 채 어릴 때 놀던 동무들처럼 낄낄거리며 서로 등을 밀어주곤 하였다. 물론 그 시간대에 우리만 있는 건 아니어서 더러 다른 사람들이 낫살이나 든 노인네들이 점잖지 못하게 무슨 사설이 그렇게 많으냐고 핀잔을 주거나 지청구를 먹일 때도 있었다. 특히 강 노인 같은 경우는 더욱 그러했다. 우리보다 10살 정도 더 나이가 많은 그는 그럴 적마다 다른 사람들과 달리 더 얀정머리 없이 나무랐다. 그러나 우리는 개의치 않았다. 다 같이 늙어가는 처지인데, 뭘. 저세상 가는 데는 순서가 없어. 누가 먼저 가게 될지 모르는 거야. 오히려 홍 영감은 그럴 적마다 들으라는 듯 큰소리쳤다. 대단위 아파트 단지가 조성되고, 사우나탕이 개업한 이후 일주일에 두 번은 그렇듯 만나는 처지인 탓에 나는 홍 영감이 씨부렁거릴 적마다 그의 편을 들며 덩달아 크게 웃곤 하였다. 그만큼 우리는 흉허물이 없는 사이로 그곳에서는 소문나 있는 편이었다.

그런데 정작 내가 그에 대하여 아는 것은 얼마나 될까. 나는 가끔 그가 정말 생면부지의 사람처럼 느껴질 때가 있었다. 건설 현장 소장으로 잔뼈가 굵었다는 그가 내 말을 건성으로 듣다가 중

간에 잘라내고 자신의 주장을 피력할 때는 더욱 그런 느낌이 고
개를 쳐들곤 하였다.

  씻어버리고 싶다. 박박, 문질러서 모두 하수도 구멍으로 밀어
버리고 싶다……. 내 기억을 조금씩 갉아먹는 이 좀벌레 같은 존
재들, 그런데 이놈들은 언제부터 내 몸에 숨어들어와 나를 나답
지 못하게 조종하기 시작한 걸까. 따지고 보면 이런 증상은 비단
숫자만이 아니었다. 어느 때는 아파트 현관 비밀번호를 잊어버려
당혹스러울 적도 있었고, 또 어느 때는 하나밖에 없는 손자 이름
이 생각나지 않아 애먹을 때도 있었다. 당뇨와 고혈압, 고지혈증
때문에 매일 아침 처방해준 알약을 꼬박꼬박 복용해야 하는데 그
것도 잊어버리곤 허둥거릴 적이 있었다. 문제는 그게 가끔 일어
나는 게 아니라 시간이 지날수록 자주, 빈번하게 일어난다는 것
이었다. 이 얘기를 들은 아들은 나이가 들면 누구나 다 인지 능력
이 조금씩 떨어진다고 하면서 크게 걱정할 일은 아니라고, 데면
데면하게 대꾸했다. 그래도 내가 얼굴을 풀지 않자 정 그러면 나
중에 날짜 잡아 병원에 한번 가보자며 슬그머니 뒤로 빠졌다.

  내가 손대야를 들고 다시 비취이슬사우나실로 향하자 온탕에
들어가 있는 강 노인 곁에 앉아 말을 붙이던 빼빼 청년이 기다렸
다는 듯 수건을 들고 내 뒤를 따라붙었다. 오늘은 제가 등 밀어드
릴게요, 내가 손사래를 쳤으나 그는 물러나지 않았다. 그는 늘 그

런 식으로 사람들에게 접근했다.

세상 참 말세지요? 그래도 걱정하지 마세요.

나는 대꾸하지 않은 채 모래시계를 뒤집었다. 핑크빛 모래가 잘록한 홈을 타고 아래로 흘러내리자 버릇처럼 다시 숫자를 세기 시작했다. 1, 2, 3, 4, 5……. 빼빼 청년이 다시 말을 걸어온 것은 내가 사십팔까지 셌을 때였다.

요한계시록 이십일 장과 이십이 장을 보면, 새 하늘과 새 땅이 곧 온다고 했거든요. 그렇게 되면 하나님이 사람들의 모든 눈물을 그 눈에서 닦아 주신다고 했어요. 물론 그런 세상을 맞이하기 위해서는 예수님을 구주로 반드시 영접하셔야 해요. 왜냐하면 그것은 믿는 사람들에게만 속한 것이라고 했거든요. 그러니까 더 늦기 전에 어르신도 예수님을 주님으로 영접하세요. 내일 일을 모르는 게 세상이라는 건 어르신이 누구보다 더 잘 아시잖아요. 오래 사셨으니까…….

나는 그의 말을 한 귀로 흘리며 돌아앉았다. 오늘은 요한계시록이구먼. 그런데 그 말 역시 벌써 한두 차례 들은 게 아닌 터여서 이젠 귀가 아플 지경이었다.

숫자는 또 맞지 않았다. 500을 세고 눈을 떴으나 모래는 여전히 남아 흘러내리고 있었다. 뭐가 잘못된 것일까. 숨이 가빠 조금 빨리 센 탓일까. 아니면 듣지는 않았어도 빼빼 청년이 중얼거리는 게 방해된 탓일까. 나는 빼빼 청년을 사납게 훑어보다가 문득 백 영감을 떠올렸다. 지팡이에 의지한 채 절룩거리면서도 그는 숫자만큼은 거의 정확히 맞혔다. 오백, 하는 것과 동시에 빈 모래시계를 뒤집곤 하였다. 그 동작을 내가 부러워하면 그는 거기에서 희열을 느낀다고 하면서 조용히 웃곤 하였다. 그거 말고 자신이 이 세상에서 잘하는 게 무어 있느냐는 것이었다. 사실 따지고 보면 나는 실패한 인생이거든. 지금 굶지 않고 이나마 사는 것도 다 자식들 덕분이야……. 그는 입을 열 적마다 두 아들을 자랑했다. 은행에 다니다가 나와 시작한 건설업 등, 세 번이나 사업에 실패한 뒤 아버지가 물려준 재산까지 모두 거덜 내고 거기에 덧대어 뇌경색으로 쓰러졌을 때 살린 게 아들들이었다는 것이다. 대학병원에서 가망이 없다고 했을 적에도 아들들은 포기하지 않고 끈질기게 달라붙어 한방으로 살렸다고 했다. 그런 소리를 들을 적마다 말은 하지 않았으나 나는 부러움을 느꼈다. 평교사로 정년퇴직할 때까지 평생 가족을 위해 헌신한 내가 조금이라도 공치사할라치면 그건 부모가 응당 해야 할 의무 사항 아니냐며 눈을 치뜨는 내 아들과는 달랐다. 아들이 그럴 적마다 생각나는 건 4년 전 먼저 세상을 떠난 아내였다. 아내가 살아 있다면 과연 그 말을 듣고도 가만히 있었을까.

그런데 정말 그는 왜 나타나지 않을까. 나는 은근히 그가 걱정스러웠다. 빼빼 청년은 내가 대꾸하지 않자 또 다른 이야기를 꺼냈다. 서울에 있는 신학대학교에 다니다가 몸이 아파 휴학했다는 그는 그러나 입은 아프지 않은 모양이었다.

예수님이 부활하셨다는 건 어르신도 알고 계시죠? 부활해서 단 몇 분, 또는 단 며칠만 살다가 승천하셨다면 아마 믿지 않는 분들이 많을 거예요. 그런데 부활하신 후 제자들 앞에 나타난 예수님은 사십 일 동안 그들과 함께 먹고 자며 말씀을 주셨거든요. 그건 무엇을 의미할까요?

그러나 나는 그 말에도 무응답으로 일관하였다. 토를 달면 더욱 바투 다가서는 그의 성미를 아는 까닭이었다. 결국 긴 사설을 늘어놓던 그의 입은 홍 영감이 들어오자 닫히고 말았다. 여기에서 뭣들 하고 있어? 땀 빼다가 죽으려고 환장했어? 그는 빼빼 청년을 향해 왕방울 같은 눈을 사납게 치떴다. 목자 사나운 그가 쏘아보자 빼빼 청년은 얼른 눈길을 돌렸다.

땀 적당히 빼, 그것도 혈압에 좋지 않아.

홍 영감은 팔십 가까운 나이에도 불구하고 근육질의 몸을 지니고 있었다. 내가 모르는 콜라겐을 혼자 특별히 복용하고 있는지는 몰라도 가슴이나 팔뚝, 허벅지가 60대 버금가게 아직도 탄탄했다. 그뿐만이 아니었다. 달수는 몇 달 뒤에 태어났지만 나와 갑장인데 성미 또한 괄괄해서 목욕탕에서도 조금만 수틀리면 젊은이처럼 꽥, 꽥 소리 지르기 일쑤였다.

오늘 오후에 뭐할 거야?

나는 그가 특별히 할 일이 없다고 하면 백 영감을 함께 찾아보자고 권할 생각이었다. 그래서 다행히 백 영감을 만나게 된다면 셋이 홍성루에 들어가 모처럼 자장면이라도 시켜 먹을 요량이었다. 소화력이 떨어진 사람은 밀가루 음식을 삼가야 한다고, 아들이 주의 주었으나 어릴 적부터 좋아한 자장면을 끊을 수는 없었다. 그러나 그의 대답은 뜻밖이었다.

나, 오늘 바빠. 오후에 현장 소장 출신들 모임이 있어서 서울 가봐야 해. 왜?

아니, 그냥.

백 영감 찾으러 같이 가자고 하려고?

그래, 궁금하잖아.

궁금하긴……. 무슨 사정이 있겠지.

홍 영감은 내 말을 끊은 채 잠시 양손으로 땀범벅이 된 얼굴을 훑어내렸다. 비취이슬사우나실은 실로암에서 황토사우나실과 휴게실, 수면실, 천연유황탕과 함께 자랑하는 시설 가운데 하나였다. 백수정을 촘촘히 박아놓은 벽면도 그러했지만 뜨거운 열기를 일정하게 내뿜는 흄관도, 돌판을 우툴두툴한 채로 깔아 지압을 할 수 있게 만든 바닥도, 는개처럼 천정에서 뿌옇게 떨어지는 물방울도 인근에서는 찾아볼 수 없는 최신 시설이었다. 한가지 흠이라면 지하인 탓에 4대의 대형 환풍기가 24시간 쉬지 않고 돌아가고 있으나 특유의 곰팡내를 완전히 거두지 못한다는 점이었다.

입을 다물고, 나는 다시 숫자를 세기 시작했다. 44, 45, 46,

47……. 내가 막 팔십팔을 셌을 때였다. 홍 영감이 혼잣말처럼 입을 열었다.

모르지, 또. 목욕탕을 바꿨을지도.

그건 또 무슨 소리야?

아직 모르는 모양이군. 칠 단지 건너편 큰 길거리 있잖아. 거기 상가 십 층에 대형 사우나탕이 새로 문을 열었대. 내가 가본 건 아닌데, 여기보다 시설이 훨씬 좋다고 벌써 소문이 쫙 퍼졌어. 하긴 경쟁 시대인데 누가 말려…….

그는 아무렇지 않다는 투로 말했다. 그러나 나는 놀라지 않을 수 없었다. 거기에 그런 사우나탕이 새로 생겼다고? 금시초문이었다. 그렇다면 가뜩이나 올라가는 수도세 전기세 때문에 실익이 없다고 볼 적마다 울상을 짓던 실로암사우나 최 사장의 얼굴이 더 일그러져 있을 것은 보지 않아도 뻔했다. 내가 눈을 크게 뜨자 구석에 앉아 있던 빼빼 청년이 슬그머니 거들고 나섰다.

맞아요. 백야 빌딩이라고, 일 층에 파리바케트와 베트남쌀국수 가게가 있는 거기에요. 아시죠?

나는 잠자코 그를 돌아보았다. 빼빼 청년까지 아는데 나는 그걸 왜 여태 몰랐을까.

그러나 나는 곧 머리를 흔들었다. 아무리 그렇더라도 백 영감이 나에게 한마디 언질도 없이 그곳으로 옮겼을 리는 만무했다. 그는 그럴 위인이 아니었다. 어려서 소아마비를 앓은 탓에 걸을 적마다 다리는 절뚝거리지만, 마음만큼은 성한 사람들보다 더 곧고 바르고 정이 많았다. 아마 사업이 실패한 원인도 따지고 보면 그런 까닭이었을 것이다.

근데 왜 그 영감태기는 자꾸 찾아? 뭐, 돈이라도 꿔줬어?

돈은 무슨……. 난 그냥 늘 보던 사람이 한동안 보이지 않으니까 혹시라도 몹쓸 사고라도 당했나 해서 그렇지.

무슨 사고?

팔십 먹은 늙은이들이 사고 났다면 뭐 다른 거 있겠어? 죽음밖에는…….

내 말이 떨어지자 홍 영감이 놀랐다는 듯 눈을 크게 떴다.

무슨 기미라도 보였어?

기미는 무슨, 일테면 그럴 수도 있다는 거지. 자주 보던 사람이 며칠째 보이지 않으면 그런 사고가 난 거라고 얘기한 사람이 누군데 그래?

나는 갑자기 숨이 가빴다. 더는 앉아 있기가 힘들었다. 결국 나는 500을 채우지 못하고 비취이슬사우나실을 빠져나왔다. 그래도 홍 영감은 나를 놓아주지 않았다. 내 뒤를 따라 나오며 재우쳐 물었다. 성미가 급한 그는 본래 습식사우나나 건식사우나에 오래 머물지를 못했다.

그럼 죽었을 수도 있다는 얘기야?

홍 영감은 냉탕까지 나를 따라 들어왔다.

몰라. 일테면 그럴 수도 있다는 얘기지.

나는 건성으로 대꾸하며 폭포물맞이 버튼을 눌렀다. 그러자 바가지로 물을 끼얹듯 천정에서 물줄기가 금방 쏟아졌다. 그 물줄기가 그칠 때까지 구부린 채 등을 대고 있던 나는 이윽고 숨을 크게 내쉬었다. 비로소 가쁘던 숨이 조금 가라앉았다.

언제 들어왔는지, 열탕에는 젊은이들이 벌써 몇 명 들어앉아 있었다. 또 천연유황탕에도 등짝에 용을 문신한 덩치 큰 두 명의 젊은이가 앉아 대화를 나누는 게 보였다. 나는 그들을 유심히 바라보았다. 스포츠머리가 아니었다. 처음 보는 얼굴들이었다. 새로 문을 열었다는 7단지 건너편 큰 길가의 사우나탕으로 가지 않고 여기에 온 것을 보면 아마 외지 사람들인지도 모를 일이었다. 무슨 이야기를 나누는 것인지는 알 수 없으나 그들이 크게 웃을 적마다 시퍼런 등짝에 새겨진 두 마리의 용이 곧 날아갈 것처럼 꿈틀거렸다. 그뿐만이 아니었다. 조금 전까지 하품을 길게 물고 있던 송 씨도 황제 마사지인지 스포츠 마사지인지 그냥 전신 마사지인지는 알 수 없으나 어느새 전용 매트리스에 한 사람을 뉘어놓고 열심히 등짝을 밀고 있었다. 이렇듯 한가한 시간에 손님들이 몰려든 것은 아마도 바깥 날씨가 갑자기 추워진 탓이라고 할 수 있었다. 하긴, 그동안 12월 겨울 날씨치고는 너무 따뜻하지 않았는가. 잠시 주위를 두리번거리던 나는 곧 입구에 비치된 때수건을 들고 세면장으로 향했다. 빼빼 청년이 따라와 등을 돌리라고 했으나 나는 거절하고 혼자 팔부터 가슴, 등, 다리 순서로 비누를 칠하기 시작했다. 비누칠한 뒤 한바탕 물로 씻어내면 그걸로 그날 목욕은 모두 끝나는 셈이었다. 내가 목욕하는 시간은 대략 한 시간 반이면 충분했다. 그 시간이 넘으면 갑자기 호흡이 가빠지고, 현기증이 일어났다.

왜 숫자는 번번이 틀릴까. 그리고 왜 아홉이 되면 머뭇거릴까. 여든아홉과 아흔아홉이 특히 그랬다. 그러나 팔십구와 구십구는 그렇지 않았다. 무엇이 나를 그렇게 만들었을까. 그러니까 그날도 숫자 세기는 실패했다고 볼 수 있었다. 그러나 아침부터 허리가 켕기고 오른쪽 다리가 저리던 현상만큼은 사라진 것 같아 나는 조금 안심이 되었다. 그게 비단 약 탓만은 아닌 듯했다.

마른 수건으로 대충 몸을 닦은 나는 곧장 휴게실로 나와 앉았다. 직사각형 테이블을 사이에 두고 양쪽으로 등받이 있는 4개의 하얀 플라스틱 의자가 여섯 세트 길게 놓인 휴게실은 음료수를 판매대에서 자유롭게 사 마실 수 있는 곳으로, 샤워를 마친 손님들이 벌거벗은 채 많이 이용하는 곳이었다. 한가지 흠이라면 LED 조명이 너무 밝은 탓에 자욱한 욕탕에서는 자세히 볼 수 없던 낯모르는 손님들의 사타구니까지도 낱낱이 목격할 수 있다는 점이었다. 그래서 손님들은 대부분 음료수로 마른 목을 축이며 대화를 나눌 때 수건으로 거기를 덮곤 했다. 하지만 홍 영감은 가리려

하지 않았다. 왠지는 몰라도 오히려 과시하듯 그것을 더 앞으로 내밀고 앉았다. 하긴, 희고 검은 터럭 속에 머리를 비죽이 내밀고 있는 그의 것은 유별난 데가 있긴 하였다. 유효기간이 끝나 이제는 겨우 소변이나 배설하는 도구로밖에는 구실을 못 하는, 볼품없이 쭈그러든 우리 또래들의 것과는 달리 그의 것은 아직도 또 다른 기능을 충분히 감당할 것처럼 옹골찬 데가 있었다.

판매대에서 오렌지 과일 주스 깡통을 한 개 사 들고 구석 테이블 앞에 앉은 나는 문득 백 영감의 물건이 떠올라 피식 웃었다. 그의 것은 내 것처럼 볼품이 없었다. 그런데도 그는 나처럼 구태여 그것을 가리려고 하지 않았다. 내가 수건을 건네주면서 민망하니까 거기 좀 가리라고 하면 그는 오히려 그것으로 우리가 다 가계를 이어오지 않았느냐고 반문하면서 인류의 역사까지 들먹거렸다. 그러니까 부끄러운 존재가 결코 아니라는 것이었다.

잠시 뒤 홍 영감이 캔 커피를 들고 다가오자 나는 옆자리를 내주었다. 입구를 빠져나온 빼빼 청년도 두리번거리다가 곧바로 우리 건너편 테이블에 앉아 평소처럼 식혜가 든 병마개를 비틀었다.

홍 영감이 물었다.

그래도 그 영감태기가 어떤 눈치를 보였으니까 네가 목마르게 찾는 거 아닌가 말이야. 뭐야? 나한테 말 못할 무슨 곡절이라도 있는 거야?

그런 게 어디 있어. 다만 그럴 수도 있다는 거지. 늙은이들 목숨을 누가 살았다고 장담하겠어, 잠자다가도 숨넘어가는 경우가 다반사인데. 안 그래?

정말 그렇다면 신경 쓸 일도 아니구먼. 싱거운 사람 같으니라고.

비로소 알았다는 듯 홍 영감이 나를 쳐다보며 혀끝을 찼다.

사실 백 영감에게 구체적인 얘기를 들은 것은 없었다. 다만 올해 여름이 다 끝나갈 무렵 휴게실에서 찬 커피를 마시던 그가 무슨 생각이 들었는지 문득 밑도 끝도 없이 죽음에 관해 말을 꺼낸 적은 있었다. 나는 죽으면 바람이 되고 싶어. 바람이 되어서 어디든지 자유롭게 돌아다니고 싶어. 그때도 나는 그의 말에 특별히 의미를 두지는 않았다. 다만 다리가 불편한 그가 얼마나 자유롭게 돌아다니고 싶었으면 그런 말을 할까, 했을 뿐이었다. 그래서 그가 너는, 하고 물었을 때 나는 순간적으로 모래가 되고 싶다고 대꾸했다. 왜 그랬는지는 나도 알 수 없었다. 아마 그때도 머릿속으로 비취이슬사우나실의 핑크빛 모래를 생각하고 있었던 것 같았다. 왜냐하면 그날도 숫자를 맞추지 못했으니까.

금빛 모래?

그는 의아하다는 듯 나를 바라보며 되물었다.

그래, 금빛 모래가 되어서 종일 햇빛에 몸을 맡기고 싶어.

사우나탕에서 땀 빼듯이?

그래.

그날 대화는 그게 전부였다. 그러나 그날 이후 숫자를 세다가, 혹은 냉탕에 들어앉아 있을 때, 또는 휴게실에서 주스를 마실 때면 문득문득 바람이 되고 싶다는 백 영감의 말이 떠올랐고, 그럴 때면 앞서간 많은 사람의 모습이 기억 속에서 천천히 걸어 나오는 것을 느꼈다. 코로나19로 갑자기 세상을 떠난 동기동창 성준이도, 지방에 세운 비누공장을 다녀오다가 고속도로에서 교통사고를 당해 졸지에 객사한 광태도, 간암 3기 판정받고도 좋다는 온갖 약은 다 먹으며 버둥거리다가 떠난 진복이도……. 그것만이 아니었다. 나보다 어린 사람들도 많았다. 그 가운데에는 교사 시절 다섯 살이나 어린데도 나를 괴롭히던 까탈스러운 심 교장의 얼굴도 있었다. 그 모두가 지금은 이 세상에 없는, 사라진 얼굴들이었다. 죽음의 문턱을 넘는 순간 그들은 과연 무슨 생각을 했을까. 그러나 그와 나눈 이야기를 홍 영감에게는 꺼내지 않았다.

이윽고 강 노인도 목욕을 마친 모양이었다. 탈의장으로 향하다가 내 눈길과 마주치자 머리를 돌렸다. 얼굴이 잔뜩 일그러져 있는 걸 보면 용 문신한 젊은이들의 웃음소리가 강퍅한 그의 심사를 건드린 듯했다. 그는 실로암에 들어서면 보통 목욕 두 시간, 수면 두 시간, 합쳐 네 시간 동안 머무르다가 나갔다. 그는 비취 이슬사우나나 황토방 사우나, 게르마늄 사우나, 열탕이나 냉탕은 쳐다보지도 않았다. 입구에 들어서면 곧바로 샤워를 간단히 마치고는 천연유기유황탕에 들어앉아 30분 가까이 꼼짝하지 않았다. 그래서 나는 그도 그곳에 앉아 나처럼 숫자를 세고 있는 줄 알았다. 그러나 아니었다. 가려움증 때문이라고 했다. 홍 영감은 그의 등 뒤에 종주먹을 들이대며 실로암이 무슨 자기 작은집인 줄 아느냐고 비아냥거리기 일쑤였다. 그래도 그는 신도시가 형성되면서 대대로 물려받은 적잖은 전답을 보상받아 알부자 소리를 듣고 있었다.

잠시 뒤 홍 영감이 지나가는 말투로 물었다.

그런데 넌 왜 숫자 세는 데 그렇게 연연하냐?

그거? 잊지 않기 위해서. 가만히 있으면 뭔가 자꾸 잊혀가는 것 같아서.

이런 바보. 그런 건 늙으면 누구나 다 나타나는 현상이야. 나도 그래. 그래도 나는 그런 거에 신경 쓰지 않아. 너무 신경 쓰다 보면 그게 오히려 큰 병을 부를 수도 있거든. 그러니까 너도 앞으로는 그런 소심증 버려.

캔 커피를 다 마신 홍 영감이 빈 깡통을 흔들어보다가 쓰레기통에 버리고는 일어섰다. 나는 그를 올려다보면서 입을 열었다.

왜 벌써 나가려고?

목욕 끝냈으면 빨리 나가야지, 그럼 여기서 밤샐 거야?

그건 아니지만…….

얼른얼른 일어나. 시간이 뭐 우리를 위해 멈춰주냐? 죽으면 썩어질 몸뚱이인데 살아있을 때 부지런히 움직여야 하지 않겠어?

그는 나에게 한 말을 빼빼 청년에게도 반복했다. 젊은 사람이 무슨 할 일이 없어서 목욕탕에서 국으로 몇 시간씩 죽치고 있느냐고, 달구치는 그의 목소리가 휴게실을 울렸다.

그래도 그를 붙들고 싶은 나는 돌아서는 그를 올려다보며 조금 더 쉬었다가 같이 나가서 홍성루 자장면이나 먹자고 했다. 그러나 그는 머리를 세게 흔들었다. 나, 오늘 모임이 있다고 했잖아. 그리고는 숨 쉴 틈도 주지 않고 나를 향해 입을 열었다.

너, 죽음이 겁나냐?

그럼 겁나지 않냐? 시시각각 다가오는 걸 느끼는데…….

난 두렵지 않아.

홍 영감은 머리를 세게 흔들었다.

난 죽음이 찾아오면 그냥 어서 오세요, 하고 맞을 생각이야. 그것보다 중요한 건 지금이야. 어쨌든 지금은 숨을 쉬고 있으니까, 열심히 살아야지. 죽음 따위는 잊어버리고. 그거야 어차피 때가 되면 누구에게나 찾아오는 것 아니야?

핸드폰을 한 차례 열었다가 닫은 그는 뒤도 돌아보지 않고 화장대 앞으로 걸어갔다. 곧이어 드라이기로 머리를 말리고 스킨로션과 밀크로션을 손바닥에 담아 얼굴을 문지르는 그의 모습이 거울에 보였다. 나는 그가 탈의실로 향하는 것을 먼눈으로 보면서 그렇다면 혼자서라도 백 영감을 찾아봐야겠다고 마음먹었다.

홍 영감이 자리를 비우자 그동안 건너편에 앉아 핸드폰을 만지작거리고 있던 빼빼 청년이 냉큼 그 자리로 옮겨왔다. 그는 마른기침을 한차례 뱉어낸 뒤 나지막하게 입을 열었다.

저 어르신은 죽고 사는 게 얼마만큼 중요한지, 아직 잘 모르시나 봐요?

나는 대꾸하지 않았다. 또 무슨 얘기를 하려고 하나, 눈길도 돌리지 않았다. 위아래로 260개가 촘촘히 붙어있는 탈의장에는 홍 영감 외에도 늦게 입장한 몇 명의 손님들이 서둘러 옷을 벗고 있었다. 내가 본척만척하는데도 빼빼 청년은 내 얼굴을 한 차례 살펴본 다음 자발없이 말을 이었다.

제가 언젠가 한 번 말씀드렸죠? 야고보서요. 거기에 보면 이렇게 기록되어 있어요. 내일 일을 너희가 알지 못하는구나. 너희 생명이 무엇이냐. 너희는 잠깐 보이다가 없어지는 안개니라, 라고요. 이 말의 뜻이 과연 무엇일까요?

그의 말을 한쪽 귀로 흘려듣던 나는 문득 백 영감 생각에 잠겼다. 언젠가 백 영감도 이와 비슷한 소리를 한 적이 있었다. 우리는 모두 아침 이슬 같다고. 햇살이 비치면 금방 말라 흔적 없이 사라지고 마는……. 나는 그때에도 그 소리에 큰 의미를 두지는 않았다.

여기 들어오면 누구나 다 벌거벗잖아요? 잘 살고, 못 살고, 힘 있고 없는 게 전혀 문제가 되지 않지요, 안 그래요? 그렇다면 그게 뭘까요? 우리 몸에 걸치고 있는 그건 모두 껍데기라는 거지요. 그런데 영혼은 그것과 달라요. 그렇다면 우리가 죽은 후 껍데기에서 벗어난 우리 영혼은 어디로 갈까요?

나를 건너다보는 그의 눈빛은 자신이 던진 물음에 대한 대답을 기다리는 것 같았다. 하지만 나는 이번에도 그의 눈길을 무시했다. 그런데 도대체 그의 정체는 무엇일까. 예수 운운하는 소리는 하도 많이 들어 입을 열면 무엇을 말하려고 하는지 이제는 대충 짐작하지만 정작 그의 속내는 2년이 가깝도록 모르고 있다고 봐야 했다. 내가 안다는 것은 고작해야 잘 웃지 않는다는 것, 쌍꺼풀진 커다란 눈망울뿐이었다. 거기에 몇 개 더 덧붙이자면 기껏해야 신학대학 휴학생이라는 것(그런데 무슨 병으로 휴학하게 되었는지는 묻지도 않았고, 또 그가 말해 주지도 않았다), 몸통이 전봇대처럼 비쩍 말랐다는 것(본래부터 그랬는지, 아니면 어떤 사유가 있는지는 모른다), 휴게실에 오면 꼭 작은 유리병에 든 식혜를 사 들고 앉는다는 것 등이 전부였다. 또 하나는 길거리에서 전도를 목적으로 하는 사람들과는 달리 그는 어느 교파나 교회를 지목해서 나가보라고 권하지 않는다는 것이었다. 집에서 가까운 교회에 나가 다 내려놓고 예배를 드리면 된다고 말했다. 내가 안다는 것은 그게 전부였다.

그가 다시 말을 이었다.

우리가 여기 오면 모두 때를 밀지요? 그러나 때는 금방 다시

끼기 마련이잖아요? 죄처럼요. 그렇게 보면 교회는 목욕탕과 같다고 볼 수도 있어요. 다르다는 건 시간마다 끼는 몸의 때를 벗기는 데가 목욕탕이라면 마음의 때를 벗기는 데가 교회라는 것뿐이지요.

내가 대꾸하지 않아도 그는 입을 닫지 않았다. 마치 자기 할 말을 끝까지 해야겠다는 투로 쉬지 않고 떠들어댔다.

시퉁스럽게 나불거리는 빼빼 청년의 말을 한쪽으로 흘리며 일어선 나는 탈의장으로 향했다. 홍 영감은 벌써 나간 모양이었다. 속옷과 겉옷을 걸친 나는 이윽고 빼빼 청년을 남겨놓은 채 거리로 나섰다. 날씨는 차가웠다. 따뜻한 곳에 머물다가 나왔기 때문일까, 옷깃을 파고드는 겨울바람이 더 매섭게 느껴졌다.

백 영감이 산다는 곳은 대충 들어 짐작하고 있었다. 5단지. 그러나 내가 알고 있는 것은 거기까지가 전부였다. 몇 동 몇 호인지는 몰랐다. 그런 까닭에 어찌 보면 무모한 짓이라고 할 수도 있었다. 그래도 나는 주저하지 않았다. 만약 여기에서 내가 포기한다면 그날 밤에도 역시 잠을 이루지 못한 채 뒤척일 게 분명한 까닭이었다.

5단지는 실로암사우나에서 세 블록을 걸어가야 하는 제법 먼 거리였다. 그러나 나는 오리털 패딩을 귀밑까지 끌어올리고 천천히 걸음을 옮겼다. 설혹 찾지 못하게 되면 관리실에 찾아가 백씨

성을 가진 사람의 주소를 죄다 뒤져볼 요량이었다. 만약 개인 정보 누출 문제로 거절하면 이번엔 상가 부동산중개인사무소나 편의점을 찾아가서라도 인상착의를 대며 물어볼 생각이었다. 아무튼 죽지 않았다면 만날 수 있지 않겠는가, 하는 마음이었다.

12월의 겨울 해는 짧았다. 아직 5시가 넘지 않았는데 서쪽 하늘엔 벌써 노을이 붉게 물들어 있었다. 문득 붉은 꽃이 활짝 피어 있는 그 노을 너머가 빼빼 청년이 주장하는 천국이 아닐까, 하는 느낌이 들었다. 나는 걸음을 멈추지 않았다. 101, 102, 103, 104, 105……. 걸음을 옮길 적마다 세는 숫자는 비취이슬사우나실의 모래시계처럼 맞출 필요가 없었다. 그냥 천천히, 또는 그것보다 조금 빨라도 상관이 없었다. 나는 비로소 숫자의 구속에서 처음 벗어난 느낌이 들었다. 자유. 그랬다. 그것은 자유가 분명했다.

얼마나 걸었을까. 이윽고 5단지 출입구가 보였다. 자동차가 단지를 드나들 적마다 차단기가 바쁘게 오르락내리락하는 게 눈에 들어왔다. 출입구 앞에 서서 나는 한차례 호흡을 길게 토해냈다. 우뚝 솟은 고층 아파트와 아파트 사이를 빠져나온 햇볕이 내 그림자를 길바닥에 길게 만들고 있었다.

잃어버린 시간

─코로나19 시대의 여섯 빛깔 이야기─

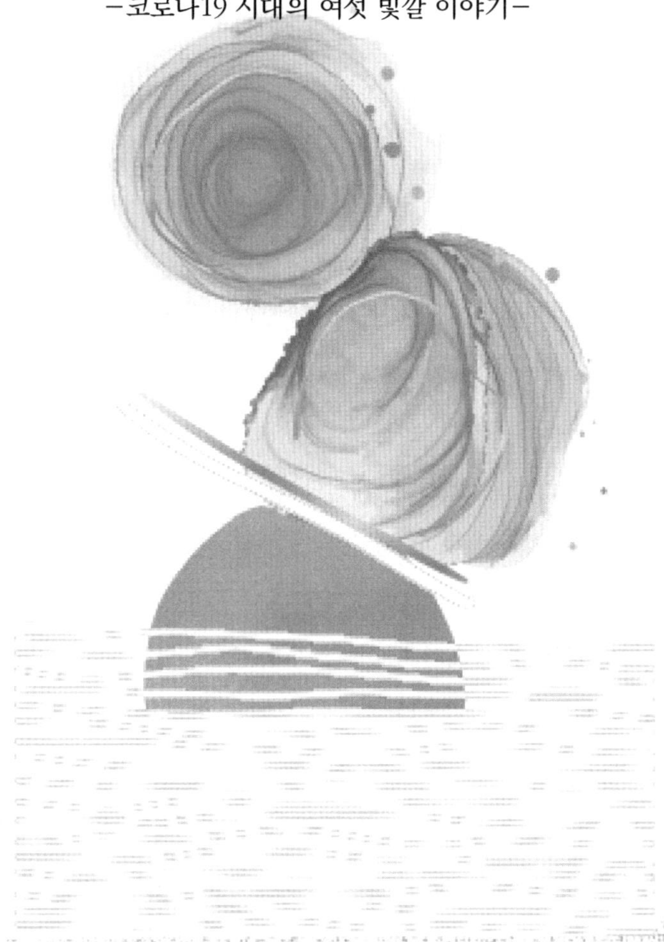

1. 이야기—하나

  동국 요양병원의 목요일은 아침부터 늘 부산스럽다. 일주일
에 딱 한 번, 오후 1시부터 3시까지 2시간 동안 가족 면회가 허용
되기 때문이다. 물론 그것도 사전 예약이 되어야 하고, 또 두 명
이상은 면회할 수 없으며, 개인당 면회 시간이 15분으로 한정되
어 있어 언제나 본 듯 만 듯하는 건 사실이지만, 그래도 수용자들
은 세면하고 머리까지 매만지고 기다리게 마련이다. 나도 마찬가
지이다. 지난주 금요일, 남편으로부터 예약되었다는 연락을 받은
뒤 내색은 하지 않았으나 오늘이 오기를 손꼽아 기다렸다. 만나
봤자 마스크 등으로 단단히 무장한 채 출입구 구석에 두꺼운 비
닐로 벽을 만든 좁은 공간에서 손 한 번 잡지 못하고, 겨우 얼굴
이나 보는 게 고작이지만, 그 시간이 기다려지는 것은 무엇 때문

인지 나도 모를 일이다.

그러나 새벽부터 티브이에서 늘어난 확진자 때문에 어쩔 수 없이 거리두기 등, 방역을 강화한다는 뉴스가 나오고 있어 가슴이 철렁 내려앉는다. 이러다가 면회까지 중단되면 어쩌지……. 옆 병상의 김명희 할머니(72세)도 그 뉴스를 그냥 흘려듣지 않은 모양이다. 나를 돌아보며 울상을 짓는다.

오늘은 영주에서 아들이 온다고 했는데…….

나는 웃음으로 대꾸를 대신한다. 사실, 남편에게 물티슈와 야쿠르트, 바나나, 내의 몇 개를 가져오라고 부탁한 나도 지난번처럼 또 갑자기 면회가 중단되는 일이 일어나지 않기를 바라는 마음은 같을 수밖에 없다.

우리가 애면글면 끝탕을 하는 사이에도 며칠 전 입원한 최금자 할머니(82세)는 침상 끝에 앉아 졸고 있다. 까딱거리는 머릿짓이 반복된다. 어느 날 갑자기 소파에서 일어나다가 쓰러져 고관절이 부러지는 바람에 인공관절을 삽입하는 수술을 받고 입원한 나처럼 그 할머니도 화장실에서 고관절이 부러졌다고 했다. 까딱거릴 적마다 화들짝 놀라 눈을 뜨곤 하는 최 할머니를 돌아보던 나는 문득 그 할머니가 처음 입원한 날, 밤새 앓는 소리를 내는 통에 눈을 붙일 수 없었던 기억을 떠올린다.

아침이 되면 환자보다 더 바쁜 사람들이 있다. 간호사와 의사,

간호보조사, 간병인들이 총총걸음으로 각 병실을 순례한다. 환자들이 복용할 약과 링거병이 얹힌 운반대를 끌고 들어온 간호사들이 건네는 말은 매일 똑같다. 실내에서도 마스크는 꼭 쓰고 계셔야 해요. 벗으면 절대 안 돼요. 주위 사람과는 되도록 대화도 삼가시고요. 그날도 임 간호사가 링거 줄을 점검하며 나에게 건넨 첫 말은 그 소리였다. 첫째도 방역, 둘째도 방역, 셋째도 방역. 하루 두 번 재활치료센터에 내려가 물리치료를 받고 올 때도, 접수처에 잠깐 다녀올 때도, 동국 요양병원에서는 손 씻기가 의무사항이다. 감시와 감독이 소름 돋을 정도이다. 어쩌다가 깜빡 잊으면 간호사와 간호보조사, 간병인들이 모두 나서서 마치 큰 잘못이나 저지른 죄인처럼 눈을 크게 뜨고 야단을 친다. 나이 탓이라고 변명해도 통하지 않는다. 입원한 지 벌써 두 달 가까이 되어가는 나도 그것 때문에 몇 번 혼쭐이 난 경험이 있다.

11시에는 재활 운동과 물리치료를 받기 위해 차례대로 재활치료센터가 있는 아래층으로 내려간다. 이곳의 재활치료센터는 6층 접수처 옆, 그러니까 원장실과 외과 의사실, 한의사실 등이 있는 중심층에 자리 잡고 있는데, 다른 요양병원과 비교할 때 그 시설이나 규모가 월등하다고 소문이 난 까닭에 빈 병상이 없을 정도로 늘 붐빈다. 사실 한 달만 입원해도 되는 것을 비싼 입원비까지 내가면서 한 달 더 연장한 것도 그것 때문이다. 집에 있다면 기껏해야 보행기나 밀면서 아파트 단지를 어슬렁거리는 게 전부

일 터인데 그걸로는 재활에 확실한 보장도 없을뿐더러 요즘은 또 시대가 시대인만큼 그곳조차 마음대로 다닐 수 없는 처지 아닌가.

아침 식판을 물린 뒤 재활치료센터 갈 준비를 하고 있는데 남편으로부터 연락이 왔다. 남편은 대뜸 오늘 뉴스를 들었냐고 묻는다. 아직 병원에선 아무 말 없지? 남편 역시 그게 걱정스러운 모양이다. 핸드폰 속의 남편 음성이 갑자기 작아진다.

내 동창, 연우 알지? 석 달 전 신년 모임 때도 멀쩡하던 개가 어젯밤 코로나로 죽었대. 새벽에 부음 받았어. 마스크도 아주 두툼한 걸로 단단히 무장하고 다니더니…….

그래서? 장례식장에 갔다 올 거에요?

가긴 어딜 가, 요즘이 어떤 시국인데. 안 됐지만, 그냥 계좌번호로 부의금이나 보내줘야지.

남편은 살아 있어도 살았다고 할 수 없는 게 요즘 세상이라고 하면서 혀끝을 찬다. 나는 남편이 마치 앞에 있는 것처럼 머리를 끄덕거린다. 하루에도 코로나로 죽는 사람이 어디 한두 명인가. 한숨을 길게 내쉰 나는 오늘 가져올 물품을 까먹지 말라고 남편에게 일러준다. 남편은 벌써 다 챙겨놨으니 걱정하지 말라면서 오히려 큰소리친다.

올 때 마스크 쓰는 것, 잊지 말고.

나는 무심결에 그 말을 내뱉곤 문득 날마다 잔소리하는 임 간호사를 떠올리며 혼자 피식, 웃는다.

　그러나 그날 나는 남편을 만나지 못했다. 병원으로부터 면회가 금지되었다는 통보를 받았기 때문이다. 내가 그 같은 통보를 받은 것은 재활치료센터를 막 벗어났을 때였다. 간병인의 도움을 받아 휠체어에 올랐을 때 각 병실에 수용된 환자들에게 통보하기 위해 총총걸음을 놓던 간호사를 통해 들었다. 그녀의 말에 의하면 면회 금지는 오늘만이 아니라 앞으로도 당분간 계속될 것 같다고 했다. 왜 그런 조처를 갑자기 내리느냐고 항의하자 그녀는 코로나를 이유로 들었다. 만약 우리 병원에서 코로나 확진자가 한 명이라도 나온다고 가정해 보세요. 병원 전체가 폐쇄되는 끔찍한 상황이 발생하게 되는 거예요. 아셨어요? 요 앞의 병원도 그래서 한 달 동안 폐쇄되었잖아요. 병원 방침이란다. 물품 반입도 데스크를 이용하란다. 뭐가 바쁜지 그녀는 그렇게 한 마디 던지고는 내 물음엔 대꾸도 없이 비상계단을 뛰어 내려간다.

　병원이 그렇게 방침을 정했다면 아쉽고 안타깝지만 어쩔 수 없는 일이다. 미리 언질이나 주지, 하는 황당한 마음은 있었으나 체념한 채 나는 머리를 주억거린다. 휠체어를 밀어주는 간병인의 얼굴에 갑자기 긴장의 빛이 감돈다. 나는 그녀의 얼굴을 안쓰럽게 돌아본다. 하긴, 먼 북녘에서 단지 돈 몇 푼 벌겠다고 이곳까지 날아온 그녀들 역시 코로나에 걸린다면 오지도 가지도 못하는 신세가 될 건 불을 보듯 뻔한 일이다.

병상에 돌아온 나는 그 소식을 들으면 끝탕부터 할 남편의 얼굴이 떠올라 그만 실소를 터트린다. 남편 역시 나 못지않게 실망이 클 것이다. 일주일 내내 핸드폰 영상으로 만나는 게 고작인 상황을 늘 불평하던 사람 아닌가. 그래도 망설여서는 아니 된다고 생각한 나는 서둘러 핸드폰을 들어 올린다.

아니나 다를까. 소식을 들은 남편의 목소리가 커진다.

도대체 그게 말이나 되는 소리야? 그럼 왜 진작 알리지 못했다는 거야?

남편의 말투가 빨라진다. 말투가 빨라진다는 것은 그만큼 흥분했다는 증거이다. 50년 가까이 함께 살아왔는데 내가 그걸 모를까. 그런데 이상한 것은 남편이 그렇게 빠르고 크게 소리를 돋구는 것과 비례해서 내 마음이 시원해지는 이유는 도대체 무엇 때문일까.

병원이 행정을 그따위로 하니까 코로나가 더 기승을 부리는 거 아니냐고!

그게 어디 우리뿐이겠어요? 지금 세상 사람들이 모두 겪는 일인데…….

나는 짐짓 남편을 위로해준다.

남편은 부탁한 물품을 다 종이상자에 담아놨다고 한다. 나는 그것을 간호사가 상주하는 6층 데스크에 맡기라고 일러주고는,

다시 한숨을 길게 내쉰다. 왜 요즘 들어 한숨이 자주 터져 나오는지 알 수 없었다. 남편은 그래도 아쉬운 듯 투덜거린다. 그런 남편에게 면회라고 해봤자 두꺼운 비닐이 가로막아 손 한번 맘대로 잡아볼 수 없는데 뭘 그러냐고, 지청구를 먹인다. 그리고는 이제 한 달도 채 남지 않았으니까 조금만 더 참고 기다리자고 덧붙인다. 나의 말에 남편의 목소리는 금방 수그러든다.

통화를 마치고 병상에 누운 나는 한참 동안 천장을 올려다본다. 창가 쪽 병상에 누운 박금자 할머니(81세)의 기침 소리가 이따금 들려올 뿐, 면회가 금지된 병실은 다시 땅속으로 가라앉은 듯 조용해진다.

해가 떨어지고 간병인이 저녁 식판을 걷어가면 동국 요양병원 703호 병실은 그때부터 정적에 휩싸인다. 이따금 운반대에 링거병과 약봉지를 싣고 복도를 오가는 간호사들의 실내화 끄는 소리만 간간이 들릴 뿐이다. 유리창을 통해 들어오던 저녁 햇살처럼, 아주 잠깐, 사람 사는 세상 같이 북적거리던 소리가 멈춘 병실엔 수용자들의 숨소리와 간헐적으로 터져 나오는 기침 소리만 들려온다.

나는 비로소 온종일 안면 절반을 가리고 있던 마스크를 슬그머니 내린다. 그러자 갑자기 방안을 떠돌던 공기가 콧구멍 속으로 한꺼번에 쏟아져 들어온다. 시체 썩을 때 풍기는 것 같은 매캐

하고 비릿한 냄새. 그 냄새가 내 온몸을 짓누르는 것 같아서 나는 나도 모르게 얼굴을 찡그린다. 그래도 마스크를 벗고 살 수 있는 세상이 빨리 왔으면 하는 마음으로 심호흡을 몇 차례 해본다.

문득, 내 눈앞으로 그리운 사람들의 얼굴이 스쳐 지나간다.

2. 이야기—둘

2021년 4월 27일

아내가 쓰러졌다. 소파에서 일어나 안방으로 걸어가다가 넘어져 고관절이 부러진 것이다. 나는 황급히 구급차를 불렀다. 15분 만에 도착한 구급차를 타고 곧장 가까운 '기대플러스병원' 응급실로 달려갔다. 그러나 입원은 바로 이루어지지 않았다. 병원에서는 먼저 금촌 보건소에 가서 코로나 선별검사를 받은 후 입원 절차를 밟으라는 것이었다. 어쩔 수 없이 우리는 시키는 대로 그곳을 먼저 다녀와야 했다.

우리가 배정받은 병실은 411호. 1인용 병실이다. 나는 간병인이 필요하다고 요청했다. 그러나 데스크에서는 그 병원에는 간병인이 없을뿐더러 구해주지도 않는다고, 한마디로 거절한다. 꼭 필요하다면 개인이 자체적으로 구해야 한단다.

간병인을 구하기 위해 여기저기 수소문해봤으나 허사였다. 어쩌다 연결되어도 제시하는 조건을 수용하기가 힘들었다. 모두가 천편일률적으로 하루 12만 원, 그것도 한 달 선불을 요구했다. 타협을 시도해보았으나 불가능했다. 결국 내일 통합시스템으로 운영되는 '일산복음병원'에 가기로 하고, 병원에 통보했다. 할 수 없이 그날은 내가 아내의 병상을 지키기로 마음먹었다. 뭐, 이런 일이 다 있나. 나는 마치 지구 최후의 날을 맞은 것 같은 절망을 느꼈다.

병원은 방역 통제도 까다로웠다. 보호자인 나도 바깥출입을 마음대로 할 수 없었다. 나갈 때는 반드시 데스크에 목적과 시간 등을 알려야 하고, 들어올 때도 발열 체크와 호흡기 증상 체크 등, 방역 수칙을 의무적으로 지켜야 했다. 그나마도 두 번 이상은 바깥출입이 허가되지 않았다.

밤새 아내가 꼼짝하지 못하고 누워 아파하는데 내가 해줄 수 있는 건 아무것도 없었다. 기껏해야 기저귀를 여섯 번 갈아주고, 배달시킨 본죽을 숟가락으로 떠먹여 주는 게 고작이었다. 아내는 왼쪽 다리는 건드리지도 못하게 했다. 어쩌다가 실수로 건드리기만 해도 비명을 질렀다. 그럴 적마다 나는 내가 한없이 작아지는 것을 느꼈다. 해줄 수 있는 게 아무것도 없다는 것은 무능을 의미하는 것 아니겠는가.

4년 전 이미 뇌경색으로 쓰러져 왼쪽 다리와 팔이 마비된 상태인데 하필이면 왜 또 그쪽 고관절이 부러져 아픔을 겪는 것일까. 나는 잠이 든 76살 아내의 늙은 얼굴을 밤새 내려다보면서 회한에 잠겼다. 50년이 넘도록 나를 믿고 따라와 준 아내가 고맙고, 미안했다.

2021년 4월 28일

아침 일찍 구급차를 타고 '일산복음병원' 응급실로 이송하던 구급차 안에서 우리 부부는 모두 음성이라는, 어제 선별검사 판정 결과를 문자로 통보받았다.

그러나 그게 끝이 아니었다. 우리는 응급실에 도착하자마자 또 한 차례 선별검사를 받아야 했다. 핸드폰에 입력된 선별검사 판정 결과를 보여주었으나 그들에게는 통하지 않았다. 거긴 파주시이고, 여긴 고양시니까 다시 받아야 한다는 게 그들의 주장이었다. 할 수 없었다. 다급한 쪽은 그들이 아니라 우리니까……. 또 머리를 쳐들고 콧구멍을 내밀었다. 콧구멍 깊숙이 들어와 찔러대는 솜방망이의 이질감. 역한 약 냄새. 그것을 감내하며 다 되었다는 소리를 들을 때까지 하얀 형광등이 길게 이어진 천정을 올려다보며 우리는 숨을 참고 있었다.

317호실, 6인용 병실이다.

통합시스템이란 각각의 병실마다 간호조무사들이 돌아가면서

보호자나 간병인이 감당할 역할을 대신하는 체제를 말했다. 따라서 보호자들은 환자를 위한 개인 간병인을 둘 필요가 없는, 편리한 시스템이었다. 하지만 시대가 시대인 만큼 관계자 외 외부인은 물론 보호자들까지도 절대 접근 금지였다. 병원은 입구에서부터 방역 지침에 따라 출입자들에게 발열 체크와 호흡기 증상 체크, 마스크 착용, 기타 간단한 조사를 철저히 시행하고 나서야 출입을 허락했다.

낮 12시. 나는 간호사가 일러준 대로, 팬티형의 기저귀 특대형 한 묶음과 물티슈 한 통, 사각 티슈 한 통, 생수통, 일회용 비닐장갑, 세면도구, 수건, 종이컵, 슬리퍼, 30개들이 마스크 한 통, 그리고 그동안 복용하던 당뇨약과 고혈압 알약을 1층 물품 보관대에 맡겼다.

정형외과 2번 진료실의 배영재 박사는 내일 검사 결과를 살펴본 다음 인공관절 치환 수술 시간을 알려주겠다고 했다. 나는 머리를 끄덕거렸다. 이제부터 아내는 그 사람의 몫이었다. 내 몫이란 기도밖에 없었다.

오후에 친구 황태수와 아들이 서울에서 찾아와 가까운 '장수관'에 가서 점심을 먹었다. 어제부터 한 끼도 먹지 못했는데 모래알이 낀 듯 입안이 깔깔해서 평소 가장 좋아하던 평양냉면도 절반 이상을 남겼다. 아들이 걱정스러운 눈빛으로 바라보았으나 면

발을 넘기려고 하면 서걱거려 어쩔 수가 없었다.

2021년 4월 29일

오전 10시, '일산복음병원' 신경과, 정형외과, 내과, 담당 의사를 차례대로 만나 아내의 검사 상태를 상세히 들었다. 다행히 아내의 상태는 나쁘지 않다고 했다. 내일 1시 30분에 수술을 진행하겠다는 의사의 말에 동의하고 서명했다. 수술비가 만만찮을 것이라고 예상했지만 일단 그런 걱정은 접기로 했다. 먼저 아내의 회복이 급선무 아닌가.

수술 후 아내는 다른 환자들과 달리 2층의 집중병실(중환자실)로 이동될 모양이었다. 의사는 뇌경색과 당뇨병, 고혈압 등이 그 요인이라고 했다. 그러니까 요관찰 대상 환자라는 것이었다. 그래도 나는 크게 걱정하지 않았다. 그 병동에는 담당 의사와 간호사, 별도의 간병인이 24시간 상주하고 있어 환자들의 모든 불편을 다 처리해준다는 걸 믿기로 했다. 하긴, 믿지 않으면 어떻게 할 것인가.

오, 하나님!

　4월의 마지막 날, 아내가 이윽고 수술실로 들어갔다. 쓰러진 지 사흘만이었다. 수술실 문 앞에서 한 시간 가까이 기다리던 나는 이틀 만에 아주 잠깐, 아내의 얼굴을 볼 수 있었다. 힘내. 모두 합심해서 기도하고 있으니까. 모든 건 하나님께 맡기자. 말을 건네며 아내의 손을 꼭 잡았다. 아내의 손은 여전히 따뜻했다.

　수술은 다행히 잘 된 모양이었다. 두 시간에 걸친 수술 후 회복실에서 잠시 머물렀던 아내는 예정대로 2병동, 즉 집중병실로 이동했다. 그곳은 일반병동보다 방역시스템이 더 철저했다. 면회는 물론이고 핸드폰 사용까지도 금지되었다. 따라서 그곳에 있는 동안 나와 아내는 모든 게 단절된 상태에서 깜깜한 세상을 보낼 수밖에 없게 되었다. 마치 김소월의 시 '초혼'의 시적 화자 같은 절망이 느껴졌다.

　이렇듯 철저히 방역에 임하고 있는데도 왜 확진자 숫자는 줄지 않고 날마다 늘어나는 것일까. 코로나19! 오늘도 중앙재난안전대책본부에서는 늘어난 코로나 확진자와 사망자 숫자를 시간마다 발표하고 있었다.

　집도한 배영재 박사는 생각보다 아내의 뼈가 튼튼해서 수술에 별 어려움이 없었다고 했다. 이는 아마도 그동안 꾸준히 복용한 프로폴리스와 마그네슘 덕분이 아닐까 짐작되었다.

어쨌든 한 번의 고비는 잘 넘긴 셈이다. 집중병실에서 나오면 아내는 일반병동으로 올라가 보름가량 입원할 것이고, 수술 부위가 아물면 다음은 또 재활 전문 요양병원으로 옮겨가 그곳에서 다시 한두 달 물리치료와 재활을 위한 운동을 받을 예정이다. 그러니까 이제부터 일어나기 위해 아내는 스스로 자신과 싸워야 한다. 그리고 그 짧지 않은 시간 동안 나는 혼자 집을 지켜야 한다.

50개들이 흰색 마스크 한 상자를 데스크에 맡겼다.
벌써 몇 번째인가.

2021년 5월 1일
창문을 모두 열어놓고 싸리비와 물걸레로 방바닥과 거실 바닥, 식탁, 도자기, 아내의 침대 머리맡까지 샅샅이 쓸고 닦았다. 그리고는 그동안 던져놨던 빨랫감을 세탁기에 넣고 돌렸다.
혼자 밥을 꺼내 먹으면서 문득 하나님께서 아내 없이 사는 삶을 미리 연습시키는 것은 아닐까, 생각되어 서글픈 마음이 들었다.

아내의 소식은 알 수가 없다.
어떻게 지내는지, 밥은 먹었는지, 잠은 잘 잤는지……. 또 내가 어떻게 지냈으며, 무엇을 했고, 누굴 만났는지 알려줄 방법도 없다. 우리 두 사람은 지금 다른 세계에서 서로 각각 살고 있다. 엎드리면 코 닿을 거리에 있는데도 먼 행성에 아내를 떼어놓고 온 것 같은, 미안한 느낌이 든다. 정말 팬데믹은 얼마나 더 지나가야 사라질까. 아니, 사라지기는 할까.

저녁엔 묵은 사진첩을 꺼내놓고 한참 동안 들여다보았다. 사진 속에서 활짝 웃고 있는 아내의 40대 얼굴이 박꽃처럼 복스럽다. 그 옆에서 아내 따라 웃고 있는 아이들의 천진한 모습도 정겹다. 나에게도 이런 시절이 있었구나, 문득 꿈속 같았다.

그런데 정말 아내는 이 시간 잘 지내고 있을까?
5월 초하루의 하늘은 종일 청명했다. 구름 한 점 없었다.

3. 이야기―셋

그럴 줄 알았어. 그래서 내가 뭐라고 하던가? 범구, 그 자식은 제 몸 아끼느라고 꼼짝달싹하지 않을 거라고 했잖아. 걔는 본래 그런 놈이야. 그놈한테는 친구고, 의리고, 뭐고 말짱 도루묵이라니까. 언제나 제 몸뚱이부터 챙기는 놈이거든. 외동 티를 내도 너무 내는 게 문제라니까. 이 세상에 제 몸 아끼지 않는 사람이 어디 있겠어? 부모한테 물어봐, 열두 명을 낳았어도 부모 눈엔 모두

다 귀한 자식들이야. 아무리 말썽을 부리고 다녔다고 해도…….

생각해봐라. 우리에게 얘가 보통 친구였냐? 우리라고 하면 잠
자다가도 벌떡 일어나 뛰어나오던 의리 있는 친구였잖냐? 너, 생
각나냐? 고등학교 때 얘가 범구 그 자식 때문에 무기정학 받은
거. 그때도 골목에서 다른 학교 학생 두 놈한테 양 볼이 찐빵 되
도록 두들겨 맞는 걸 얘가 대신 나섰다가 그렇게 된 거 아니냐.
아, 그런데도 오늘 같은 날 못 본 척한다는 게 어디 말이나 되는
소리냐? 장례식장이 또 멀리 떨어져 있다면 내가 말도 하지 않겠
어, 엎어지면 코 닿을 거리 아니냐고. 하나를 알면 둘을 알 수 있
다고, 그 자식은 아마 내가 죽어도 코빼기조차 보이지 않을 놈이
야. 물론 네가 죽어도 마찬가지겠지만……. 아니, 아니, 그건 농
담. 근데 넌 그런 거에도 삐지냐, 사내새끼가?

그나저나 다른 애들은 또 왜 여태까지 안 나타나? 연락은 다
갔을 텐데, 안 그래? 동우는 오고 싶어도 코로나 때문에 외국에서
꼼짝달싹하지 못하니까 그렇다 치고, 철환이랑 병석이는 냉큼 달
려와야지. 아니야, 석기는 좀 늦더라도 꼭 오겠다고 했어. 나하고
통화했어. 그럼, 요즘은 카톡 한 방으로 부고장 날리는 세상 아니
냐. 편리한 세상이지, 참. 얼마나 간편하냐. 일일이 전화하고, 장
례식장 알리던 시절에 비하면…….

빨리 잔 비우고 나도 한 잔 따라줘라. 죽은 쟤가 술잔 놓고 염
불 외우냐고, 눈알 부라리겠다. 뭐? 마스크 벗기가 싫다고? 야, 인

마, 그럼 술은 지금까지 어떻게 마셨냐? 그래, 그래. 좋은 말 할 때 얼른 벗어. 뭐? 거리를 유지해야 한다고? 알았어, 알았어. 네가 원하는 대로 다 해줄게, 자식하고는…….

코로나가 뭐 별거냐? 겁먹을 거 없어. 물론 걸리면 몸살감기하고는 달라서 힘들다고들 하더라구. 까딱 잘못하면 쟤처럼 맥없이 죽을 수도 있고……. 그렇지만 걸렸다고 모두 다 죽는 건 아니잖아? 거뜬히 일어난 사람들도 많잖아. 물론 고생이야 조금씩 하지만.

그럼! 삼수갑산에 간다고 해도 무조건 뛰어왔어야지. 친구가 죽었는데 문상하러 오지 않는 놈들을 어떻게 친구라고 할 수 있겠냐, 우리가 어떤 사이였는데. 말 그대로 불알친구들 아니냐. 이제 보니까 범구 그 자식, 제 몸은 귀한 금수저고, 우린 천한 흙수저로 여기는 거야, 뭐야.

썰렁하다고? 요즘 장례식장은 다 그래, 인마. 당연한 거 아니야, 문상객들이 찾지 않으니까. 이것이 바로 코로나19의 위력 아니겠냐. 봐라, 분위기 묘하지? 아직 발인도 하지 않았는데, 벌써 납골당에 안치된 것처럼 조용하잖아. 뭐, 부의금? 아직 그것도 몰랐냐? 그것도 요즘은 계좌이체로 받아, 인마. 아주 카톡으로 계좌번호까지 친절하게 알려주더라니까. 모르겠어. 난 아무래도 이상하던데, 남들은 그걸 이젠 아주 당연한 것으로 여기더라고. 시대

가 그렇다나 뭐라나, 암튼 코로나가 장례문화까지 바꾼 건 사실
이야…….

근데 너, 이런 소문 들어봤냐? 지금 대학병원 시체실이 만원사
례라는……. 왜긴 왜겠어, 코로나 때문에 애먼 사람들이 목숨줄
놓고 들어온 게 그만큼 많다는 거지. 그런데 더 큰 일은 그런 불
행을 당한 유가족들이 슬퍼할 사이도 없이 빈소를 잡지 못해 동
분서주하고 있다는 거야. 여기도 봐라, 문상객들의 발길은 뜸해
도 빈소는 꽉 찼지? 그래. 그나마 잡으면 다행이지만, 잡지 못한
유가족들은 어떻게 하겠어? 애타게 찾아다니다가 결국은 그냥 화
장터로 간다는 거야. 어쩔 수 없잖아, 사람은 죽었고, 장례 치를
곳은 없고. 그렇다고 길거리에서 치를 수는 없잖아……. 만약 그
럴 경우를 당하면 너는 어떻게 하겠어? 그렇지? 그래서 그렇게 개
죽음당한 경우가 허다하다는 거야. 아니야, 인마. 그거 헛소문 아
니라니까.

그래, 쟤는 본래 박복한 놈이었어. 사람들에게 이용만 당하고
내쳐지기 일쑤였지. 더러운 성질머리 하나 가지고 이 세상을 이
기려고 했으니 그렇지 않았겠냐? 이 세상에 독불장군이 어디 있
어, 안 그래? 쟤는 도대체가 타협이라는 걸 몰랐잖냐, 절충이라는
것도 모르고. 그냥 의리 하나면 모든 게 다 해결되는 줄 알고 지
금까지 산 놈이야. 식자재 사업도 그랬고, 두부 공장도 그랬잖아.
쟤 앞에서는 모두 설설 기었지. 충신인 척 고분고분하고……. 그

러니 그들이 뒷구멍으로 꿍칠 줄 누가 꿈엔들 알았겠냐? 한통속이 되어서 빼먹을 거 다 빼먹고 삼십육계 놔버릴 줄 어떻게 알았겠냐고? 더 웃기는 건 망했다는 소식 듣고 달려간 나에게 쟤가 뱉은 말 한마디야. 그날 아침에 일어나 나가보니까 텅 빈 공장이 마치 학교 운동장처럼 보이더란다. 그렇지, 그래서 늘 그 모양 그 꼴로 고생고생하며 살다가 마지막엔 이런 꼴까지 당한 거 아니겠냐. 너도 알지? 쟤가 마누라랑 이혼하고, 자식새끼 하나 있는 것도 공부한다는 핑계로 일찌감치 외국으로 날아가 버린 거……. 그래, 지금 저기 상주로 앉아 있는 젊은 아이는 동생 아들이야. 그렇지, 지금은 외국에 있는 자식이 오고 싶어도 올 수 있는 처지가 아니긴 하지. 모르지 또, 그 아이는 이런 사태가 오히려 잘 되었다고 여기고 있을지도……. 그럼, 슬프지. 슬프고말고. 슬프다는 말밖에는 나도 할 말이 없어. 물론, 너도 그렇겠지만. 왜 안 그렇겠냐, 친구인데. 모든 게 다 허망해. 우리가 살아 숨 쉬고 있는 것 자체가 산 게 아니라는 생각까지 들어. 그런 생각을 하니까 마음이 더 아프다. 야, 어서 잔이나 비워라. 쟤 앞에서 우리가 이렇게 술을 마시게 될 줄 어떻게 알았겠냐. 안 그래?

　그런데 이 자식들은 정말 오지 않을 건가? 연락 한번 해봐. 뭐? 철환이가 전화를 받지 않아? 아니, 신호는 가는데 받지 않는다고? 그럼, 병석이한테 해봐. 뭐라는 거야? 걔도 받지를 않아? 이 자식들이 코로나가 무서우니까 모두 안 받기로 짜고 숨은 거 아냐? 빙충이 같은 놈들……. 그럼 석기한테 언제쯤 올 건지 물어봐. 뭐라고? 개도 받지 않는다고? 그럼 어떻게 된 거야, 벌써 출발했나? 난 누구든지 전화를 받지 않으면 속이 터져 미치겠더라고. 그래, 알았어. 조금 더 기다려 봐야지, 별수 있어? 어서 잔이나 비워. 연락은 진작 갔으니까 그래도 오긴 올 거야. 특히 다른 놈은 몰라도 석기는 꼭 올 거야. 오겠다고 약속했으니까.

그나저나 넌 앞으로 어떻게 할 거냐? 그 식당, 아깝기는 하지만 그만 때려치워야 하는 거 아니냐? 코로나가 건설업까지는 아직 쳐들어오지 않았으니까 나야 마스크 쓰고 먼지 마시며 조금 더 버텨보겠지만 너는 아니잖아? 손님도 발길을 뚝 끊은 마당이고, 정부에서는 강제로 영업시간을 단축해 놓고 어기면 과태료까지 물리겠다고 으름장을 놓고 있는 마당인데……. 그래, 손님이 또 들어오면 뭐 하나? 들어와봤자 테이블마다 투명칸막이가 차단되어 있어 대화도 마음대로 나눌 수 없고, 또 되도록 입 다물고 있으라는 게 정부의 방역 방침이잖아. 이런 때인데 누가 밥 먹겠다고 끼리끼리 모여서 찾아오겠냐. 더구나 문제는 이 사태가 언제까지 이어질지 모른다는 거야. 들리는 말로는 이 세기가 끝나기 전까지는 사라지지 않을 거라고들 하던데? 뭐라고? 그래도 버텨보겠다고? 내가 보기에 그 정도 규모라면 임대료도 만만치 않을 텐데, 밥 팔아서 그건 나오나? 한 달에 얼마씩 주는데? 솔직히 말해봐. 그래, 그건 네 말이 맞네. 내가 그런 것까지 알 필요는 없지, 아무리 친구 사이라고 하더라도 프라이버시라는 게 있으니까……. 그래, 술이나 마시자.

뭐야? 얼굴 가까이 다가오지 말라고? 자식, 겁은 또 되게 많네! 인마, 그럴 걸 여긴 왜 왔냐? 방 안에 틀어박혀 이불이나 뒤집어쓰고 있지.

그래? 문자가 왔어? 누구야? 철환이? 자식들 이제야 답신을 주는구먼. 그럼, 그렇지. 우리가 어떤 사이인데. 그래, 온대? 뭐, 못 온다고? 왜? 지방에 있대? 새끼, 그거 새빨간 거짓말이다. 핑계를 대려면 좀 그럴듯하게 꾸며야지, 속이 빤히 들여다보이는 그런 걸로 산전수전 다 겪은 나를 속이려고 해? 이 자식 만나기만 해봐라, 내가 아주 아구창을 돌려버릴 테니까.

왜, 벌써 일어나려고? 조금 더 있으면 안 되겠냐, 아직 해 떨어지려면 멀었는데. 식당은 인마, 손님도 오지 않을 텐데 뭘 그래. 또 네가 없어도 종업원들이 어련히 알아서 잘하잖아. 알았어, 그래도 네가 저녁 자리를 꼭 지켜야 한다면 어쩌겠냐, 아쉽지만 어쩔 수 없지. 그래도 난 오랜만에 만났으니까 술이나 조금 더 할까 했는데…….

그래, 바쁘면 먼저 일어나라. 난 혼자서라도 조금 더 기다려 볼 테니까. 다른 놈들은 몰라도 석기는 꼭 오겠다고 했거든. 모르지,

그 녀석도 말은 그렇게 하고 다른 놈들처럼 코로나가 무서워서 못 올지도…….

그래, 잘 가. 또 보자. 코로나에 걸리지 않도록 몸조심해라. 그래, 내가 뭐 용가리 통뼈냐, 나도 조심해야지. 맞아. 이게 요즘 사람들이 흔히 나누는 인사말이라고들 하더라…….

4. 이야기-넷

이 글은 2021년 5월 3일 서부신문 K 기자가 코로나19가 요양병원에 미친 영향에 대해 실태를 조사하고 작성한 기사이다. 따라서 편의상 B 요양병원과 H 원장(56세)의 이름은 익명으로 표기하였고, 인터뷰 내용을 사실 그대로 옮기기 위해 편집하지 않고 질문과 답변의 형식을 빌려 기록했다. (일시 : 2021년 5월 3일 오후 2시. 장소 : B 요양병원 원장실)

질문 : 반갑습니다. 이틀 전에 전화했던 K 기자입니다. 바쁘실 텐데도 조사에 응해 주서서 감사합니다. 그럼, 시간 관계상 바로 질문에 들어가도록 하겠습니다. 먼저 이 요양병원의 방역체제에 대해 자세히 말씀해 주시기 바랍니다. 제가 듣기로는 원장님의 지시에 따라 아주 철저히 지켜지고 있는 것으로 알고 있는데요.

답변 : 올라오실 때 보셨나요? 보신 것처럼 우리 요양병원을 출

입하는 사람들은 거의 모두가 승강기를 이용하게 되어 있습니다. 따라서 모든 방역은 승강기부터 철저히 지켜야 한다고 생각되어 짝수 층과 홀수 층으로 운행하고 있으며, 안내원이 상주하여 발열 체크와 손 씻기, 마스크를 착용하지 않은 사람은 탑승을 거부하고 있습니다. 또 정원제를 엄격히 실시하고 있습니다. 아무리 바쁜 사람이라고 하더라도 정원이 넘는데 탑승하려고 하면 거부당하는 거죠. 또한 각 입원실에서도 마스크를 쓰지 않으면 간병인으로부터 제지를 당하는 것은 물론, 불이익을 받고 있습니다. 어찌 보면 이 같은 것을 놓고 지나친 간섭 아니냐고 불평하는 사람도 있을지 모르지만 어쩌겠습니까. 자칫 방심하면 한 사람으로 인해서 모두가 불행에 빠질 수 있는 일인데요. 그런데 다행스러운 점은 수용자들이 모두 병원의 방침을 이해하고 잘 따라준다는 것입니다. 정말 그 점은 감사하게 생각하고 있습니다.

(그러나 H 원장이 처음부터 그 같은 방역 수칙을 생각한 것은 아니다. 의과대학 동기동창이 운영하는 요양병원이 코로나19가 처음 우리나라에 퍼지기 시작한 작년 7월 수용자 관리가 소홀한 틈을 타 확진자가 발생, 전염되는 바람에 폐쇄되는 불행을 목격한 이후 취한 조치이다)

질문 : 그런데 다른 요양병원과는 다르게 일주일에 한 번씩 면회는 허용한다면서요? 그건 원장님이 추구하는 방역 수칙에서 벗

어나는 일 아닌가요?

　답변 : 예에, 맞아요. 일주일에 딱 이틀, 목요일과 금요일 오후 1시부터 4시까지, 수용자당 15분씩 예약제로 면회를 허용하고 있습니다. 단, 면회는 반드시 일대일로 해야 하고, 저희가 사전에 마련한 두꺼운 비닐 벽이 처진 속에서 행해져야 합니다. 또 그 자리에는 반드시 저희 쪽에서 간병인과 남자 직원이 입회하고 있습니다. 물론 테이블 위치부터 거리두기는 철저히 준수하고요. 이때 수용자와 보호자, 또는 친지는 서로 얼굴을 보면서 이야기는 나눌 수 있지만, 그 밖의 행동, 즉 손을 잡는다든가, 볼을 비빈다든가, 무엇을 나누어 먹는다든가, 하는 행위는 절대 할 수 없도록 금지 시키고 있습니다. 물론, 물품도 마음대로 반입할 수 없고요. 만약 이를 한 번이라도 어길 경우, 그 수용자는 퇴원할 때까지 면회가 다시는 허용되지 않습니다. 저는 코로나 예방이란 수동적으로 하는 것보다는 능동적으로 대처해야 한다고 주장하는 사람 가운데 한 명입니다. 말하자면 면회도 그런 것 가운데 하나라고 보면 될 겁니다. 그런데 그 부분도 지금까지는 잘 지켜지고 있어서 정말 다행이라고 생각합니다.

　(참고로, 경기도 고양시 풍동에 위치한 B 요양병원은 단면적 230평, 8층 건축구조물의 5층과 6층, 7층, 8층을 분양받아 사용하고 있으며, 전문적인 재활이 필요한 환자로부터 뇌졸중, 뇌성마비, 치매와 당뇨병 환자, 척수 손상 환자와 근육통, 루게릭병 환자 등, 현재 입원

한 환자가 약 200여 명 이르고 있다. 따라서 방역을 한시라도 소홀히 할 수 없다는 것은 당연하다. 그래도 H 원장은 깊은 잠을 자 본 적이 없을 만큼 늘 긴장 속에 살고 있다고 밝히면서 그것은 자신만이 아니라 이 같은 집단 밀집 체재 업종에 종사하는 사람들이라면 누구나 안고 살아가는 이 시대의 고충일 것이라고 했다)

질문 : 이번엔 지금 B 요양병원이 자랑하는 특별한 시설은 어떤 것이 있는지, 의료진 소개와 함께 운영 전반에 걸친 부분, 즉 실질적인 원장님의 노하우에 대한 말씀을 듣고 싶습니다. 제가 듣기로는 이 병원만이 갖춘 특색이 있다고 하던데요?

답변 : 특별한 것은 없습니다. 요양병원이 다 엇비슷하지 않습니까. 다만, 다르다면 저희는 일반외과와 재활의학과, 가정의학과 담당 의료진이 거의 매일 상주하다시피 하고 있으며, 한의학을 전공한 저까지도 필요하다면 적극적으로 나서서 환자들을 돌본다는 것, 그리고 또 하나는 다른 요양병원에 비해 첨단화되어 있는 재활치료센터가 있다는 점 등이 다르다면 다를까요? 그렇지만 그것으로 소문이 그렇게 났을 리는 없고, 소문이 났다면 아마도 그것은 환자들을 밤낮없이 현장에서 직접 돌보는 간호사와 간병인들의 헌신적인 노고가 아닐까 싶습니다.

(H 원장이 설명한 재활치료란 대략 4가지로 요약할 수 있었다. 즉, 운동치료와 작업치료, 통증치료, 언어치료 등이다. 그 가운데 특

히 주목할 점은 전문 치료 과정을 이수한 전문치료사들이 운동치료
와 통증 치료에 주력하고 있다는 점이다. 이는 이 병원에 입원한 환
자 중에 중추신경계 손상 환자와 외과적 수술 이후 이동이 불편한 환
자가 유독 많은 까닭이라고 했다)

질문 : 다시 본론으로 돌아가서 삼십여 년 가까이 의료계에 종
사하신 분이니까 묻겠습니다. 금방 끝날 줄 알았는데, 코로나가
시작된 지 벌써 만 일 년이 넘었습니다. 그리고 그보다 더 우려되
는 것은 그게 아직도 언제 끝날지 예측할 수 없다는 것입니다. 원
장님께서는 이 팬데믹이 언제까지 계속될 것이라고 예상하십니
까?

답변 : 그건 누구도 속단할 수 없다고 봅니다. 오직 하나님만이
알 수 있겠지요. 왜냐하면 백신이 개발되고, 치료제가 나온다고
하더라도 또 다른 변종이 나타나 그것보다 더 빠른 속도로 확산
할 수 있으니까요. 그만큼 바이러스는 변화무쌍한 것입니다. 그
런 까닭에 비관적으로 들릴지는 몰라도 제가 생각하기에는 앞으
로 인류는 코로나와 함께 더불어 살아가야 하지 않을까, 그렇게
봅니다. 우리가 현재 앓고 있는 유행성 독감처럼 말입니다.

(B 요양병원의 수용 환자들의 수용 기간은 대략 한 달에서 두 달
사이이다. 아주 특별한 환자, 즉 치매나 뇌 손상 등, 일상생활 동작
기능 장애가 현격히 떨어지는 환자를 제외하면 대부분 그와 같은 수

용 기간을 거친다. 그러니까 그 기간 환자들은 방역이라는 또 다른
학습을 이곳에서 철저히 받고 나간다고 볼 수도 있었다)

　질문 : 그렇다면 원장님은 백신이 개발된다고 해도 코로나가
소멸하지는 않을 거라고 보시는 거네요?
　답변 : 에에, 저는 그렇게 봅니다.
　질문 : 그래도 그게 나오면 지금의 영업시간 제한, 사회적 거리
두기, 발열 체크 등, 강력하게 추진되고 있는 방역체제는 어느 정
도 완화되지 않겠습니까? 국민이 일상생활에서 겪는 그와 같은
불편 때문에 지금 스트레스가 많이 쌓여 있다고 보는데, 사실 그
것도 사회적 문제가 아닐까요?
　답변 : 그렇지요. 스트레스는 많은 질병의 원인이 되지요. 그렇
지만 저는 그래도 그것만큼은 우리가 반드시 지켜야 할 마지노선
같은 것이라고 봅니다. 그래서 조금 전에도 말씀드렸지만, 저는
그것을 국가가 시키니까 국가를 위해서 하는 게 아니고, 자신을
지키기 위해서 스스로 행한다는, 능동적이고 긍정적인 사고 전환
이 필요하다고 봅니다. 그러면 어느 정도 스트레스도 줄어들 것
입니다. 생각하기 나름이라는 말도 있지 않습니까. 저는 그래야
우리가 코로나를 이길 수 있다고 봅니다. 행정적인 힘으로 봉쇄
하는 것은 일시적 확산은 막을지 몰라도 원천적으로 차단할 수는
없습니다. 결국은 우리가 스스로 극복의 의지를 갖지 않으면 이
룰 수 없다고 봅니다. 다른 요양병원이 다 금지하고 있는 면회를

저희가 허용한 이유도 따지고 보면 그런 데 있다고 보면 될 겁니다.

질문 : 이제 마지막 질문을 드리겠습니다. 지금까지 이 위중한 코로나 시대를 잘 견디어오셨는데, 요양병원의 원장으로서 운영상 특별히 어려운 점은 없었나요?

답변 : 왜 없었겠습니까. 알고 계시는 것처럼 우리 같은 요양병원에 입원해 있는 환자들 대부분은 기저질환자들입니다. 따라서 면역력이 지극히 약화 되어 있습니다. 만약 코로나19에 감염되기라도 한다면 생명이 위독한 게 사실입니다. 그래서 당국에서는 더더욱 저희 같은 업체에 강력한 조치를 강구하는 거라고 봅니다. 그래서 저희는 매일같이 팩스로 전송되는 공문이나 지침 등을 더욱 잘 지키고 있으며, 보고도 성실히 행하고 있습니다. 그러나 그 모든 것들이 한 걸음 바깥에서 바라보는, 상명하달식의 탁상공론이 되어서는 결코 기대 이상의 효과를 거둘 수 없다고 생각합니다. 그렇게 되면 모든 국민은 결국 정부만 바라보고 의지하는 수동적 개체로 전락하게 되고 말 것입니다. 아시는 것처럼 저희에게는 이곳이 생존의 현장입니다. 저희뿐이겠습니까. 딸린 식구들은 또 얼마나 되겠습니까. 그런 만큼 코로나 시대를 절실하게 공감하는 사람 가운데 첫째를 치자면 아마도 저희가 상위권에 들 겁니다. 그 점을 행정당국은 양지해 주셨으면 합니다.

(인터뷰를 하는 20여 분 동안 H 원장은 마스크를 한 차례도 벗은 적이 없었다. 칸막이한 테이블 너머에 앉은 탓에 가끔 질문의 요지를 알아듣지 못해 되묻기는 했으나 답변은 주제에서 한 걸음도 벗어나지 않았다. 그 사이에도 수시로 핸드폰이 울리고, 병원 실무자가 결재 서류를 가지고 드나들었으나 그는 그것들을 뒤로 미루고 먼저 답변해 주었다)

5. 이야기-다섯

가버나움 요양병원은 파라다이스가 아니다.
내가 갈망하는 파라다이스는 이 땅 어디에도 없다.

춥다…….

할머니들의 잠꼬대와 앓는 소리에 잠이 깼으나 나는 일어나지 않고 이불을 턱 아래까지 끌어올린다. 그러나 추위는 좀체 물러가지 않는다. 오한이 든 듯 온몸이 으슬으슬 떨린다.

몇 시쯤이나 되었을까, 감고 있던 눈을 슬그머니 떠 시계가 걸려있는 벽 쪽을 올려다본다. 어둠에 싸여 시침은 보이지 않고 초침 소리만 들려온다. 새쪽, 새쪽, 새쪽, 새쪽……. 일정한 간격을 두고 같은 속도로 달려가는 초침 소리가 아직은 내가 살아 있다는 것을 깨우쳐준다. 춥다는 것을 느끼는 것은 아직 내가 살아 있다는 것 아니겠는가. 그리고 비록 말이 잘 통하지 않아 숨겨진 나의 속마음을 전달하기 어려울 때가 많긴 하지만 이곳은 나의 일터가 아닌가. 짙은 보랏빛 어둠이 무겁게 가라앉아 있는 병실 한쪽 구석에 누워서 나는 몸을 웅크린 채 동이 트기를 기다린다. 누가 잠결에 담요를 발로 찬 모양이다. 갑자기 콧속으로 습기를 머금은 퀴퀴하고 시큼한 냄새가 밀려 들어온다.

내가 맡은 708호에 입원한 환자는 모두 7명이다. 뇌졸중 등, 중추신경계 손상을 입은 환자 2명과 알츠하이머 치매를 앓고 있는 환자 5명인데, 모두 벌써 1년이 넘도록 집에 가보지 못한 할머니들이다. 그 가운데 임 할머니는 4년, 강 할머니는 3년째 병상을 벗어난 적이 없다. 나보다 집 떠난 지 더 오래된 할머니들이 대부분이다. 그러나 말을 걸어보면 할머니들은 아직도 집에 갈 꿈을 버리지 못하고 있다. 안타깝게도 여기가 죽음으로 가기 위한 간이역인 줄을 모르는 듯하다.

요즘 내 머리를 아프게 하는 것은 나라에서 일상화하라는 마스크 착용을 할머니들이 받아들이지 않는다는 것이다. 병원 방침이라는 것과 그게 정부의 강력한 지침이라고, 눈에 띌 적마다 겁박을 주고 야단을 쳐도 할머니들에게는 그게 도무지 먹히지 않는다. 우린 이제 살 만큼 살았어, 하며 한사코 도리질하는 데는 나도 그만 두 손을 들고 만다. 지난번처럼 또 백 간호사에게 걸려 혼쭐이 난다고 말해도 귓등으로도 듣지 않는다.

얼마나 지났을까. 까무룩 쪽잠이 들었던 나는 임 할머니의 잠꼬대 소리에 그만 다시 눈을 뜨고 만다. 안돼, 안돼. 내는 죄가 없어…….

강 할머니는 임 할머니가 그럴 적마다 귀신이 찾아온 것이라며 입을 삐죽거린다. 그렇다면 그날 새벽에도 귀신이 임 할머니를 찾아온 것일까. 임 할머니는 한 시간이 넘도록 갓난아이가 옹알이하는 것 같은, 작고 낮은 입속말을 계속 주절거린다. 무슨 말인지는 정확히 알 수 없으나 내가 이곳에 오기 전부터 계속되었다는 그 소리가 다시 흘러나오기 시작하자 나는 나도 모르게 긴장한다. 그러나 지금 깨어있는 사람은 다행히 나 혼자인 듯하다. 코 고는 소리가 나지막하게 들리는 병실 안은 깊은 바닷속처럼 조용하다. 출입문이 여닫힐 때나 할머니들이 담요를 들썩거릴 때마다 짙게 떠돌던 퀴퀴하고 비릿한 냄새도 지금은 많이 가라앉았다.

안돼, 안 된다니까…….

임 할머니의 잠꼬대 소리가 다시 이어진다. 이번엔 허공을 향해 손짓까지 해댄다. 나는 문득 어제 휴게실에서 방역 수칙에 대해 교육받았을 때가 떠오른다. 왜 유독 백 간호사는 그럴 때마다 나를 지목할까. 내가 만만하게 보이나. 아니면 한국말을 잘 알아듣지 못한다는 것을 놀리기 위해서 그러는 것일까. 아무튼 병원 직원들이 모두 참석한 자리에서 갑자기 배운 것을 다시 설명하라는 지목을 받을 때면 나는 당혹스러워진다. 눈앞에 뿌연 안개가 끼면서 가슴이 뛰고, 얼굴까지 달아오른다. 다 알고 있는 내용이지만 머릿속이 하얘지는 바람에 더 더듬거리게 된다.

4월 초인데도 춥다…….
내 고향 까자흐스딴보다도 더 추운 것 같다…….

남편은 지금쯤 무엇을 하고 있을까. 혹시 낡은 그 목로주점에 앉아 보드카 병을 거꾸로 들고 마시면서 이 시간 나처럼 파라다이스를 찾고 있는 건 아닐까. 따지고 보면 그 사람도 참, 복이 없는 사람인 건 분명하다. 어쩌다 아내가 돈을 벌기 위해 이처럼 다른 나라를 떠돌아도 대거리 한마디 못 하고 초점 잃은 눈길로 전송하던 것을 보면……. 하긴, 그 나라에 일자리가 있으면 구태여 낯선 행성 같은 이 나라에 오지도 않았을 테지만…….

할머니들은 모두 나를 로샤라고 부른다. 할머니뿐만이 아니다. 가버나움 요양병원의 의사와 간호사, 간호보조사, 심지어는 조리사와 청소하는 남자들까지도 함부로 그렇게 부른다. 그러면 나는 곧바로 '어째 그룹소' 하고 대답한다. 그런데 만약 알아듣지 못하는 줄로 착각하고 '뚱보 로샤'라든가, '돼지 로샤'라고 부르면 그때는 정말 큰일 난다. 대꾸는커녕 눈을 사납게 치뜨고 사생결단할 듯 덤벼든다. 쑤카 블럇! 수탉처럼 머리를 꼿꼿이 세우고 외친다. 쑤카 블럇! 그러나 나는 그 말의 뜻을 그들이 알지 못한다는 것을 깨닫고는 돌아서서 그만 혼자 빙그레 웃고 만다.

환자들의 상태를 체크 하기 위해 백 간호사가 들어오자 나는 나도 모르게 긴장한다. 아침마다 으레 행해지는 일상적인 일이지만 나는 나도 모르게 입이 마른다. 간밤에 모두 다, 별일 없었지요? 나는 머리를 끄덕거린다. 일이 있을 리 있음 둥, 모두 다 잘 잤지비. 백 간호사는 그러나 내 말엔 대꾸하지 않고 병상에 누워있는 할머니들을 한 사람 한 사람 점검한다.

마스크 착용 반드시 하게 하세요. 한 사람의 실수가 요양병원 전체를 문 닫게 할 수도 있다는 거, 배우셨죠? 백 간호사의 잔소리가 다시 시작된다. 만약 그렇게 된다면 어떻게 될까요? 로샤는 비행기 타고 고국으로 돌아가면 끝이겠지만, 저희는요? 당장 쫓겨나요. 얼마나 어렵게 얻은 일자리인데. 아셨죠? 나는 머리를 끄덕거린다. 잠귀가 밝은 강 할머니가 깨어있다가 나 대신 예에, 하고 대답한다. 그때까지도 임 할머니는 꿈속에서 헤어 나오지 못하고 있다. 틀니를 뺀 입을 오물거리면서 무슨 말인지 알아듣지 못할 옹알이를 계속 잇고 있다.

백 간호사가 나가면 그 뒤를 이어 검은색 마스크로 단단히 무장한 청소 아주머니가 빗자루와 쓰레받기를 들고 들어선다. 병상 아래까지 재게 쓸고 닦는, 분홍색 고무장갑을 낀 그녀의 손길은 거칠다. 하지만 능숙하다. 청소가 끝나고 나가면서 나를 보고 웃는 그녀를 향해 나도 따라 웃어준다.

8시. 시계를 올려다본 나는 비로소 구석에 박혀 있던 기저귀 묶음을 꺼낸다. 내가 작업할 시간이 된 것이다. 할머니들이 밤새 차고 있던 기저귀를 갈아주는 일은 언제나 1번 병상부터 시작한다. 담요를 걷어내자 금방 지린내가 코를 찌른다. 그래도 어젯밤은 조용히 넘어갈 수 있어서 다행이었다. 사흘 전에는 5번 박 할머니가 저녁 먹은 게 탈이 났는지, 밤새 설사하는 바람에 기저귀를 다섯 번이나 갈아 줘야 했다.

기저귀를 다 갈고 나면 다음은 할머니들을 씻길 차례이다. 그 뒤는 병상 머리맡에 있는 물병에 식수를 채워주고, 병상 식탁을 올려 곧 도착할 식판이 놓이도록 준비해야 한다. 그러나 그것으로 내 역할이 다 끝나는 건 아니다. 스스로 수저를 들 수 없는 박 할머니와 임 할머니, 병실 왼쪽 끝머리에 누워있는 최 할머니는 내가 음식을 떠먹여 줘야 한다. 그것이 끝나야 비로소 내가 밥 먹을 차례가 된다.

박 할머니가 밥을 오물오물 씹다가 그냥 뱉어낸다. 다시 떠넣어 줘도 뱉어내기를 반복한다. 나는 나도 모르게 짜증이 난다. 함마이, 어째 그룹소! 죽구 싶소? 이거루 앙이 먹으믄 죽소. 강 할머니가 밥을 씹다 말고 나를 돌아다본다. 젊었을 때 시장바닥에서 미제물건 장사를 했다는 박 할머니. 코로나가 시작되기 전, 다녀간 할머니의 아들은 고생하던 그 시절을 이야기하면서 울먹였다. 우리 엄니는요, 그렇게 다섯 남매를 대학까지 다 보냈어요. 그렇다면 지금쯤은 그 자식들의 효도를 받으며 호강을 누려야 할 터인데, 나는 짜증 부렸던 나를 금방 책망한다.

황 할머니를 휠체어에 태워 재활치료실에 데려다준 뒤 나는 다시 핸드폰 버튼을 눌러본다. 그러나 여전히 신호만 갈 뿐이다. 몇 번을 반복해도 마찬가지이다. 남편은 왜 연락이 되지 않을까. 무슨 일일까. 며칠 전 통화할 때 그곳에도 이미 코로나19가 많이 퍼졌다고 하던데, 혹시 감염된 것은 아닐까. 문득 생각이 거기에 머무르자 갑자기 가슴이 섬찟해진다. 두렵다. 무섭다. 머리를 돌려 창밖을 내려다본다. 햇살이 퍼진 주차장 앞 도로에는 꽃망울을 터트린 백목련이 하얗게 웃고 있다.

검은 물감을 풀어놓은 것 같은 어둠이 창밖을 물들이기 시작하면 나는 비로소 하루가 또 지나갔다는 것을 느낀다. 종일 환자들이 복용할 약과 링거병을 들고 다니던 간호사들과 간호보조사,

그리고 접수처 직원들도 긴장했던 눈빛이 풀리는 모습이다.

밤 10시, 소등이 시작되면 병실은 다시 깊은 바닷속에 잠긴다. 바닷속 심연은 고요하다. 할머니들이 내뱉는 숨소리와 간헐적으로 터트리는 마른기침 소리가 들릴 뿐, 병실엔 조그만 파도도 일어나지 않는다. 바람조차 정지되어 있다.

화장실에서 물 내려가는 소리가 들린다. 옆 병실의 누군가가 용변을 보고 나가는 모양이다. 천정을 보고 바로 누운 나는 다시 담요를 턱 아래까지 끌어올리고 억지로 잠을 청한다. 할 수만 있다면 꿈에서라도 타임머신을 타고 그 옛날 좋았던 시절로 돌아가고 싶다.

춥다.
두렵다.
빨리 낯선 이곳을 벗어나고 싶다.

파라다이스는 이 세상 어디에도 존재하지 않는다.

코로나가 칼을 뽑아 들고 세상을 호령하고 있는 이상, 파라다이스는 그 어디에도 없다. 그러나 나는 포기하지 않을 것이다. 어딘가에 반드시 존재할 것이라고 믿는 나는 그 파라다이스를 찾아 또 떠날 것이다.

6. 이야기 — 여섯

김 사무장은 그날 심기가 몹시 불편했다. 아침 댓바람부터 원장실에 불려가 된통 야단을 맞은 탓이었다. 원장은 목욕실 앞에서 못 볼 것을 보았다면서 그렇지 않아도 요즘 돌아가는 게 바람 앞의 촛불 같아서 불안하기 짝이 없는 판국인데 그게 도대체 무슨 꼴이냐고 큰소리로 나무랐다. 사무장은 아무 대꾸도 하지 못했다. 한참 동안 야단을 치던 원장은 그래도 화가 풀리지 않는지 이번엔 눈을 사납게 치뜨고 버럭, 소리까지 질렀다.

사무장은 지금이 어떤 때인 줄 알아요?

코로나 시대…….

사무장은 아침부터 갑자기 웬 날벼락인가, 싶었다.

지금이 얼마나 위중한 때인 줄은 알고 있느냐고요?

아, 그거야…….

사무장은 원장의 눈과 마주치지 않기 위해 바닥을 내려다보면서 손을 들어 뒷머리를 긁었다.

이런 중차대한 시국에 그걸 봤으니, 내 마음이 어떻겠어요?

사무장은 그때까지도 뒷머리에서 손을 내려놓지 않고 있었다.

거, 누구예요? 강 요양사인가요, 최 요양사인가요? 아무튼 일을 핑계로 아침부터 마스크를 착용하지 않고 원내를 활보하는 사람은 누구든지 용납해서는 안 돼요.

시간이 지날수록 원장의 목소리는 가라앉는 게 아니라 더 높아갔다.

도대체 어떻게 교육 시켰길래 맘대로 다니게 하느냐고요?

사무장은 원장이 보았다는 그 사람이 누구인지 짐작이 갔다. 그렇다면 미소 요양원에서 그럴 사람은 오직 한 사람, 강 요양보호사 한 명뿐이었다. 그렇게 주의시켰는데, 기어이 또……. 그는 입술을 깨물었다. 그러나 일단은 원장의 흥분부터 가라앉히는 게 급선무였다. 그는 머리를 조아리며 빙긋이 웃었다.

조심, 또 조심시키겠습니다. 앞으로는 절대 그런 일이 없을 겁니다.

사무장이 책임질 수 있어요?

그럼요, 그럼요.

생각해보라고요. 그러다가 정말 누구 한 사람이라도 코로나에 덜컥 걸려봐요. 그땐 어떻게 되는지 사무장도 잘 알잖아요. 요 건너 '정다운 요양원'이 며칠 전에 문 닫는 거 봤지요?

알겠습니다. 제가 책임지고 조치하겠습니다.

그는 머리를 깊숙이 숙이면서 슬그머니 원장의 안색을 살폈다.

흥분은 시간이 지나면서 많이 가라앉은 것 같았다. 그러나 원장이 평상심을 되찾기 위해서는 조금 더 시간이 필요하다는 걸 사무장은 이미 알고 있었다. 요양원 초창기부터 10여 년을 함께 밥 먹은 사이 아닌가. 그렇다고 원장의 걱정이 기우에 지나지 않는다는 것은 아니었다. 코로나로 인해서 요양원이 한 번 행정조치를 당하면 문을 닫는 건 한 달이지만, 그건 한 달이 아니었다. 영원히 문을 닫을 수도 있는 일이었다. 누가 그런 소문난 요양원에 자기 부모를 맡기려고 하겠는가. 사무장 역시 그런 입장이 된다면 머리를 설레설레 흔들 게 분명했다. 예상했던 대로 원장의 말은 거기에서 끝나지 않았다.

조치하고, 보고서 작성해서 올리세요. 사무장도 중국 얘기 들었지요? 거기에서는 아예 지역까지 봉쇄시켰다잖아요. 거주하는 사람들 통행도 하지 못하게 하고……. 코로나 우습게 봤다가는 정말 큰일 나요. 아셨죠?

원장으로부터 한바탕 야단을 맞고 사무실로 돌아온 사무장은 강 요양보호사를 어떻게 처리할까, 궁리하기 시작했다. 원장이 알았다면 그냥 경위서나 받고 넘길 문제가 아닌 것은 분명했다. 더구나 사람들 눈에 띈 게 어디 한두 번인가……. 그러나 문제는 강 요양보호사가 미소 요양원에서 일 잘하기로 소문난 사람이라는 데 있었다. 사무장도 그 점은 이미 익히 알고 있는 터였다. 무슨 이유인지는 몰라도 청개구리 같은 할머니들도, 식사 때마다 쇠고집을 부리며 뻗대는 할아버지들도 그 여자가 나타나면 모두 언제 그랬느냐는 듯 순한 양이 되곤 하였다. 그것만이 아니었다.

몸놀림이 얼마나 잰지, 조금 전 1층 탈의실에서 보았는데, 잠시 뒤면 어느새 2층 매화실 김 할머니 침상 머리맡에 앉아 밥을 떠 먹이고 있었다. 거기에 환자들에 대한 사랑 또한 남다른 데가 있었다. 그런 까닭에 다른 요양원에서도 모두 부러워하는 일꾼이었다. 사무장이 고심하는 것은 그 점 때문이었다. 무리한 조치를 강요했다가 혹시라도 그만두겠다고 한다면 타격을 입을 곳은 미소요양원인 까닭이었다. 며칠 전 불렀을 때 그녀는 아무렇지 않은 듯 일하기가 불편해 잠시 벗었을 뿐이라고, 데면데면하게 대답했다. 그러나 수용자들이 많이 모인 곳 등, 반드시 준수해야 할 곳에서는 자신도 방역 수칙을 철저히 지킨다고 했다. 그러나 이번엔 그때와 경우가 달랐다. 원장이 눈을 시퍼렇게 뜨고 보고서를 기다리고 있지 않은가. 사무장은 한숨을 길게 내뱉었다. 진퇴양난이라는 게 꼭 자신을 두고 하는 말 같았다.

그래도 원장에게 목격된 이상 불러서 따지지 않을 수는 없었다. 그러나 잠시 뒤 사무실에 들어온 강 요양보호사는 며칠 전과 다름없이 바쁜 시간에 왜 또 부르냐는 얼굴빛이었다. 곧 나가봐야 한다면서 의자에 앉지도 않았다.

사무장은 단도직입적으로 물었다.

오늘, 또 마스크 쓰지 않고 일했나요?

사무장은 그러나 원장이 나무랐다는 말은 하지 않았다.

예에, 잠깐 목욕실 앞에서. 난초방의 황 할머니가 큰 것을 싸서 한바탕 목욕시키느라고요. 금방 안 씻기면 냄새가 진동해서 다른 할머니들에게 피해를 주거든요. 기저귀 갈기는 다음 순서고요. 근데, 왜요?

강 요양보호사는 오히려 그게 뭐 이상하냐는 투로 사무장을 똑바로 건너다보았다. 사무장은 말문이 막혔다. 어르신들 목욕시킬 때 마스크를 벗는 것은 어찌 보면 당연한 일이었다. 문제는 하필 그때 왜 그걸 원장이 목격했느냐 하는 것이었다. 그것도 출근길에. 일진이 나빠도 분수가 있지, 사무장은 혼자 혀끝을 찼다. 사무장이 뒷말을 잇지 못하자 그녀는 뭐 그런 거로 사람을 오라가라 하느냐는 듯 허락도 받지 않고 사무실을 뛰어나갔다.

그때부터 사무장은 머리가 더 무거워졌다. 보고서를 어떻게 작성해야 할까, 궁리를 끝없이 이어봤으나 머리만 아플 뿐, 도무지 이렇다 할 묘안이 떠오르지 않았다.

머칠이 지났다. 그날은 미소 요양원 전 직원이 코로나19 방역에 대해 지역보건소의 임원을 강사로 모시고 교육을 받는 날이었다. 교육은 오전 11시, 요양원에서 비교적 한가한 시간대를 잡았다. 휴게실에서 이루어진 교육에는 원장을 비롯하여 전 직원이 빠짐없이 참석했다.

약속 시간에 맞춰 흰 가운을 입고 등장한 강사는 40대 여자였다. 그녀는 이미 그와 같은 교육장을 여러 곳 순방한 경험이 있는 듯 거침이 없었다. 코로나19가 무엇인지, 전염력이 얼마나 무서운지 등과 같은 기초지식에 대해 먼저 약 20여 분 동안 설명한 그녀는 이를 대처하기 위해 정부가 마련한 방역 수칙을 왜 지켜야 하는지 등에 대해 능숙하게 입을 열기 시작했다. 그러나 대부분은 이미 직원들이 다 알고 있는 내용이었다. 날마다 행정당국으로부터 하달되는 공문과 지침이 모두 그 내용이었고, 또 자체적으로 교육하여 보고하는 것 역시 그것인 까닭이었다. 그래도 강사는 열심히 가르쳤다. 그것이 맡은 본분이라는 듯 교육은 반복과 암기를 통해 이루어지는 것이라고 강조하면서 사회적 거리두기의 필요성과 손 씻기의 일상화, 그리고 마스크 착용의 의무화 등까지, 실례를 들어가며 열심히 설명하고 또 설명했다.

그때였다. 강사가 마스크 쓰기에 관한 강의를 마치려고 할 즈음이었다. 난데없이 강 요양보호사가 손을 높이 쳐들고 일어섰다. 그녀의 돌발적인 행동에 그곳에 모인 직원들은 모두 놀란 눈빛이었다. 앞자리에 앉아서 열심히 듣고 있던 원장도 그녀의 돌발적인 행동에 당혹스러운 듯 얼굴을 찡그렸다. 그래도 노련한 강사는 흔들리지 않았다. 긴 머리카락을 손가락으로 한 번 훑어 뒤로 넘기면서 침착하게 그녀를 지목했다.

무슨 일이죠?

질문이요.

강 요양보호사의 어조도 침착했다.

마스크는 밤낮없이, 아무 때나, 꼭, 쓰고 있어야 하나요?

그녀의 얼굴엔 분명히 무언가를 확인해야겠다는 의지가 서려 있었다. 그녀의 말이 떨어지자 사무장은 마른침을 삼켰다. 뜬금없이 그게 무슨 말인가. 귀를 쫑긋 세운 그는 원장의 낯빛을 살폈다. 그러나 머리를 쳐들고 천장을 올려다보고 있는 탓에 원장의 안색은 살필 수가 없었다. 그러나 원장도 역시 자신처럼 긴장하고 있다는 것만큼은 확실했다.

아주 좋은 질문인데요, 예외도 있어요. 만약 우리가 꼭 착용해야 한다면 식사할 때는 어떻게 하겠어요? 또, 밤에 잠을 잘 때는요?

강사는 무슨 그런 질문이 다 있느냐는 투로 얼굴 가득 미소를 머금었다. 그러나 강 요양보호사는 물러나지 않았다.

그럼, 목욕할 때는요?

목욕이요?

예에, 목욕. 어르신들을 목욕시킬 때도 꼭 착용해야 하나요?

두 분이 계시는 경우를 두고 말씀하시는 건가요?

그렇죠. 목욕은 대개 일대일로 하니까요.

강 요양보호사는 또박또박 잘라 말했다.

여기저기서 킥킥, 웃는 소리가 들렸다. 그러나 강 요양보호사는 개의치 않는 얼굴이었다. 결연한 의지가 담겨 있는 눈빛으로 강사를 쳐다보고 있었다. 그제야 강사도 질문의 요지를 파악한 듯했다. 미소를 거둔 채 앞으로 숙였던 허리를 곧게 폈다.

다중시설 이용이 아니니까 그럴 때는 착용하지 않으셔도 무방합니다.

정말입니까?

그럼요. 그건 마스크 착용의 목적을 잘 이해하지 못하고 하는 말씀 같은데요, 마스크를 착용하는 목적은 호흡과 침 같은 분비물을 통해 코로나 감염을 사전에 차단하자는 데 있거든요. 그러니까 어르신을 목욕시켜드리는 일은 거기에서 예외가 됩니다. 일대 일일 경우에는 더욱 그렇죠.

강사는 모두가 똑바로 알아야 한다는 듯 좌중을 한 차례 둘러보며 큰 소리로 같은 말을 반복했다.

정말 그렇지요?

그럼요. 아무리 의무사항이라고 해도 예외는 인정되어야 하니까요. 요양원은 특수성이 있어 더욱 그렇지요.

그러자 강 요양보호사는 이제 확실히 알았느냐는 투로 얼굴 가득 웃음을 흘리면서 사무장을 건너다보았다. 그녀의 눈과 마주친 사무장은 자신도 모르게 얼굴이 확, 달아올랐다. 그는 얼른 원장 쪽으로 눈길을 돌렸다. 그러나 언제 빠져나갔는지, 원장이 앉았던 회전의자는 텅 비어 있었다. 어디로 갔을까. 두리번거리며 찾아보았으나 원장의 모습은 어디에도 없었다. 그가 앉았던 의자 너머로는 짝을 찾는 새소리가 무심하게 들려왔다.

작품 해설

서쪽 하늘 붉은 노을 속에 아직 끝나지 않은 짝사랑

−정수남 소설집『그는 일어날까?』

임철균(소설가·문학평론가·문학박사)

1. 문학이란 무엇인가

정수남 작가는 1945년 해방둥이다. 북한의 평양 보통강 부근 대타령이 그의 고향이다. 1950년 한국전쟁이 발발하면서 부모님과 함께 월남했다. 그리고 세월이 흘러 2025년, 고향인 평양에서 그나마 가장 가까운 경기도 고양시에서 팔순을 맞이했다. 작가가 글과 처음 인연을 맺은 것은 남대문 초등학교 4학년 때였다. 당시 유명한 아동문학가이자 교장선생님이었던 윤석중 선생이 교내 백일장에서 장원을 차지한 어린 정수남에게 "너는 이 다음에 어른이 되면 큰 작가가 되겠다"[1]라며 격려했다. 이후 용산고등학교 문예반에서 지금은 다들 유명 작가인 정희성 시인, 정하연 극작가 등과 어울리고 서울고등학교에 최인호 소설가와 친구를 맺으며 문학의 열정을 키웠다. 그리고 1984년 서울신문 신춘문예에

---

1 출처 — https://blog.naver.com/sultan61/22046864554, 2025년 4월 25일 검색.

소설 「접목」으로 등단하여 정식으로 작가가 된 이후 40여 년을 오직 외길 글쟁이로 살았다.

정수남 작가에 있어 한국전쟁은 불가분 삶의 애증이며 문학의 토대이다. "한국전쟁은 개인의 삶이 일그러지고 왜곡되게 만들었고, 당대의 소설가들에게는 개인과 사회의 상관관계를 이해하는 기준을 바꾸도록 강요했다. 그것은 소설가들에게 시대의 현상에 대해 위기감을 느끼게 하는 동시에 새 가치관을 확립할 필요성을 절실하게 불러일으켰다."[2]

이러한 시대 속을 살아내며 정수남 작가는 운명처럼, 숙명적으로 자신이 해야 할 일을 반평생 해 왔으며 지금도 여전히 해 내고 있다. 소설 양식을 전체 바탕으로 하여 주야를 가리지 않고 쓰고 또 쓴다. 그러다 벽에 부딪히면 잠시 내려놓고 수필도 쓰고 시도 쓰며 자유로운 영혼에 몸을 내맡긴다. 누가 무슨 문학상을 주든 말든 딱히 신경 쓰지 않는다. 그저 차곡차곡 쓴 원고지를 모아 제법 두툼해지면 출간회를 빙자하여 문학을 사랑하는 이들과 오랜만에 어울려 흥겨운 시간을 가지곤 한다. 그런 그에게 문학이란 무엇인가를 묻는 것은 흰소리일 것이다. 문학이 무엇인지 그의 팔십 년 된 육체와 삶의 내력이, 그의 존재 자체가, 온몸으로 밀고 간 그의 글들이 오롯이 말해 주고 있기 때문이다.

문학이 문학 자체이듯 존재는 존재 자체이다. 동시에 문학이

---

2 나은진, 「김성한 소설의 구조」, 『한국소설연구』, 한국현대소설학회, 1999, 301쪽.

없는 듯 있듯 생각해 보면 존재 또한 그러하다. 이에 관하여 전동진은 하이데거의 '초연함'과 노자의 '무위無爲' 개념을 분석하고 양자의 유사성을 지적하였다. 그는 하이데거의 '초연함'이 노자의 '무위'와 맥을 같이한다고 보았다. 그는 하이데거의 '초연한 태도로 내맡기는 것(Gelassenheit)을 인용하면서 '초연함'과 '무위'를 다음과 같이 비교하였다. "초연함은 차라리 모든 적극적 활동보다 '수준 높은 행위'이고 본래 '적극성과 소극성의 구별'을 초월한 것이다. 이 점은 노자의 '무위'에서도 마찬가지다. 무위는 단순히 '함이 없음', '행위하지 않음'을 의미하는 것이 아니다. (중략) 무위란 아무것도 하지 않는 것을 의미하는 것이 아니라 **작위적이지 않은 행위를 의미한다.** 즉, 무위도 일종의 행위"인 것이다.[3] 다시 말해 노자의 '무위'는 서구 철학의 형이상학에 의하여 왜곡되지 않은 원초적이고 본래적이며 나아가 시원始元적인 사유를 담고 있다는 것이다. 마찬가지로 하이데거 또한 "기술공학과 실증학문으로 만개된 형이상학이 사물과 존재자의 세계에 그의 절대적 지배를 감행함으로써 인류정신사를 극단적인 존재망각(Seinsvergessenheit)의 세계로 굴러 떨어뜨리고 말았다"[4]고 경고하고 있다.

---

3 전동진,『하이데거 철학과 동양사상』, 철학과현실사, 2001, 150~153쪽 참고.
4 Heidegger, Martin,Vorträge und Aufsätze 71, Neske: Pfullingen 1990 (6. Aufl.)

이에 필자는 정수남의 이번 소설집에 수록된 소설 아홉 편을 읽으며 노자와 하이데거를 생각했다. 노자가 '뿌리(근본)으로 돌아감'을 역설했듯, 하이데거 또한 '존재상실(Seinsverlorenheit)'을 역설하였으며, 정수남 작가의 삶과 문학 또한 그러함에서 크게 벗어나지 않기 때문이다. 이러한 점에서 팔순을 맞이한 정수남 작가의 이번 소설집 이미저리(imagery)를 거칠게 요약하면, '붉은 노을 속에 짝사랑'이라 할 수 있다. 딱히 요즘 시류의 주제에 휩쓸리지 않으며 꾸준히 자신의 이야기를 풀어나가고 있다. 그의 소설 속 주인공들은 한참 혈기 왕성한 청춘들이 아니다. 그에서 좀 지나버린, 아니면 한참 지난 이들이다. 그렇지만 그들은, 자신들의 바람이 이루어지든 그렇지 못하든 개의치 않고, 무언가를 항상 갈구하고 있다. 그리고 그 결과는 해피엔딩이기도 하고 아니기도 하다. 그럼에도 불구하고 정수남은 자연스레 물 흐르듯 온몸으로, 말 그대로 온몸으로 운명처럼 글을 쓰며 또한 쓰는 그 자체를 자신의 숙명으로 받아들인다.

정수남 작가의 작품 세계를 범박하게 세분화하여 보자면 아마 다음과 같은 세 갈래가 아닐까 한다. 첫째는 분단극복과 통일, 둘째는 노인을 주인공으로 한 세태소설, 셋째는 실험적 소설 양식. 그런데 이번 출간하는 소설집에는 이러한 세 갈래의 작품이 골고루 실려있다. 이 중 특히 노인을 주인공으로 한 세태소설들은 작가의 연배와 체험에 맞춰 쓴 소설이라서인지 매우 자연스럽고 리

얼하다. 일찍이 임화는 "세태소설은 꼼꼼한 묘사와 느린 템포와 자그마한 기지로밖에 씌워지지 않을 것"[5]이라고 단정한 바 있다. 이와 관련 임화는 세태소설의 결여점으로 무엇보다 '전형적인 성격의 결여'와 '플롯 미약의 특성'을 들었다. 세태소설은 세부 묘사로 인하여, 즉 묘사의 극대화로 인하여 사상성을 집약적으로 제시하기 어렵기 때문이다. 그렇다면, 임화의 말을 역으로 받아들여 이해하자면, "리얼리즘에서 통일을 이룰 수 있는 방법은 전형적인 성격을 창조함으로 플롯을 강화시킬 수 있다는 논리"[6]로 한편 받아들일 수 있다. 이러한 점에 비추어 보면, 정수남 작가의 노인을 주인공으로 한 세태소설들은 그 전형적 성격의 획득에 일정 부분 성과를 거두고 있다고 볼 수 있다. 또 그로 인하여 불안정한 플롯이 일정 부분 안정화되고 있기도 하다.

소설집의 표제작으로 작가는 「그는 일어날까?」를 손꼽았다. 왜 그럴까? 하고 소설집 전체 아홉 편을 읽어보니 일견 수긍이 되었다. 먼저, 주인공인 입시학원 강사 '송주희'는 작은 키에 통통한 몸매의 혼기가 지난 여자다. 대학 선배의 간곡한 부탁으로 만난 그녀의 오빠 또한 결혼에 딱히 관심이 없는, 오직 문학에만 관심이 있는 노총각이다. 게다가 그는 철저한 마마보이다. 그러한

---

5 임화, 「세태소설론」, 동아일보, 1938.4.1.~6.
6 이상우, 「송병수의 세태소설 연구」, 『한국문예비평연구』, 한국현대문예비평학회, 2008, 4쪽.

주희와 남자가 만남을 거듭하면서 서로 간에 삶의 방식과 인식
에 변화가 일어난다. "정말 저하고 같이 살고 싶으세요?" 주희가
묻는다. "그럼요." 남자가 대답한다. "그럼 어머니 품에서 나오세
요." 주희의 단호함에 남자는 한없이 작아진다. 그러던 중 남자가
독감에 걸려 앓아누우면서 주희와 연락이 끊긴다. 기다리다 결국
남자의 집을 찾아 차를 몰고 가며 주희가 생각한다. "얼마나 외로
웠으면 어머니가 그를 기둥처럼 붙들고 살았겠어. 정말 나, 바보
아니야? 나는 비로소 내가 바보천치라는 걸 절감했다. 후회막급
이었다." 소설의 막바지에 이르면, 늦은 나이에 만난 짝사랑들이
첫사랑으로 인식론적 화학반응을 일으키는 상황이 전개된다. 한
편 소설 외적으로 정수남 작가에게는, 남산에서 처음 입술을 맞
춘 이후, 60여 년을 함께 살아온 아내가 있다. 현재 아내가 치매
를 앓고 있다. 그런 그녀를 돌보며 지켜보는 작가의 마음이 몹시
에리다. 이러한 작가의 바람과 애틋함이 소설에 투영된 때문일
까? 「그는 일어날까?」에 주인공의 상대에 대한 마음과 시선의 애
틋함이 예사롭지 않다.[7]

---

7 정수남 작가는 팔순을 맞이한 2025년 3월 『희망 사항』이라는 시집
  을 출간하였다. 4부 총 90여 수의 시로 채워진 시집의 내용은 오직
  '한 사람'으로 시종 일관된다. 자신의 팔순을 축하하기 위한 자축 시
  집이 아니다. 10년 전 뇌경색으로 쓰러진 이후 치매가 와서 투병 생
  활을 하는 아내와, 그런 아내를 차마 요양병원에 보내지 못하고 돌보
  며 그저 바라볼 수밖에 없는, 휠체어에 앉은 아내가 하루빨리 기적처
  럼 툭툭 털고 일어나길 바라는 작가의 절절한 사부곡(思婦曲)이다.
  부모는 땅에 묻고 자식은 가슴에 묻는다는데, 어느날 자신이 생사를

「든든한 집」은 아내이자 할머니의 일인칭 주인공 시점과 은미를 주인공으로 바라보는 전지적 시점이 소설 내내 교차하는 독특한 구성을 가지고 있다. 주인공인 '나'는 남편과 함께 '은미'라는 손녀를 양육하고 있다. 은미의 엄마인 딸은 15년 전 어린 핏덩이를 나에게 훌쩍 맡기고 집을 나가 천방지축 망나니로 살고 있다. 그런 딸이 여러 남자를 갈아치우다 이번에는 돈 많은 이혼남을 제대로 만났다며 찾아와 인사를 하겠다고 한다. 그리고 딸을 데려가 자신이 키우겠다고 한다. 소설은 시점을 전환하며 전개된다. 엄마를 엄마로서 전혀 인정하지도, 인정할 수도 없는 은미를 주인공으로 서사가 전개된다. "그년 아주 맹랑하데. 제 맘대로 내 전화를 끊어버리는 거 있지." 너무도 오랜만에 온 엄마로부터의 전화를 가차 없이 끊어버린 은미였다. 어릴 때 자신을 할머니 집에 억지로 떠넘기고 소식조차 없이 자유로운 영혼으로 사는 엄마를 은미는 결코 받아들일 수 없었다. 이에 은미가 친구들과 상의 끝에 무단가출을 결행한다. 딸이 결혼할 이혼남과 나의 집을 방문한다. 결혼할 이혼남 앞에서 새삼스레 제 딸을 찾지만 이미 은미는 가출한 상태이다. 그것을 알게 된 딸이 "알았어. 걔가 정말 그렇게 생각한다면 어쩔 수 없지. 이번엔 정말 엄마 노릇 제

넘나들었던 바로 그 위암에 걸려 3년 전 훌쩍 떠나버린 아들을 통해 그런 뼈저린 경험을 한 작가이다. 그러하기에 병약한 아내를 바라보는 작가의 시선이 더욱 메일 수밖에 없다.

대로 한번 해 보려했는데……. 이 사람 정말 괜찮은 사람이거든.” 딸의 말은 모질었다. “그것은 딸이 은미를 포기했다는 것을 의미했다.” 은미가 돌아왔다. 비로소 나는 “우리집이 다시 든든하게 세워졌다는 것을 실감”한다. 이 소설에서 우리는 ‘모정’에 대해서 어떻게 그럴 수 있을까 하고 생각할 것이다. 하지만 현실은 소설보다 더 소설 같으며 때론 더 모질다. 삶이라는 것을 충분히 살아보고 지켜본 작가로서 그려낸 우리네 비정한 세태의 현실적 한 단면이다.

2. 서쪽 하늘 붉은 노을

우리나라는 인구구조의 급격한 변화를 맞이하고 있다. 2022년 말 기준으로 노인인구는 926만 명으로 전체 인구의 18%에 이른다. 2024년 65세 이상 노인인구가 1000만 명을 초과하고, 2025년에는 노인이 전체 인구의 20%를 초과(1051만 명, 20.3%)하는 초고령사회에 진입한다. 우리나라의 기대수명은 83.6세로서 점차 75세 이상의 고령 노인이 증가하고 있는 상황이다. 또한 가족구조 변화에 따라 부모-자녀 가구보다 노인 단독 가구 또는 부부 가구가 증가하고 있다. 2022년 기준 65세 이상 독거노인 세대는 187만 5270가구로 전체 노인의 20%를 초과한다.[8] 이러한 고

---

8 출처 : 의협신문(http://www.doctorsnews.co.kr), 2025년 4월 25일

령 사회의 한국에서 노인을 주인공으로 하는, 그들의 삶의 양식과 의식구조 및 변화 양상을 살피는 '노년소설'이 나오는 것은 한편 당연한 일이라 할 수 있다. 이러한 면에서 올해 팔순을 맞이한 정수남 작가가 노인을 소설 전면에 세우는 것은, 그가 최근 문학의 당면 과제 속에 당사자로서, 최전선에 서 있다고 할 수 있다. 왜냐하면 "'노년소설'은 초고속으로 고령화되고 있는 한국 사회에서 새롭게 부상하는 소설 장르로써, 점차 나름의 미학적 고유성을 확보해 가고 있어, 앞으로는 독립적인 문학 범주로 자리매김"9할 것이기 때문이다. 이것은 단순히 그들이 이 사회에서 숫자가 늘어나기 때문만이 아니다. 그들 한 사람 한 사람은 곧 '살아 있는 도서관'이기 때문이다. 이에 관하여 아프리카 말리의 작가이자 역사학자, 민족학자이며 20세기 아프리카 문학에 지대한 영향을 미친 아마두 함파테 바(Amadou Hampâté Bâ, 1900−1991)는 1960년 유네스코 연설에서 다음과 같이 말했다.

−노인 한 명이 죽는 것은 도서관 하나가 불타는 것과 같다.

정수남 작가의 이번 소설집 중 특히 두 편은 위에서 서술한 현황과 문제의식을 잘 보여주고 있다. 노인들의 삶과 의식 양상에

검색.
9 김미영, 「한국 노년기 작가들의 노년 소설 연구」, 『어문총론』64호, 한국어문학회, 2015, 216쪽.

있어 무엇이 늙어가는 우리를 살아가게 하는가의 문제와 어떻게 늙음의 상태를 살아갈 것이며 죽음을 맞이할 것인가 하는 문제를 제기하고 있다.

「서쪽 하늘 붉은 노을」의 주인공 나는 평교사로 정년퇴직을 하고, 아내를 사별한 이후 홀로 살아가는 노인이다. 나는 동네에 있는 〈실로암 사우나〉에서 목욕을 즐기는 것이 낙이다. 나는 사우나를 하면서 얼마 전부터 모래시계에 맞춰 1에서 500까지 숫자를 세고 있다. 그런데 숫자를 세는 것이 자꾸 헛갈린다. 혹시나 하고 나의 의식 상태를 내심 걱정하고 있다. 그러노라면 신학대학을 중퇴했다는 빼빼 청년이 매번 나에게 다가와 죽음 이후 하느님의 나라 천국에 대하여 설교를 한다. 사우나 친구인 홍영감은 팔십 나이에도 여전히 건강한 몸을 자랑한다. 나는 또 다른 사우나 친구인 백영감이 요즘 보이지 않아 그의 소식을 궁금해 한다. 그런 나에게 홍영감은 "근데 왜 그 영감태기는 자꾸 찾아? 뭐 돈이라도 꿔 줬어?"하며 핀잔한다. 이어 "팔십 넘은 늙은이들이 사고 났다면 뭐 다른 것 있겠어? 죽음 밖에는…….." 나는 내 주변에서 나의 곁을 영원히 떠나간 이들의 얼굴과 추억을 떠올린다. 홍영감이 나에게 묻는다. "너, 죽음이 겁나냐?" 그리고 스스로 답한다. " 난 두렵지 않아. 난 죽음이 찾아오면 그냥 어서 오세요, 하고 맞을 생각이야. 그것보다 중요한 것은 지금이야. 어쨌든 지금은 숨을 쉬고 있으니까. 열심히 살아야지. 죽음 따위는 잊어버리려고. 그거야 어차피 때가 되면 누구에게나 찾아오는 것 아니겠어." 홍영감의 말은 나에게 죽음에 대한 다른 시각을 제공한다. "좀 더 건강하고 좀 더 기력이 있는 사람이 죽음에 더 잘 대처할 수 있다. 죽음이 '바로 코앞에' 닥쳤을 때보다는 '저만치 멀리' 있을 때 죽음이 덜 두렵게 느껴지기 때문"[10]이다. 백영감 또한 언젠가 홍영감과 비슷한 말을 했던 것을 떠올린다. "우리는 모두 아침 이슬" 같다고 했다. "햇살이 비치면 금방 말라 흔적 없이 사라지고 마는……." 마침내 나는 백영감이 사는 아파트 5단지를 찾아가기로 한다. 백영감을 찾아 나선 12월 겨울날 오후, "서쪽 하늘에 벌써 노을이 붉게 물들어"있음을 본다. 그러면서 "문득 붉은 꽃이 활짝 피어 있는 그 노을 너머가 빼빼 청년이 주장하는 천국이 아닐까?"하는 생각을 한다. 사우나에서 모래시계에 맞추어 세던 숫자를 나의 걸음에 맞추어 세기 시작한다. 모래시계는 일정하게 숫자를 요구하지만 늙은 나의 걸음에 맞춘 숫자는 그럴 필요가 없음을 깨닫는다. 나는 비로소 무언가에 얽매인 것에서 벗어난 자유를 느끼며 백영감이 사는 아파트 5단지를 향해 걸어간다.

　「정상청은 죽었다」는 노인으로서 당면해야 하는 친구의 죽음

---

10 엘리자베스 퀴블러 로스, 이진 역, 『죽음과 죽어감』, 청미, 2018, 87~92쪽.

에 관한 이야기다. 소설의 시점은 일인칭 관찰의 시각이다. 소설의 첫 문장은 서술자인 나의 동창 정상청이 죽었음을 직접적으로 알리며 시작한다. 그는 물질적으로 매우 부유한 사람이다. 〈지선빌딩〉 외에도 별도의 한옥, 물류센터, 주말농장을 가지고 있는 대단한 자산가이다. 그러나 그는 가진 자산에 비해 타자는 물론 자신에게도 매우 엄격한 자린고비이다. 그 많은 자산에도 불구하고 자가용이 없음은 물론 자신의 빌딩 관리인을 직접 하고 있다. 심지어 빌딩 주차장 한쪽에 관리사무실 컨테이너를 놓아두고 자신의 아들과 주변에서 주워 온 전선의 껍질을 벗겨 모아 팔고 있다. 애초에 그는 다른 이들의 장례식에 돈이 나간다며 문상을 전혀 가지 않았다. 그러한 탓에 정상청의 빈소에는 서술자와 친구 외 다른 동창들마저 오지 않는다. 그런데 정상청의 빈소에서 그의 부인은 "눈화장까지 하고 지분 냄새 풀풀 풍기며" 다니고 있다. 독실한 기독교 신자인 서술자는 조금 모자란 탓에 제 아비에게 내내 구박받으며 살아온 그의 아들을 전도하기로 한다. 항상 아들이 있던 주차장 컨테이너를 찾아갔다. 하지만 정상청이 있던 주차장에 컨테이너가 사라지고 고급 승용차가 주차되어 있다. 〈지선빌딩〉이 팔리고 건물주가 바뀌어 있었다. 친구가 말한다. "죽어서도 돈을 이고 갈 줄 알았나. 그리고 보니까 종태 그 자식이 점장이네. 정장이야. 마누라 좋은 일 시킬 거라는 말 너도 들었지? 어쩜 그렇게 딱 맞힐 수가 있냐?" 동창의 말이 서술자의 귓가에서 맴돌았다. 삶보다 죽음이 더 가까운 노인의 삶에서 남은 생을 어떻게 살아야할지에 관한 작가의 생각이 짙게 담겨있다. 특히 소설 속에서 두 노인의 생사관에 대한 대화는 '소유의 집착'에서 벗어나 '존재'로서의 삶을 살아야 함을 역설하고 있다. 이는 "인간이란 시간성의 지평에서 영원성을 순간으로 앞당기거나, 순간을 영원성으로 되돌릴 수 있는 의식적 존재"[11]이기 때문이다.

3. 아직 끝나지 않은 짝사랑

'짝사랑'은 말 그대로 '외로된 사랑'이다. 존재와 존재 사이에서 한쪽이 타자를 일방적으로 사랑하는 행위이다. 이러할 때 일반적으로 상대는 상태의 변화가 없는데 사랑하는 주체는 몸과 마음이 다 말라비틀어져 간다. 그러므로 짝사랑은 결합의 의미가 비어있는 사랑으로서 일반적 의미에 사랑이라 할 수있다. 하지만 한편 다른 시각에서 바라보자면 짝사랑이야 말로 가장 순수한 형태의 사랑이라 할 수 있다. 상대와 나 사이에 특별한 임팩트는 없지만 짝사랑이야말로 가장 격렬한 감정을 수반하며 가장 큰 고통을 야기하기 때문이다. 또한 사랑하는 대상을 향하여 주체의 모든 것을 걸 만큼의 희생을 자청할 수도 있기 때문이다. 이러한 점

---

11 서정현, 「한국 노년소설에 나타난 말년 의식과 죽음—김원일, 최일남, 박완서를 중심으로—」, 조선대학교, 2019, 박사논문, 25쪽.

에서 역설적으로 짝사랑은 가장 주체적인 무의식, 무결정의 사랑이라 할 수 있다.

이 지점에서 필자는 작가로서 '정수남의 짝사랑'을 직시한다. 라캉은 자신의 철학 전기 단계인 1950년대 주체가 기표에 의해 대체되고 소멸되는 현상에 주목하였다. 라캉은 시니피앙의 작용이 주체를 구성하면서 동시에 주체를 파괴하고 해체 시키는 과정까지 이동시킨다고 하였다.[12] 이때 라캉의 주체는 언어적 주체이다. 그러므로 언어는 라캉 정신분석에 있어 가장 핵심적 요소이다. 또한 라캉은 '죽음 충동' 같은 비언어적인 것이 주체를 해체시킬 수도 있다고 보았다. 정수남 작가는 언어를 매개로 세상을 바라보고 세상을 해석하는 사람이다. 그러므로 그가 소설 속에서 주인공을 통해 어떤 대상을 짝사랑할 때, 우리는 그의 언어 사용의 내적 의도 독해에 주의를 기울일 필요가 있다. 이러한 맥락에서 필자는, 사실 그의 모든 작품이 다 그러하지만, 특히 다음 단편소설 네 편을 정수남 작가의 짝사랑이 짙게 배인 작품으로 묶었다.

「부끄럽지 않은 사랑」은 노년의 사랑에 관한 이야기다. 그리고 사실은 모두가 쉬쉬하는 노인들의 성욕性慾에 관한 고백이기

---

12 자크 라깡 저, 이성민 역, 『주체성과 타자성: 철학적으로 읽는 자크 라깡』, 난장, 2012, 29쪽.

도 하다.[13] 이 소설 또한 「든든한 집」과 같이 1인칭 주인공 시점
과 전지적 시점이 교차하고 있다. 나는 아내와 사별하고 홀아비
로 사는 칠십이 넘은 문학작가이다. 문화센터에서 〈창작 교실〉을
지도하는 과정에서 중학교 교사 은퇴 이후 학원을 운영하는 이영
숙이라는 이혼녀를 학생으로 만난다. 그녀는 작은 키에 한쪽 다
리를 저는 장애를 가지고 있다. 서른이 넘은 아들 둘과 사는 영
숙은 생활력이 매우 강한 사람이다. 이에 반해 작가인 전 선생은
불규칙한 수입에 중소기업 대표인 아들이 생활비를 도와주고 있
다. 전 선생과 영숙은 문학을 매개로 차츰 가까워지다 마침내 깊
은 교감의 단계에 이른다. 늦은 나이지만 반려자로서 서로를 선
택한다. 하지만 영숙의 아들들과 달리 전 선생의 아들은 아버지
의 재혼에 반대한다. 며느리 또한 자신의 아들이자 전 선생의 손
자가 곧 유력 집안과 결혼할 것이라는 이유를 들어 강하게 반대
한다. 죽은 아내까지 들먹인다. 하지만 나는 "죽은 사람 생각하

---

13 김미영은 노인들의 성 문제에 관하여 다음과 같이 적고 있다. "성
  (性)의 문제는 청·장년기 못지않게 노년기 삶에서도 중요한데, 노
  년기를 그것의 결핍이나 상실로 간주할 경우 성공적인 노화나 행복
  한 노년의 삶을 기대하기가 어려워진다. 일반적으로 노인의 성생활
  은 성교와 같이 직접적 성행위에만 국한되지 않고, 등을 긁어주는
  행위나 몸을 쓰다듬는 행위 등, 모든 신체적 접촉들이 포괄되는 것
  으로 간주한다. 노년의 성생활은 직장 중심의 사회적 활동과 관계
  들을 대신하여 개인의 소외감과 고독감을 덜어주고, 정서적 안정감
  을 갖게 해 주기 때문에 노년의 삶에서 매우 중요하다." 김미영, 「한
  국 노년기 작가들의 노년 소설 연구」, 『어문총론』64호, 한국어문학
  회, 2015, 226쪽.

면서 과거에 빠져 헤매는 게 현실적이지 않다고 판단"한다. "살아 숨을 쉬고 있다는 건 어쨌든 과거에 머문다는 것이 아니라 미래를 향해 나가고 있다는 것 아니겠느냐"라고 생각한다. 나는 그녀와 해외여행을 떠나기로 결심하고 베트남으로 간다. 북적이는 공항의 사람들 속에서 그녀의 어깨를 힘차게 끌어안는다. 이 지점에 두 사람이 이르러면, 소설 속 전 선생의 주체는 "'개인 주체'이자 '사회적 존재'에서 대사의 주체, 감각의 주체, 지각의 주체를 거쳐 마침내 '생명 활동의 주체'"[14]로 전환된다. 물론 전 선생 아들과 며느리의 사고로는, "데카르트의 코기토 주체 사고로는 이것을 결코 이해할 수 없다. 하지만 미셀 앙리와 라캉에게서 발견되는 '몸의 존재론'"[15]의 주체에서 보면 충분히 수긍할 수 있으며 일견 타당하다.

「길과 길」은 늙은 아내의 시점에서 이야기가 서술된다. 주인공인 아내가 남편과 함께 교통사고로 6년 전에 죽은 아들의 무덤을 찾아간다. 아내는 아들이 죽고 재가한 며느리가 몹시 서운하고 섭섭하다. 더불어 끔찍이 생각하는 손자 '주영'이 마저 연락이 끊긴 채 제 아비의 제삿날에도 오지 않는다. 그런 아내에게 남편은 "이제 그만 놓아 주자" 한다. 이제는 각자 서로의 "길이 다른

---

14 채봉영, 『주체와 욕망』, 사계절, 2000, 375쪽 참고.
15 임철균, 「김남천 문학의 근대극복 양상 연구」, 가톨릭대학교 박사논문, 2024, 16쪽 참조.

걸 어떻게 하느냐”며 “서로 모르는 척 눈감고 가야”한다고 한다. 하지만 아내는 ‘남편과 다른 길’을 택한다. 아들이자 제 아비의 무덤에 찾아오지 않는 손자 주영이를 직접 찾아 길을 나서기로 마음먹는다. 그리고 “마음속에 길 하나 품고 살자”며 다짐한다. 이러한 아내의 행동과 다짐은 한편 ‘불안’에 대한 아내만의 대응 방식이기도 하다. 이 때 “불안은 사람이 위험을 인식하고 이에 대응하여 회피하거나 방어하기 위한 일종의 심리적 신호”[16]이다. 또 이때 사람은 일반적으로 불안을 회피하거나 혹은 불안을 해소한다. 불안을 회피하는 것은 소극적 행동양식이다. 반면 불안을 해소하려는 것은 적극적 행동양식이라 할 수 있다. 이러한 점에서 아내는 후자를 선택하고 그에 자신의 행동과 의식을 일치시킨다. 그리하여 아내는 “길은 그쪽으로 가나 이쪽으로 가나 결국은 통하게 마련”이라 생각한다. 그것이 설령 내내 자신 홀로 걷는 길일지라도 아내는 자신의 길을 끝내 가리라 굳게 다짐한다. 이러한 점에서 「길과 길」 속에 길은 소설 속 모든 등장 인물들의 각기 다른 길이라 할 수 있다. 그리고 그 길은 모두 각기 다르다. 그럼에도 불구하고 소설 속 화자인 아내는 그 각자의 길들이 끝내는 한 길에서 만날 것이라는 짝사랑의 희망을 놓지 않는다. 더불어 이 소설 또한 정수남 작가의 자전적이자 체험적인 소설에의 혐의를 필자는 생각하지 않을 수 없다.

---

16 최선호,「임철우 노년소설에 나타난 죽음의식 연구」,『춘원연구학보』, 춘원연구학회, 2021, 302쪽.

「수수께끼」는 실향민인 정수남 작가의 직접적 체험·자전적 소설이자 그의 근본 인식에 가장 절실하게 닿아있는 짝사랑의 서사이다. 정수남 작가를 아는 이들이 모두 동의하다시피, 그는 분단을 지양하고 통일을 지향하는 '민족문학'[17]을 자기 소설의 토대로 삼고 있다. 그러하기에 이 소설은 그 어느 소설보다 작가와 소설의 거리가 가깝다 할 수 있다. 소설 속에 화자인 나는 실향민이다. 누이동생과 나를 데리고 월남한 아버지는 40년 전에 돌아가

---

17 필자가 정수남 작가의 문학 토대를 '민족문학'이라 규정함은, 그의 문학세계가 종 특성과 우월성을 강조하는 '민족주의 문학'이라는 용어의 문학세계와 분명히 다름을 표하고자 함이다. 그리고 이는 정수남 문학의 토대를 이해함에 있어 매우 중요한 문제이기도 하며, 그의 문학 토대 해석에 있어 자칫 '종 특성'에 방점 찍음을 경계함에 있다. 부연하자면, 홍기돈은 김기림의 견해를 빌어 그 용어의 차이를 논한 바 있다. "민족문학은 민족주의문학과는 내용이 다르다는 것을 알아야 한다. (중략) 문화상의 민족주의는 자민족의 민족성의 우수와 민족문화의 우월에 대하여 환상을 가지고 무비판하게 감정적으로 기정사실로써 시인하고 달려드는 것이다. 다만 그 방향이 하나는 공세로, 다른 하나는 수세로 갈라질 뿐이다. 전자는 다른 나라의 우수한 문화 특히 세계성의 문화의 파괴로 향하고 후자의 경우는 다른 나라 문화와 문화의 세계성을 거부하는 고루한 지방주의·배타주의로 떨어질 염려가 많다. 이 두 가지 점은 국수주의(파시즘) 문화이론의 기본적인 징후로서 우리가 기도하는 민족문학은 이러한 환상과는 아무 인연이 없는 도리어 반파시즘의 문학일 것이다." 김기림, 「文學槪論」, 『金起林全集3』, 심설당, 1988, 74쪽; 『文學槪論』, 文友印 書館, 1946.(원발표), 홍기돈, 「트랜스네셔널리즘과 민족의식의 통일로 마련된 민족문학의 자리─식민지 시기 임화, 김동리의 민족문학론 검토」, 『영주어문』제52집, 영주어문학회, 2022, 225쪽.

셨다. 돌아가시며 아버지가 마지막으로 남긴 말은 "통일이래……
되문, 내……뼈다구래 반드시 페양……우리, 선산에다……묻
어달라우, 알갓디?"였다. 그때 나는 자신있게 아버지에게 고개
를 끄덕였다. 해마다 나는 아버지의 제사를 정성껏 지낸다. 그러
나 나의 아들은 할아버지의 제사에 무관심하다. 아버지의 묘지
가 있는 관리사무소에서 계약기간이 끝나간다고 알려왔다. 이장
할 것인지 연장할 것인지를 물어 나는 고민한다. 내가 죽으면 누
가 아버지 무덤을 살필 것인가 하는 생각에서이다. 하지만 아내
와 여동생과 나와 셋이 함께 간 아버지 성묘에서 나는 20년 연장
을 결정한다. 아들이 말한다. "통일이요? 지금 누가 그런 걸 중요
하게 여기기나 한데요? 아버지 같은 사람이 아니고서는……" 아
들은 나의 이 모든 사고와 행위를 알 수 없는 수수께끼 같다고 했
다. 하지만 그것은 나 역시 마찬가지이다. 아들이 왜 그렇게 생각
하는지 참 알 수 없는 수수께끼이다. 그리하여 정수남 작가는 아
들과 아비 생각의 참 알 수 없음을 두고 「수수께끼」라 하였다. 하
지만 정수남 작가의 생각을 조금 더 깊이 파고 들어가면 그렇다.
'수수께끼'는 하나의 문제이다. 문제는 반드시 풀리게 되어있다.
문제라는 것은 그 문제를 풀어야 할 대상이 있다. 그렇다면 그 대
상은 누구인가? 작가는 소설을 통하여 '수수께끼'를 툭! 던져놓았
다. 그리고 기다리고 있다. 누군가 자신이 던진 '수수께끼'를 풀
어내기를.

「미혹」은 전반적으로 1인칭 주인공 시점이지만 과거의 일과 현재 상황이 교차하며 이야기를 전개하는 서사 구조이다. 나에게는 지적 장애 아들을 데리고 시골 고향집에서 농사를 지으며 살고 있는 여동생이 있다. 나는 "정년퇴직을 얼마 앞두고 교장에게 반기를 들었다가 사표를 던진" 이후 아파트 관리사무소에서 경비원으로 근무하고 있다. 아파트에 해마다 봄이면 발생하는 골치 아픈 문제가 있다. 3년 전 들어 온 한예분 할머니가 몇 년째 아파트 사이 공간에 텃밭을 만들어 그것을 강제로 철거해야 하는 문제에 직면해 있다. 하지만 나는 홀로 시골에서 텃밭을 가꾸던 어머니의 모습이 떠올라 쉽사리 없애지 못한다. 살아 생전 어머니는 항상 말씀하셨다. "난 흙냄새가 좋아. 흙이 얼마나 좋은 줄 너희들은 모르냐. 모두 여기서 자랐는데. 그 냄새를 벌써 잊었니? 이러한 갈등의 나에게 관리소장의 철거에 대한 질책이 이어지고, 나는 결국 사표를 제출하고 만다. 그리고 시골의 동생에게 전화를 한다. "내가 기거할 방 하나 마련"해 달라고 한다. 이에 동생이 며칠이나 묵어갈거냐 묻는다. 내가 대답한다. "오래, 아니 어쩌면 너무 오래 네가 지겨워져 할 때까지 살게 될지도 모른다"라고 말한다. 이태준 소설 「돌다리」(『국민문학』, 1943)는 핵심 소재인 '땅'이 어느날 문득 깨달은 화자의 짝사랑 대상이 된다. 이 소설은 아주 오래 잊고 있었던 어머니와 자신의 뿌리가 어디에 근원하고 있는가에 대한 자각이자 자신이 진정 사랑하는 것이 무엇인지에 대한 자각이기도 하다. 작가는 이 소설을 통하여 자신의 근원과 자신이 끝내 지켜내야 할 것이 무엇인가를 에둘러 말하고 있다.

4. 새로운 도전으로써 실험적 소설

「잃어버린 시간-코로나19 시대의 여섯 빛깔 이야기」는 코로나19 때를 배경으로 여섯 개의 에피소드가 있는 옴니버스 구성이다. 원고지 분량상 중편에 해당하는 세태소설이다. 정수남 작가는 이러한 옴니버스 구성의 세태소설을 이전 소설집『길에서, 길을 보다』를 통해 실험적으로 선보인 바 있다. 「일곱 빛깔의 풍경」을 통해 다양한 인간 군상들의 삶을 예리하게 스케치한 바 있다.[18] 그러나 이번 소설집의 「잃어버린 시간-코로나19 시대의 여섯 빛깔 이야기」는 이전의 소설과 비슷하면서도 약간 다른 점이 있다. 이전 소설집의 이야기들에 비해 이번 소설집의 이야기들은 그 구성에 있어 각 이야기들의 연관도가 한결 높아졌다는 것이다. 그리하여 필자는 이번 소설집의 삽화적 이야기들을 먼저 요약하고 이후 이야기들의 방향이 어디로 가야 하는가를 간략히

____

18 정수남, 「일곱 빛깔 풍경」, 『길에서, 길을 보다』, 새미, 2012, 245~282쪽.

적어보고자 한다.

　이야기 하나는 고관절이 부러져 요양병원에 입원한 늙은 아내 시점의 이야기다. 코로나19 때문에 더더욱 갇혀 지내야하는 요양원 할머니들의 모습이 그려진다. 남편이 자신의 친구가 코로나에 걸려 죽었다는 소식을 전한다. 아내는 하루 빨리 "마스크를 벗고 살 수 있는 세상"이 오기를 바라며 "그리운 사람들의 얼굴"을 떠올린다.

　이야기 둘에는 고관절이 부러진 아내가 병원에 입원한 이후 70대 남편 시점의 이야기이다.　남편의 독백이 일기형식으로 전개된다. 코로나19 시대인 만큼 병원의 방역이 철저하다. 고관절 수술을 마친 아내이지만 나는 코로나19 방역 때문에 아내를 볼 수가 없다. 홀로 집안에서 나는 아내를 그리워하며 어서 빨리 이 시간이 지나가기를 바란다.

　이야기 셋에는 동창생이 코로나로 죽은 상갓집에 있는 한 친구의 내레이션이다. 죽은 동창은 세상을 원칙대로 아등바등 살았지만 부인과 이혼했다. 외국 유학을 보낸 아들은 코로나19 방역을 이유로 귀국하지 않는다. 친구들 대부분 또한 방역 지침을 이유로 문상을 오지 않는다.

이야기 넷은 기자의 요양 병원원장의 인터뷰 기사 형식의 이야기다. 코로나19에 따른 방역지침과 그에 따른 사람들의 물리적/심리적 상황들을 서술하고 있다.

이야기 다섯에는 카자흐스탄에서 온 요양병원의 간병인 시점에서 이야기가 전개된다. 그녀는 손맵시가 좋아 환자들을 매우 능숙하게 다룬다. 요양병원의 방역 지침은 매우 엄격하다. 그녀는 소망한다. 파라다이스 같은 자신의 고향으로 돌아갈 날을. 코로나19 시대에 그러한 파라다이스가 어디에도 존재하지 않음을 알면서도 그녀는 파라다이스에 대한 희망을 버리지 않는다.

이야기 여섯에는 코로나19 시대 어느 요양병원의 사무장과 원장과 요양보호사가 나온다. 원장이 요양보호사가 병원 내에서 마스크를 착용하지 않은 것에 대하여 사무장을 강하게 질책한다. 이에 사무장은 요양보호사에게 이를 알리며 주의를 당부한다. 하지만 요양보호사는 할머니를 목욕시키는 과정이라 마스크 착용을 할 수 없었다며 대수롭지 않게 대꾸한다. 얼마 후 방역 지침 강사가 병원 직원들을 모아놓고 강의를 하는데 요양보호사가 질의를 한다. 강사는 목욕 과정은 일대일 상황이므로 마스크 착용을 하지 않아도 된다고 한다. 질의를 마친 요양보호소가 사무장을 바라보며 "얼굴 가득 웃음을 흘린다." 사무장이 원장을 바라보는데 이미 원장은 강의장을 빠져나가 보이지 않는다.

실험적 소설인 「잃어버린 시간―코로나19 시대의 여섯 빛깔 이야기」는 공통 주제 아래 다양한 삽화를 연결하는 옴니버스 구성의 원칙을 충실히 따르고 있다. 그러나 각각의 이야기가 너무 짧은 삽화 형식을, 콩트에 가까운, 가지다 보니 전체 이야기의 독해에 있어 하나의 메시지를 산출해 내기가 언뜻 쉽지 않다. 그리하여 필자가 생각하는 것은 1970년대 시대의 절창이자 연작소설인 조세희의 『난장이가 쏘아올린 작은 공』(1978)이다.

연작소설은 작가가 하나의 단편으로 세계에 대한 기대와 바람을 마무리 하지 못했을 때 연작의 형태로 자신의 의도를 보완해 나가는 방식을 보여준다. 즉 "여러 편의 독립된 삽화들을 모아 더 큰 하나의 이야기가 되도록 결합시켜 놓은 소설[19]이다. 그리고 이러한 형식은 무엇보다 '분절성과 계기성'을 특징으로 한다. 또 하나 정수남 작가가 생각할 수 있는 것은 조해일의 「무쇠탈」(1973, 1977, 1985) 연작처럼 이전 소설집과 이번 소설집의 옴니버스 형식 글들을 별도의 작품집으로 묶을 수 있도록 구상하는 것이다. 그러기 위해서는 작가의 각 소설집 속에 기 발표된 소설들과 향후 발표할 실험적 소설들의 '분절성과 계기성'을 염두에 두면 좋

19 권영민, 「연작소설의 새로운 가능성」, 『소설의 시대를 위하여』, 이우출판사, 1983, 78~87쪽 참고.

겠다고 생각한다.

5. 정수남 작가와 소설이 우리들에게 던지는 화두

정수남 작가는 과거 인터뷰에서 이런 말로 끝을 맺었다. "문학을 해서 밥을 먹어야겠다고 생각한다면 일찍부터 대중소설을 쓰는 작가가 현명하지 않을까 생각도 합니다. 하지만 밥과 문학을 타협시키는 것은 문학정신과 예술혼을 훼손시키는 것입니다. 설사 부업작가가 되더라도 문학정신은 지키는 것이 바람직하지 않을까 생각합니다."[20] 이러한 인터뷰가 있었던 2015년에서 3년 전인 2012년 소설집을 출간하며 정수남 작가는 서문에서 이렇게 부끄럽고 쑥쓰러운 말을 하였다.

나에게 문학은 꿈이었다. 아무리 가도 그 끝을 알 수 없어 한때는 절망의 늪에 빠져 그만 포기할까 하고 생각했던 적도 있는 꿈이었다. 함께 걷던 친구들이 저만큼 앞서가고 있을 때 혼자 뒤쳐져서 허우적거리는 것 같아, 사실 긴 시간 다른 쪽에 한눈을 판 적도 있었다. 그러나 아니었다. 한눈 판 곳, 그 현실 세계에서 실패와 좌절을 거듭 맛보았던 나는 역시 내가 설 곳이란 이곳밖에 없다는 것을 늦게나마 깨닫고 다시 돌아

---

20 출처−https://blog.naver.com/sultan61/220468644554, 검색일자 2025년 4월 20일.

올 수밖에 없었다. 그리고는 다시 꿈을 꾸기 시작했다. 반가운 것은 그 긴 시간 동안 꿈이 나를 져버리지 않고 기다려주었다는 것이었다.[21]

반성과 성찰. 문학하는 사람에게 이것은 매우 필수적인 것이며 소중한 자산이다. 위의 소설집 서문과 인터뷰에는 그것이 진솔하게 담겨있다. 언급하였다시피 정수남 작가는 올해 팔순이다. 그의 소설적 표현에 의하면 '서쪽 하늘 붉은 노을' 속에 서 있다. 그러나 그에게는 여전히 '아직 끝나지 않은 짝사랑'이 있다. 그 짝사랑의 대상이 자신을 사랑하든 사랑하지 않든 그는 여전히 자신의 모든 것을 그 짝사랑에 바치리라 맹서하고 있다. 그리고 이것은 결코 빈 말이 아니다. 위 소설집을 발간하고 11년이 흐른 후인 2023년 다시 소설집을 출간하며 서문에서 다음과 같이 말하였다.

나무는 수직성을 지니고 서 있을 때가 아름답다. 쓰러진 것, 뿌리가 뽑힌 것, 토막이 난 것들은 오직 죽음만이 기다리고 있을 뿐이다. 그렇게 보면 나무는 사람의 숙명과도 닮은 데가 많다. 사람도 그렇지 않은가. 벼랑에 몰린 고통이 아무리 참담하더라도 서서 버티고 있어야 살았다고 할 수 있는 것이다. 수평의 자세가 되어 눕는다는 것은 죽음을 의미하며,

---

21 정수남, 앞의 소설집, 4~5쪽.

그것은 곧 굴복이다. 그런 까닭에 시련과 고통이 덮쳐와도 이악물고 끝까지 서서 자신이 살아있다는 것을 알려야한다. 나는 지금 서있다. 쓰러지지 않고 곧바로 서있다. 내가 땅에 발붙이고 이처럼 서 있다는 건 나를 나 되게 하는 내 자긍이며, 아무도 넘볼 수 없는 내 자존심이다.

정수남 작가의 말은 문학을 운명이자 숙명으로 하는 사람으로서 고백이자 선언이다. 그리고 이것은 곧 소위 문학을 한다는 우리들의 등짝을 호되게 내려치는 죽비이다. 이에 작품 해설을 마치며 원로 소설가 정수남 작가의 삶과 문학에 가장 가까운 시, '온몸으로, 온몸으로 시를 밀고 나아갔던 자유 정신의 시인 김수영'의 시를 감히 빌어 헌정한다.

폭포

폭포는 곧은 절벽을 무서운 기색도 없이 떨어진다

규정할 수 없는 물결이
무엇을 향하여 떨어진다는 의미도 없이
계절과 주야를 가리지 않고
고매한 정신처럼 쉴 사이 없이 떨어진다

금잔화도 인가도 보이지 않는 밤이 되면

폭포는 곧은 소리를 내며 떨어진다

곧은 소리는 곧은 소리다
곧은 소리는 곧은
소리를 부른다

번개와 같이 떨어지는 물방울은
취할 순간조차 주지 않고
나타(懶惰)와 안정을 뒤집어 놓은 듯이
높이도 폭도 없이
떨어진다.

김수영, 「평화에의 증언」(1957)

작가의 말

내일은 또 맑을 것이다

어제는 맑았는데
오늘은 비가 내린다.
그래도 괜찮다.
내일은 또 맑을 게 분명하니까…….

2024년은 어지러운 한 해였다.
정치적으로도, 경제적으로도, 사회적으로도 그랬고, 나도 그랬
다.
2025년도 별반 다르지 않을 것 같은 전망이다.
그래도 괜찮다. 2026년은 또 다를 테니까.

그런 속에서도 산고를 겪으면서 낳은 아홉 명의 자식들을 세
상에 다시 내어 보낸다. 아직 여물지 못한 자식들이지만 내보내

는 이유는 간단하다. 나가겠다고 안달하는 자식들도 문제이지만 이제는 나에게도 시간이 그렇게 많이 남지 않았다는 걸 깨닫기 때문이다. 아무쪼록 내 새끼들이 세상에서 사람들에게 많은 사랑을 받았으면 하는 마음이다.

걱정은 그것만이 아니다. 내 속으로 낳았으나 자식들이 모두 제각각인 게 아무래도 마음에 걸린다. 남자와 여자란 성별은 물론이고, 그 가운데에는 마마보이와 선택권을 요구하는 10대 청소년, 재가한 며느리에게 가 있는 손자를 그리워하며 아들 산소를 찾은 늙은 부부도 있고, 또 사랑을 공개적으로 선언하는 홀아비 늙은이도 있으며, 자린고비처럼 살다가 죽음을 맞는 사람도 있고, 땅의 소중함을 뒤늦게 깨우치는 중늙은이도 있다. 그런가 하면 우리에게 통일이란 지금 어떤 의미인가, 하고 세상에 질문을 던지는 사람도 있고, 또 옴니버스 구성을 시도한 '잃어버린 시간'에서는 전염병이 창궐했던 동시대의 아픔을 나타내는 각각 독립된 여섯 명의 주인공들도 있다. 두 자식을 빼고는 모두 작년 한 해 동안에 낳은 자식들이다. 구태여 이들의 공통점을 들자면 지금 이들 모두가 우리 곁에서 숨 쉬며 살아가고 있다는 점이 될 터인데, 여전히 불안하기는 마찬가지이다.

나는 사람들을 사랑한다. 사람을 사랑하지 않는 소설가가 어디 있겠는가마는 나는 그들과 조금 다른 데가 있는 것 같다. 사랑하는 사람으로부터 배반당해 허릅숭이처럼 좌절하고 방황한 적이 많다는 것도 그러하며, 또 때로는 그 같은 사랑으로 인하여 많은 사람으로부터 오해받아 혼자 가슴앓이한 적도 많았다. 그러나 지금까지도 나는 우리 삶에서 사랑은 할 만하다는 신념을 버리지 않고 있으며 그런 까닭에 한 번도 누군가를 사랑하지 않은 적이 없다. 그런데 이상한 점은 그 어려운 시절을 다 보내고 나니까 그게 내 자식들의 뼈와 살이 되었다는 것이다. 고마운 일이 아닐 수 없다. 자식 자랑은 팔불출이 하는 짓이라고 하지만 그것을 먹고 자린 내 자식들은 온실 속에서 자린 다른 집 아이들과는 분명 구별이 될 것이라고 본다.

어제는 분명 맑았다.
그러나 오늘은 비가 내린다.
그래도 나는 괜찮다.
이런 일을 어디 한두 번 겪는가.
분명한 것은 내일, 내일이 아니면 또 그다음 날, 또 또 그다음 날이 되면 다시 맑을 게 틀림없기 때문이다.

그 맑은 날을 그리면서 나는 또 사랑을 찾아 떠날 채비를 서두른다. 이번엔 또 어떤 사람을 만나 사랑을 나눌 수 있을까. 벌써 가슴이 뛴다. 아무튼 사랑, 그것도 이 세상에서 단 하나밖에 없는 사랑을 해야 또 다른 내 자식을 잉태할 게 아닌가. 대문을 나서기 전 운동화 끈을 바짝 조이면서 이번엔 과연 어떤 자식을 낳을 수 있을까, 나는 잔뜩 기대하며 하늘을 올려다본다.

2025. 4. 30.
봉일천 문학공작소에서

그는 일어날까?

초판 1쇄 인쇄 2025년 6월 17일
초판 1쇄 발행 2025년 6월 20일
저   자 정수남
발행인 박지연
발행처 도서출판 도화
등   록 2013년 11월 19일 제2013-000124호
주   소 서울시 송파구 중대로34길 9-3
전   화 02) 3012-1030
팩   스 02) 3012-1031
전자우편 dohwa1030@daum.net
인   쇄 (주)유진보라
ISBN 979-11-92828-87-9 *03810
정가 15,000원

*이 책은 한국장애인문화예술원의 후원을 받아 2025년 장애예술 활성화 지원사업의
 일환으로 발간되었습니다.

잘못 만들어진 책은 교환해 드립니다.
저자와 출판사의 허락 없이 책의 전부 또는 일부 내용을 사용할 수 없습니다.

도화道化, fool는
고정적인 질서에 대한 익살맞은 비판자,
고정화된 사고의 틀을 해체한다는 뜻입니다.